Edgar Wallace

A.S. der Unsichtbare

~

Übersetzt von Ravi Ravendro

„Wohin geht der vermögende Mr. Merrivan, wenn er Nacht für Nacht sein Haus verlässt? Die Frage ist spätestens von Interesse, als er ermordet in seinem Arbeitszimmer aufgefunden wird. Er wurde aus nächster Nähe erschossen. Wer profitierte von seinem Ableben? Und warum trug er zuletzt lehmverkrustete Stiefel?" *Redaktion Gröls-Verlag* (Edition I Werke der Weltliteratur)

Redaktionelle Hinweise und Impressum

Das vorliegende Werk wurde zugunsten der Authentizität sehr zurückhaltend bearbeitet. So wurden etwa ursprüngliche Rechtschreibfehler regelmäßig *nicht* behoben, denn kleine Unvollkommenheiten machen das Buch – wie im Übrigen den Menschen – erst authentisch. Mitunter wurden jedoch zum Beispiel Absätze behutsam neu getrennt, um den Lesefluss zu erleichtern.

Wir sind bemüht, ein ansprechendes Produkt zu gestalten, welches angemessenen Ansprüchen an das Preis/Leistungsverhältnis und vernünftigen Qualitätserwartungen gerecht wird. Um die Texte zu rekonstruieren, werden antiquarische Bücher von leistungsfähigen Lesegeräten gescannt und dann durch eine Software lesbar gemacht. Der so entstandene Text wird von Menschen gegen eine Aufwandsentschädigung gegengelesen und korrigiert – Hierbei können gelegentlich Fehler auftreten. Wenn Sie ebenfalls antiquarische Texte einreichen möchten, wenden Sie sich für weitere Informationen gerne an

www.groels.de

Informieren Sie sich dort auch gerne über die anderen Werke aus unserer

Edition | Bedeutende Werke der Weltliteratur

Sie werden es mit 98,098 %iger Wahrscheinlichkeit nicht bereuen.

Die Deutsche Nationalbibliothek verzeichnet dieses Werk in der Deutschen Nationalbibliografie.

Verleger: Marcel Hermann-Josef Gröls, Poelchaukamp 20, 22301 Hamburg.
Externer Dienstleister für Distribution und Herstellung: BoD, In de Tarpen 42, 22848 Norderstedt

Inhalt

1

Der Zufall und ein schnelles Auto brachten Andrew Macleod in die Gegend von Beverley. Die Stadt selbst liegt am Ende einer kleinen Nebenstrecke der Eisenbahn. Sie hat eigentlich keine ersichtliche Existenzberechtigung und auch keine nennenswerten Einnahmequellen. Aber trotzdem leben die Einwohner und sind bis jetzt noch nicht verhungert. Im Gegenteil, die Besitzer der kleinen, sauberen Läden, die an der einzigen breiten und schattigen Hauptstraße liegen, scheinen gute Geschäfte zu machen. Die Bewohner des vornehmen Vororts Beverley Green geben ihnen allerdings nichts zu verdienen, denn sie besorgen ihre Einkäufe in großen Warenhäusern und kommen höchstens herein, wenn sie etwas vergessen haben und eilig benötigen.

Andy brachte seinen großen Wagen vor dem Postgebäude zum Stehen und stieg aus. Fünf Minuten lang telefonierte er mit Scotland Yard über Alison John Wicker, der als 'Vieraugen-Scottie' bekannt war. Diesen Spitznamen hatte der Mann erhalten, weil er eine Brille trug.

Als der geschäftsführende Direktor des Agent Diamond Syndicate an einem Montagmorgen sein Büro betrat, entdeckte er, daß jemand in der Zwischenzeit dort gewesen war und ihm die Mühe abgenommen hatte, den großen, feuer- und diebessicheren Geldschrank zu öffnen. Es war allerdings nicht der Schlüssel, sondern Thermit und ein Sauerstoffgebläse dazu verwendet worden. Dieser Einbruch sah so unzweifelhaft nach Scotties Arbeit aus, daß er ebensogut eine Quittung über die sieben gestohlenen Päckchen Brillanten hätte zurücklassen können. Alle Bahnhöfe und Überseehäfen des Landes wurden durch besondere Polizeibeamte scharf überwacht, die Fremdenlisten der Hotels und Gasthäuser wurden durchforscht und alle Polizeistationen alarmiert.

Andy Macleod war gerade auf Urlaub gewesen. Er hatte sich mit seinen Angelgeräten und einem großen Stoß Bücher aufs Land zurückgezogen. Ganz unerwartet hatte man ihn nun aus den Ferien zurückgeholt, um die Nachforschungen nach Scottie zu leiten.

Dr. Macleod war zuerst als Pathologe in die Dienste von Scotland Yard getreten, aber im Laufe der Zeit war ein Detektiv und Verbrecherfänger aus ihm geworden, ohne daß er selbst wußte, wie das eigentlich gekommen war. Offiziell war er jedoch immer noch Arzt und erschien bei Prozessen als Zeuge, um die Todesursache der Ermordeten zu bekunden. Inoffiziell aber nannte ihn auch der jüngste Polizist nicht 'Doktor', sondern nur 'Andy'.

„Vor drei Tagen ist er zu Fuß durch Panton Mills gekommen. Ich bin ganz sicher, daß es Scottie war“, sagte er. „Ich durchsuche nun den Landstrich von hier bis Three Lakes. Die hiesigen Polizeibeamten schwören, daß er nicht in der Nähe von Beverley sei, was heißt, daß er sich direkt vor ihrer Nase herumgetrieben hat. Es sind überhaupt Leuchten; sie fragten mich allen Ernstes, ob er denn schon wieder etden Bericht über den Einbruch mit allen Einzelheiten sowie eine genaue Personalbeschreibung Scotties erhalten.“

In diesem Augenblick betrat eine junge Dame das Postamt. Andy betrachtete sie voller Bewunderung durch das seitliche Fenster der Telefonzelle. Anziehend – hübsch – schön? fragte er sich. Die meisten Frauen sehen in einem eleganten Kostüm am vorteilhaftesten aus. Sie war groß und schlank.

„Ja, ich glaube“, antwortete er seinem Vorgesetzten mechanisch, denn seine Gedanken und seine Aussagen waren jetzt bei diesem Mädchen.

Sie hob ihre Hand, und er sah einen Ring am vierten Finger ihrer linken Hand aufblitzen. Es war ein Goldreif mit eingesetzten Smaragden – oder sollten es etwa Saphire sein –, nein, er sah deutlich den meergrünen Schimmer, es waren Smaragde.

Nachdem der geheime Teil seines Berichtes erledigt war, öffnete er die Telefonzelle ein wenig und lauschte mit einem Ohr auf den Klang ihrer Stimme.

Sie ist wirklich außerordentlich schön, entschied er und bewunderte ihr Profil.

Dann ereignete sich etwas Merkwürdiges. Auch sie mußte ihn beobachtet haben, während er nicht hingesehen hatte. Vielleicht fragte sie jetzt, wer er sei. Andy hatte dem mitteilsamen Postbeamten seine Karte gezeigt, um schneller mit London verbunden zu werden. Der Mann würde ihr sicher bereitwillig Auskunft geben. Andy hörte, wie das Wort ‘Detektiv’ fiel. Er konnte jetzt ihr Gesicht deutlich sehen.

„Detektiv!“ Sie flüsterte nur, aber er hörte es doch und sah sie an. Sie war blaß geworden und mußte sich an der Kante des Schalterbrettes festhalten.

Er war so bestürzt, daß er den Hörer vom Ohr nahm. In diesem Augenblick wandte sie sich ihm zu und begegnete seinem Blick. Er las Furcht, Entsetzen und Schrecken in ihren Augen. Ein gequälter Ausdruck lag auf ihren Zügen, als ob er sie irgendwie überrascht und gefangen hätte. Sie schaute verlegen fort und machte sich mit dem Geld zu schaffen, das sie herausbekommen hatte. Ihre Hände zitterten aber so sehr, daß sie schließlich ihre hohle linke Hand unter das Schalterbrett hielt und die Münzen mit der rechten hineinstrich. Dann verließ sie eilig das Postamt.

Andy kam es gar nicht zum Bewußtsein, daß am anderen Ende der Leitung ein erstaunter Beamter saß, der dauernd auf den Haken drückte und weitersprechen wollte. Andy hängte einfach den Hörer an und trat an den Schalter.

„Wer war die Dame?“ fragte er, während er die Gebühr für sein Gespräch bezahlte.

„Das war Miss Nelson aus Beverley Green. Ein herrlicher Platz, Sie müßten sich ihn einmal ansehen. Es wohnen viele reiche Leute dort, zum Beispiel Mr. Boyd Salter – haben Sie schon von dem gehört? Und dann Mr. Merrivan, auch sehr wohlhabend, aber ein wenig geizig – na –, und dann leben noch allerlei Herrschaften da. Es ist eine Art – wie soll ich sagen – Villenkolonie – eine Gartenstadt! Das ist der richtige Ausdruck. Da gibt's einige der größten und schönsten Häuser der ganzen Grafschaft. Die Familie Nelson ist schon seit Jahren dort ansässig, lange bevor die Gartenstadt gegründet wurde. Ich kann mich noch deutlich an Nelsons Großvater erinnern, das war ein netter Mann.“

Der Postbeamte war im besten Zuge, Andy genaue Biographien der bekannten Leute von Beverley Green zu geben, aber der Detektiv wollte das junge Mädchen noch sehen und beendete seine Unterhaltung etwas schroff.

Er sah sie draußen eilig davongehen und vermutete, daß der Bahnhof ihr Ziel war.

Sein Interesse und seine Verwunderung waren geweckt. Wie sollte er sich ihre Aufregung und Bestürzung erklären? Was hatte sie denn von einem Detektiv zu fürchten? Warum hatte sie ihn mit solchem Entsetzen angesehen?

Es war Zeitverschwendung, sich darüber Gedanken zu machen. In diesen malerischen kleinen Städten, die dem großen Weltgetriebe so fern lagen, schien der Strom des Lebens so idyllisch und sanft dahinzugleiten, unberührt von den leidenschaftlichen Stürmen, die die großen Städte in Aufruhr versetzen.

Das kleine Wörtchen ‘Detektiv’ hatte doch nichts Schreckliches für Leute, die das Gesetz achten!

„Hm!“ sagte Andy und rieb sich nachdenklich das glattrasierte Kinn. „Auf diese Weise werde ich Scottie wohl nicht fangen!“

Er verließ den Ort in seinem Auto, um erst die Hauptstraße ein Stück entlangzufahren und dann mit der systematischen Durchsuchung der vielen kleinen Nebenwege zu beginnen.

Er war etwas mehr als zwei Kilometer von Beverley entfernt, als er langsamer fuhr, um eine scharfe Kurve zu nehmen. In dem Augenblick sah er zu seiner Rechten eine breite Öffnung in der Hecke, die die Straße einfaßte. Ein bequemer Weg, der zu beiden Seiten mit Bäumen bestanden war, zweigte hier ab; er war von wohlgepflegten Rasenstreifen eingefaßt, schlängelte sich weithin und verschwand dann im hügeligen Gelände. Ein Wegweiser trug die Aufschrift 'Privatweg nach Beverley Green'.

Andy hatte die Abzweigung schon hinter sich und fuhr nun ein Stück rückwärts. Nachdenklich betrachtete er die Aufschrift und bog dann in die Straße ein. Es war kaum anzunehmen, daß Scottie diesen Weg eingeschlagen hatte. Allerdings war er ein Mann, der jede günstige Gelegenheit wahrnahm. Und in Beverley Green wohnten viele reiche Leute. Auf diese Weise versuchte Andy, seinen Abstecher vor sich selbst zu entschuldigen, obwohl er sehr gut wußte, daß ihn nur seine persönliche Neugierde vom Weg abführte. Er wollte das Haus sehen, in dem sie lebte. In welchen Verhältnissen mochte sich ihr Vater befinden?

Der Weg beschrieb viele Windungen, und endlich brachte ihn eine ungewöhnlich scharfe Kurve zum Ziel. Beverley Green breitete sich in all seiner sommerlichen Schönheit plötzlich vor ihm aus. Andy fuhr jetzt so langsam, daß ein Fußgänger neben dem Wagen hätte hergehen können. Vor ihm lag ein ausgedehnter Platz, der von einer ununterbrochenen Reihe blühender Sträucher eingefaßt war. Etwa zehn Meter von der Straße entfernt begann ein Golfplatz, der sich wahrscheinlich das ganze Tal entlangzog. Mitten im Grünen, halb verdeckt durch die umgebenden Bäume, standen mehrere Villen. Hier schaute ein Giebel aus den Bäumen hervor, dort schimmerte ein Fensterkreuz durch das Laub. Anderswo sah er kunstvolles Fachwerk.

Andy schaute sich um, ob er nicht jemand um Auskunft fragen könne, denn die Straße teilte sich jetzt ... An der Ecke lag ein sauber mit Schindeln verkleidetes Gebäude, das den Eindruck eines Klubhauses machte. Er stieg eben aus, um die Ankündigungen am Torpfosten zu lesen, als ein Herr um die Ecke bog.

Ein wohlhabender Kaufmann, der sich zur Ruhe gesetzt hat, dachte Andy. Trägt schwarze Alpakajacke, breite Schuhe, hohen steifen Kragen, doppelte goldene Uhrkette. Sehr von sich eingenommen und äußerst verwundert über mein Eindringen in diese elysischen Gefilde.

Der Herr sah Andy ernst an, aber es war keine Ablehnung in seinem Blick.

Sein Alter konnte zwischen fünfundvierzig und sechzig liegen. Sein großes, glattes Gesicht zeigte keine Falten, sein Gang war lebhaft und seine Haltung ausgezeichnet, so daß Andy zuerst nichts von seiner Anlage zur Korpulenz wahrnahm.

Ein freundlicher Gruß zeigte Andy, daß er hier gut aufgenommen werden würde.

„Guten Morgen, Sir", begann der Herr. „Sie scheinen hier jemand zu suchen? In Beverley kann sich ein Fremder nur schwer zurechtfinden. Es gibt hier nämlich weder Straßennamen noch Hausnummern." Er lachte behaglich.

„Ich wollte eigentlich niemand aufsuchen", entgegnete Andy. "Ich bin aus reiner Neugierde hierhergefahren. Es ist ein herrliches Fleckchen Erde. Ich habe in Beverley schon viel davon gehört."

Der andere nickte geschmeichelt. „Es kommen nur selten Fremde hierher zu Besuch – beinahe hätte ich gesagt, glücklicherweise. Der Grund und Boden hier gehört mir und meinen Freunden und Nachbarn. Es gibt kein Hotel, das Fremde in Versuchung führen könnte, sich hier aufzuhalten. Aber wir haben unser Gästehaus." Er zeigte auf das von Grün umsponnene Gebäude, das Andy für einen Klub gehalten hatte. „Wir unterhalten es gemeinsam für Besucher. Manchmal können wir nicht alle unsere Freunde unterbringen, und dann wohnt auch wieder nur eine einzige Person dort, die dann gewissermaßen Gast unseres kleinen Gemeinwesens ist. Augenblicklich hält sich zum Beispiel ein bedeutender kanadischer Geologe bei uns auf."

„Ein glücklicher Mann – und eine glückliche Gemeinde. Sind alle Häuser hier bewohnt?"

Andy stellte diese Frage, obwohl er sich die Antwort darauf selbst geben konnte.

„Aber natürlich! Das letzte Haus dort links gehört dem großen Architekten Pearson, der sich jetzt allerdings zur Ruhe gesetzt hat. Das nächste mit dem spitzen Giebel bewohnt Mr. Wilmot, ein Herr – nun, ich kann Ihnen leider nicht genau sagen, welchen Beruf er hat, obwohl er mein eigener Neffe ist. Ich weiß nur, daß er eine Stellung oder ein Geschäft in der Stadt hat. Das Haus nebenan mit den Kletterrosen ist das Eigentum von Mr. Nelson – Kenneth Leonard Nelson –, Sie haben sicher schon von ihm gehört."

„Der bekannte Maler?" fragte Andy interessiert.

„Ja, ein großer Künstler. Er hat hier sein Atelier, aber Sie können es von hier aus nicht sehen, es liegt auf der Nordseite. Künstler bevorzugen sie zur Arbeit, soviel ich davon verstehe. Dann das Gebäude dort hinten an der Ecke – dort zweigt ein ziemlich breiter Weg zu den Tennisplätzen ab – ist mein Heim", sagte er zufrieden.

„Was ist denn das für ein großes Gebäude an der Seite des Hügels?" fragte Andy – und überlegte schnell: Ihr Vater war also der Maler Nelson. Was hatte er doch über ihn erfahren? Der Name rief irgendeine unangenehme Erinnerung in ihm wach.

„Das Haus auf dem Hügel? Das gehört leider nicht zu unserer Gemeinde. Das ist der hochherrschaftliche Adelssitz, um den wir anderen bescheidenen Landbewohner unsere Hütten gebaut haben." Der Vergleich schien ihm so zu gefallen, daß er noch einmal sagte: „Unsere kleinen Hütten." Dann fuhr er fort: „Das Schloß dort wird von Mr. Boyd Salter bewohnt, dessen Familie in dieser Gegend seit Jahrhunderten ansässig ist. Die Salters stammen aus – aber ich will Sie nicht mit ihrer Geschichte belästigen. Mr. Boyd Salter ist ein sehr reicher Mann, aber leider Invalide."

Andy nickte höflich.

„Sehen Sie, dort kommt unser Gast, Professor Bellingham. Nebenbei bemerkt, mein Name ist Merrivan."

Das war also Mr. Merrivan. Der Postbeamte hatte ihn 'sehr wohlhabend, aber ein wenig geizig' genannt.

Andy betrachtete den näher kommenden kanadischen Geologen – einen hageren Mann mit bauschigen Breeches. Seine Haltung war etwas gebeugt, was wohl von seiner Arbeit am Studiertisch kommen mochte.

„Er war wieder draußen in den Bergen und hat Versteinerungen gesammelt. Er hat schon eine ganze Menge hier gefunden", erklärte Mr. Merrivan.

„Ich glaube, ich kenne ihn sehr gut", erwiderte Andy, der plötzlich großes Interesse für den Fremden zeigte. Er ging dem Professor entgegen. Als er nur noch einige Schritte von ihm entfernt war, schaute der Gelehrte auf und stutzte.

„Peinliche Sache, Scottie", sagte Andrew Macleod mit schlecht gespieltem Bedauern. „Wollen Sie hier eine Szene machen, oder soll ich Sie irgendwohin zum Mittagessen mitnehmen?"

„Wenn Sie gestatten, daß ich eben noch auf mein Zimmer gehe und mein Gepäck in Ordnung bringe, so werde ich Sie begleiten. Ich sehe, Sie haben ein Auto, aber ich möchte lieber zu Fuß gehen."

Andy sagte nichts, bis sie zu Merrivan kamen.

„Professor Bellingham will mir einige interessante Funde zeigen", erklärte er dann liebenswürdig. „Ich danke Ihnen verbindlichst für Ihre Freundlichkeit."

„Vielleicht kommen Sie wieder einmal hierher – ich würde Sie dann gerne in Beverley Green herumführen."

„Das wäre mir ein großes Vergnügen." Es war keine Höflichkeitsphrase, sondern Andys wirkliche Meinung.

Er stieg hinter Scottie die Treppe des Gästehauses hinauf und folgte ihm in das hübsche Zimmer, das 'Professor Bellingham' zwei Tage lang bewohnt hatte.

„Mißtrauen ist der Fluch unserer Zeit", beklagte sich Scottie bitter. „Glaubten Sie etwa, daß ich nicht wieder zu Ihnen hinuntergekommen wäre, wenn Sie mich allein gelassen hätten?"

Scottie war mitunter kindisch, und Andy gab sich gar nicht die Mühe, auf diese Frage zu antworten.

Ein Ausdruck gekränkter Unschuld lag auf den Zügen des großen Mannes, als er in den Wagen stieg.

„Es gibt zu viele Autos jetzt", beschwerte er sich. „Durch unvorsichtiges Fahren kommen täglich Hunderte um. Was wollen Sie eigentlich von mir, Macleod? Was Sie auch gegen mich vorbringen mögen, ich habe in jedem Fall ein Alibi."

„Wo haben Sie das her? Haben Sie es auch bei den Versteinerungen gefunden?" fragte Andy.

Scottie hüllte sich in würdevolles Schweigen.

2

Nachdem man in Beverley angekommen war, mußte Andy erst noch einige Formalitäten erledigen, bevor der Gefangene nach London überführt werden konnte. Es wurde ihm auf der Polizeistation mitgeteilt, daß die Überführung erst noch von einem lokalen Justizbeamten genehmigt und angeordnet werden müsse.

„Wo kann ich denn einen finden?" fragte Andy.

„Da ist zunächst Mr. Staining, Sir", sagte der Polizeisergeant gemütlich, „aber der ist gerade krank. Dann Mr. James Bolter, aber der ist auf Urlaub. Mr. Carrol – gut, daß ich daran denke, der ist zur Pferdeschau gegangen. Er züchtet nämlich –
"

„Es scheint hier etwas in der Luft zu liegen", unterbrach ihn Andy, „das die Leute schwatzhaft macht, Sergeant. Aber vielleicht habe ich mich nicht deutlich genug ausgedrückt. Ich wollte nicht die Leute wissen, die nicht zu sprechen sind. Gibt es hier in der Nähe denn niemand, der das Amt eines Friedensrichters verwaltet?"

„Ja, wir haben hier einen solchen Herrn", erwiderte der Sergeant mit Nachdruck. „Mr. Boyd Salter. Der wird Ihnen den Schein ausstellen." Er fügte aber vorsichtig hinzu: „Wenn er zu sprechen ist."

Andy mußte lachen, machte sich aber doch auf, um sein Heil bei Mr. Boyd Salter zu versuchen.

Er fand, daß der nächste Weg zu dessen Haus nicht über Beverley Green führte. Mr. Salters Ländereien grenzten an Beverley, man konnte am Ende der Stadt durch ein großes Parktor zu seinem Besitz kommen. Andy hatte es schon vorher bemerkt und war neugierig gewesen, wer da wohnen mochte.

Beverley Hall, der Sitz Mr. Boyd Salters, war ein stattliches Gebäude, das im Stil des berühmten Iñido Jones erbaut war.

Hier herrschten Schweigen und Ruhe. Das Ticken einer Standuhr war das einzige Geräusch, das Andy vernahm, als er in die geräumige, mit Steinfliesen ausgelegte Halle geführt wurde. Der Diener, der Andys Karte hineintrug, ging völlig geräuschlos, und Andy bemerkte zu seinem Erstaunen, daß der Mann Gummischuhe trug. Als dieser nach einiger Zeit zurückkehrte, bat er den Detektiv, näher zu treten.

„Mr. Salter ist leidend. Wenn Sie in seiner Gegenwart recht leise und ruhig sprechen wollten, würde er Ihnen sicher sehr dankbar sein."

Andy erwartete nun, einen schwerkranken, zitternden, alten Herrn zu finden, der in einem Sessel saß und von vielen Kissen gestützt wurde. Aber er trat einem gesund aussehenden Mann von etwa fünfzig Jahren gegenüber, der lebhaft aufschaute, als sein Besucher den Raum betrat.

„Guten Tag, Mr. Macleod. Was kann ich für Sie tun? Ich sehe, daß Sie Polizeibeamter sind", sagte er und betrachtete die Karte noch einmal.

Andy erklärte ihm die Ursache seines Besuches.

„Es ist nicht nötig, daß Sie so leise sprechen", meinte Mr. Salter lächelnd. „Tilling hat Sie wahrscheinlich darum gebeten? Manchmal bin ich allerdings sehr nervös, aber heute habe ich einen guten Tag."

Er las das Schriftstück durch, das Andy ihm vorlegte, und unterschrieb es.

„Unser Freund ist der Diamantenräuber, nicht wahr? Wo hat er sich denn versteckt gehalten?“

„In Ihrer Gartenstadt“, erwiderte Andy.

Ein Schatten legte sich über Mr. Salters schöne Gesichtszüge.

„Sprechen Sie von Beverley Green? Er war natürlich im Gästehaus?“

Andy nickte.

„Haben Sie einen der Villenbesitzer getroffen?“

„Ja – Mr. Merrivan.“

„Es sind merkwürdige Leute!“ sagte Mr. Salter nach einem kurzen Schweigen. „Wilmot, sein Neffe, ist ein sonderbarer Mensch. Ich weiß nicht, was ich aus ihm machen soll. Mir ist schon öfters der Gedanke gekommen, daß er ein Gentlemanverbrecher ist. Wirklich, ein merkwürdiger Kerl! Und dann dieser Nelson – ein heruntergekommener Bursche! Trinkt wie der Teufel!“

Andy erinnerte sich jetzt an die Geschichte, die er von dem Künstler gehört hatte.

„Er hat ja wohl eine Tochter“, warf Andy hin.

„Ja, ein hübsches Mädchen. Wilmot soll mit ihr verlobt sein. Mein Sohn erzählt mir alle diese Neuigkeiten, wenn er zu Hause ist. Der bringt alles heraus. Er müßte eigentlich Detektiv werden – er ist aber noch auf der Schule.“

Er schaute auf den Haftbefehl, löschte die Unterschrift ab und reichte Andy das Schriftstück über den Tisch.

„Mr. Merrivan scheint ein sehr liebenswürdiger Herr zu sein“, setzte Andy die Unterhaltung fort.

„Ich weiß nichts Genaueres über ihn. Ich habe noch nicht mehr als ‘Guten Tag’ zu ihm gesagt. Er scheint harmlos zu sein, ein wenig langweilig, aber harmlos, und er redet zuviel – wie alle Leute in Beverley.“

Um diese lokale Eigenart zu bestätigen, sprach er dauernd weiter und erzählte die Geschichte von Beverley und seinen Bewohnern. Plötzlich brachte er das Gespräch auf den Herrensitz.

„Es ist ein schöner, ruhiger Platz, aber es ist auch sehr teuer, ihn zu unterhalten. Ich wäre nicht imstande gewesen, für alles aufzukommen, wenn –“

Er sah schnell fort, als ob er fürchtete, der Besucher könnte seine Gedanken lesen. Erst nach einiger Zeit begann er wieder zu sprechen.

„Haben Sie jemals mit dem Teufel zu tun gehabt, Mr. Macleod?" Er scherzte nicht, sein Blick war ernst und fest.

„Ich bin schon einer ganzen Anzahl kleinerer Teufel begegnet", erwiderte Andy lächelnd, „aber ich habe noch nicht das Vergnügen gehabt, ihr Oberhaupt in Person kennenzulernen."

Mr. Salter schaute Andy mit abwesendem Ausdruck an, obwohl eine sonderbare Bestimmtheit in seinem Blick lag. „In London lebt ein gewisser Albert Selim", sagte er dann langsam, „dieser Kerl ist ein Teufel. Ich erzähle Ihnen das nicht, weil Sie Polizeibeamter sind. Ich weiß überhaupt nicht, warum ich davon spreche. Ich habe schon so manchen Verhaftungsbefehl unterzeichnet, aber niemals habe ich die Feder aufs Papier gesetzt, ohne an diesen größten aller Verbrecher zu denken. Er ist ein Mörder – ein Mörder!" Andy war bestürzt.

„Er hat Menschen getötet, er hat ihre Herzen gebrochen und sie vorzeitig unter die Erde gebracht. Einen meiner Freunde hat er fast erdrosselt!" Bei diesen Worten preßte er seine Hände so krampfhaft zusammen, daß die Knöchel weiß wurden.

„Albert Selim?" Andy wußte nichts anderes zu sagen.

Mr. Salter nickte.

„Wenn er, wie ich hoffe, eines Tages doch einen Fehler macht und in Ihre Hände fällt, wollen Sie mir dann den Gefallen tun und mich benachrichtigen? Aber dazu wird es wohl nie kommen – der läßt sich nicht fangen!"

„Ist er arabischer Herkunft?"

Boyd Salter schüttelte den Kopf: „Ich habe ihn nie gesehen. Ich habe auch noch niemand getroffen, der persönlich mit ihm. zusammengekommen wäre", sagte er zu Andys größtem Erstaunen. „Nun will ich Sie aber nicht länger aufhalten, Mr. Macleod. Was haben Sie eigentlich für einen Rang, wenn ich fragen darf?"

„Die Frage habe ich mir auch schon öfters vorgelegt. Ich habe Medizin studiert."

„Sie sind Arzt?"

Andy nickte: „Ich führe viele Untersuchungen und Obduktionen aus. Ich bin eigentlich Pathologe."

Boyd Salter lächelte: „Dann hätte ich Sie mit 'Doktor' anreden sollen. Sie haben sicher in Edinburgh studiert?“

Andy bejahte die Frage.

„Ich habe eine Vorliebe für Ärzte. Meine Nerven quälen mich entsetzlich. Gibt es dagegen nicht ein Heilmittel?“

„Psychoanalyse. Mit ihrer Hilfe kann man krankhafte Komplexe erkennen und aus dem Denken ausschalten. – Leben Sie wohl.“

Ein Gespräch über Medizin war das sicherste Mittel, Andy zum. Aufbruch zu veranlassen.

„Auf Wiedersehen, Herr Doktor. Sie sehen noch sehr jung aus für Ihre Stellung – Sie sind doch nicht älter als dreißig oder einunddreißig?“

„Sie haben es richtig getroffen,“ erwiderte Andy lachend und verabschiedete sich.

3

Stella Nelson verließ das Postamt in Bestürzung und Schrecken. Obgleich sie sich nicht umsah, wußte sie doch, daß ihr der Herr mit den scharfgeschnittenen Gesichtszügen aus der Telefonzelle nachschaute. Was würde dieser Mann denken, für den wahrscheinlich schon das kleinste Zucken eines Augenlides Bedeutung hatte?

Sie war beinahe schwach geworden, als sie das Wort 'Detektiv ' hörte; er hatte auch sicher gesehen, wie sie schwankte und blaß wurde, und er mußte sich über ihr Benehmen gewundert haben. Am liebsten wäre sie davongelaufen; und es bedurfte ihrer ganzen Willenskraft, ihre Schritte nicht noch mehr zu beschleunigen. Sie ging rasch den Abhang zum Bahnhof hinunter. Dort erfuhr sie, daß sie noch eine halbe Stunde bis zum Abgang des Zuges zu warten hatte. Sie war so frühzeitig von zu Hause fortgegangen, weil sie noch einige Besorgungen machen wollte. Aber konnte sie zurückkehren? Durfte sie sich seinen forschenden Blicken, die sie so erschreckt hatten, noch einmal aussetzen?

Schließlich ging sie zurück. Ihr Selbstbewußtsein zwang sie dazu. Und sie atmete erleichtert auf, als sie sah, daß der dunkelblaue Wagen verschwunden war. Sie eilte von einem Geschäft zum anderen, um so schnell wie möglich fertig zu werden. Nach kurzem Zögern wandte sie sich wieder zum Postamt und kaufte noch einige Marken.

„Welchen Beruf hatte der Herr, von dem wir vorhin sprachen?“ Es kostete sie einige Mühe, ruhig zu fragen.

„Er war Detektiv, mein Fräulein“, sagte der alte Postbeamte wichtig. „Ich weiß nicht, hinter wem er her ist.“

„Wohin ist er denn gegangen?“ Sie fürchtete schon die Antwort.

„Er wollte nach Beverley Green fahren, wie er mir sagte.“

Der Postbeamte schien nicht das beste Gedächtnis zu haben, sonst hätte er sich darauf besinnen müssen, daß Andy eine solche Absicht nicht geäußert hatte.

„Nach Beverley Grenn?“ wiederholte sie langsam.

„Er heißt Macleod!“ rief er plötzlich. „Ach ja, jetzt erinnere ich mich!“

„Wissen Sie, ob er hier wohnt?“

„Nein, mein Fräulein, er ist nur auf der Durchreise. Banks, der Fleischermeister, wollte es nicht glauben, daß wir einen richtigen Detektiv in der Stadt hatten – einen Beamten von Scotland Yard. Macleod machte die entscheidende Zeugenaussage in dem Marchmont-Giftmordprozeß. Erinnern Sie sich nicht ...? Das war eine aufregende Geschichte! Ein Mann vergiftete seine Frau, weil er eine andere heiraten wollte, und durch Macleods Aussage kam er an den Galgen. Für Mordprozesse habe ich ein ausgezeichnetes Gedächtnis.“

Sie ging jetzt langsam zum Bahnhof und löste ihre Fahrkarte. Ungewißheit, Zweifel und Furcht quälten sie. Der Gedanke, auch nur ein paar Stunden abwesend zu sein, während dieser Mann hier herumspionierte, erschien ihr unerträglich. Der Himmel mochte wissen, welche Absichten er hatte.

Wieder wandte sie sich der Stadt zu, aber dann hörte sie den Zug pfeifen. Kurz entschlossen ging sie zum Bahnhof zurück. Sie wollte ihren ursprünglichen Plan ausführen. Sie haßte Macleod. Sie haßte und fürchtete ihn zugleich. Sie zitterte bei der Erinnerung an seinen durchdringenden, prüfenden Blick, der so deutlich sagte: ‘Du hast etwas zu fürchten.’ Sie versuchte im Zug zu lesen, aber ihre Gedanken waren nicht bei der Zeitung, und obwohl ihre Blicke den Zeilen folgten, sah und las sie doch nichts.

Als sie sich ihrem Ziel näherte, wunderte sie sich, daß ihr jemals der Gedanke gekommen war umzukehren. Sie hatte doch nur noch eine Woche Zeit, um diese schreckliche Sache zu ordnen – nur noch eine Woche, und jeder Tag zählte. Vielleicht hatte sie Erfolg und kehrte am Nachmittag glücklich zurück, jauchzend vor

Freude. Wie schön wäre es, wenn sie durch dieselben Felder und über dieselben Brücken mit ruhigem Gemüt nach Hause fahren könnte.

Mechanisch betrachtete sie durch das Fenster die Landschaft, an der sie ihr Zug vorbeiführte.

Ihre Träumereien waren zu Ende, als sie ausstieg. Sie eilte durch die drängende Menschenmenge. Ein Taxi kam auf ihren Wink heran.

„... Ashlar Building?“ sagte der Chauffeur überlegend. „Ja, ich weiß, was Sie meinen, Fräulein.“

Ashlar Building war ein großes Bürohaus; sie hatte es noch nie gesehen und wußte auch nicht, wie sie den Mann finden sollte, den sie sprechen mußte. In der Eingangshalle sah sie jedoch die Firmentafeln, die die zwei einander gegenüberliegenden Wände bedeckten. Sie las eine nach der anderen, bis sie plötzlich anhielt.

„309, Albert Selim.“

Seine Geschäftsräume lagen im fünften Stock.

Es dauerte einige Zeit, bis sie das Büro gefunden hatte, denn es lag am Ende eines langen Flügels. Sie sah zwei Türen. Die eine trug die Aufschrift ‘Privat’, die andere ‘Alb. Selim’.

Sie klopfte an, und jemand rief: „Herein!“

Eine kleine Schranke trennte den eigentlichen Büroraum von dem schmalen Gang, in dem sich die Besucher im allgemeinen aufhalten durften.

„Nun, Miss?“

Der Herr, der auf sie zutrat, sprach barsch, beinahe feindselig.

„Ich möchte Mr. Selim sprechen“, sagte sie, aber der junge Mann schüttelte den Kopf.

„Das ist unmöglich, wenn Sie nicht eine Verabredung mit ihm haben. Und auch dann würde er nicht persönlich verhandeln.“ Plötzlich unterbrach er sich und sah sie groß an. „Aber Sie sind doch Miss Nelson“, sagte er dann erstaunt. „Ich hatte nie erwartet, Sie hier zu sehen.“

Sie wurde über und über rot und versuchte vergeblich, sich zu besinnen, woher er sie kennen konnte.

„Sie erinnern sich sicher – Sweeny ist mein Name.“

Sie errötete noch mehr.

„Ja, natürlich – Sweeny."

Sie war bestürzt und fühlte sich gedemütigt, als sie ihn erkannte.

„Sie haben seinerzeit Ihre Stelle bei Mr. Merrivan sehr schnell verlassen?"

Nun wurde es ihm ungemütlich, als das Gespräch diese Wendung nahm.

„Ja, das stimmt." Er räusperte sich verlegen. „Ich hatte eine kleine Auseinandersetzung mit Mr. Merrivan. Ein geiziger Mensch! Und schrecklich mißtrauisch!" Er räusperte sich wieder. „Haben Sie damals nichts darüber gehört?"

Sie verneinte. Die Dienstboten blieben nicht lange genug im Nelsonschen Haus in Stellung und wurden nicht so vertraut mit ihrer Herrschaft, daß sie über Klatsch sprechen konnten, selbst wenn sie es gewollt hätten.

„Nun, die Sache verhielt sich so." Mr. Sweeny war ein wenig erleichtert, daß er Gelegenheit hatte, ihr die Geschichte zuerst von seinem Standpunkt aus zu erzählen. „Mr. Merrivan vermißte einige Stücke seines Tafelsilbers, die ich unglücklicherweise meinem Bruder geliehen hatte, der sie kopieren wollte. Er interessierte sich sehr für altes Silber, da er selbst gelernter Juwelier und Goldschmied ist. Als nun Mr. Merrivan die Stücke vermißte –" Er hustete wieder, wurde sehr verwirrt und sagte, er sei bezichtigt worden, das Silber gestohlen zu haben! Mr. Merrivan hatte ihn fristlos entlassen! „Ich hätte damals verhungern können, wenn nicht Mr. Selim von mir gehört und mir diese Stellung gegeben hätte. Sie ist nicht gerade glänzend", fügte er entschuldigend hinzu, „aber es ist doch wenigstens etwas. Ich wünsche oft, ich wäre wieder dort in dem hübschen Tal von Beverley Green."

Sie unterbrach ihn: „Wann kann ich denn Mr. Selim sprechen?"

Aber er schüttelte wieder energisch den Kopf.

„Das kann ich Ihnen beim besten Willen nicht sagen, Miss Nelson. Ich habe ihn selbst auch noch nicht gesehen."

„Wie?" Sie starrte ihn verwirrt an.

„Das ist eine Tatsache. Er ist Geldverleiher – aber das brauche ich Ihnen doch nicht zu erzählen."

Er sah sie mit einem wissenden Blick an, und sie wäre am liebsten vor Scham in den Boden versunken.

„Er wickelt alle seine Geschäfte brieflich ab. Ich empfange hier die Besucher und bespreche mit ihnen die Angelegenheit. Damit ist aber noch nicht gesagt, daß er sich daran hält", erklärte er. „Die Kunden füllen dann die Formulare aus – Sie verstehen mich schon –, sie geben an, welche Summe sie brauchen, welche Sicherheiten sie bieten können und dergleichen Dinge – und ich lasse dann die Schriftstücke hier im Geldschrank für Mr. Selim, bis er kommt."

„Wann kommt er denn?"

„Das weiß Gott allein", erwiderte Mr. Sweeny. „Auf jeden Fall kommt er hierher, denn die Briefe werden zwei- bis dreimal wöchentlich abgeholt. Er setzt sich dann schriftlich mit den Leuten in Verbindung. Ich erfahre niemals, welches Darlehen sie erhalten oder wieviel sie zurückzahlen."

„Gibt er Ihnen seine Aufträge auch schriftlich?" fragte Miss Nelson, deren Neugierde im Augenblick über ihre Enttäuschung siegte.

„Nein, er telefoniert mit mir, ich weiß aber niemals, woher. Es ist überhaupt eine sonderbare Stellung. Ich bin nur je zwei Stunden an vier Tagen der Woche beschäftigt."

„Gibt es denn wirklich keine Möglichkeit, ihn zu sprechen?" fragte sie noch einmal verzweifelt.

„Nein, nicht die geringste", entgegnete Mr. Sweeny, der wieder überheblich wurde. „Es ist nur ein Weg vorhanden, mit Albert Selim geschäftlich zu. verkehren – man muß ihm schreiben."

Sie dachte eine Weile nach.

„Geht es Mr. Nelson gut?"

„Danke, sehr gut", antwortete sie hastig, „es ist sehr liebenswürdig von Ihnen, sich nach meinem Vater zu erkundigen. Ich –" Es war ihr unerträglich peinlich, einen Angestellten ins Vertrauen ziehen zu müssen. „Sie sagen doch nichts davon, daß Sie mich hier gesehen haben?"

„Aber bestimmt nicht", meinte Sweeny zuvorkommend. „Großer Gott, wenn Sie wüßten, welche Leute hierherkommen, Sie würden erstaunt sein. Berühmte Schauspieler und Schauspielerinnen, Leute, deren Namen ein Begriff sind. Minister, Geistliche –"

„Leben Sie wohl, Sweeny."

Sie schloß die Tür hinter sich.

Ihre Knie wankten, als sie die Treppe hinunterstieg. Sie zog es vor, den Fahrstuhl nicht zu benützen. Erst jetzt wurde ihr klar, wie sehr sie sich auf eine Unterredung mit Mr. Selim verlassen hatte. Verzweifelt sah sie sich nun der unerbittlichen Wirklichkeit gegenüber. Es gab keinen Ausweg mehr. Was konnte den Untergang jetzt noch aufhalten? Nichts – nichts! Der Mann, den sie hatte sprechen wollen, der einzige, der ihr helfen konnte, war unerreichbar für sie:

Sie stieg um und kam um fünf Uhr nachmittags in Beverley an. Der erste, den sie sah, als sie aus dem Zug stieg, war der ruhige, kluge Detektiv mit den grauen Augen. Er hatte sie auch erkannt, und ihre Blicke trafen sich, als sie das Abteil verließ. Einen Augenblick stand ihr Herz still, dann sah sie an seiner Seite einen Mann mit Handschellen – es war der kanadische Professor! Den hatte er also verhaften wollen – den freundlichen Gelehrten, der sich mit ihr so interessant über Versteinerungen unterhalten hatte. Scottie wußte sehr viel über Fossilien und Gesteinsformationen. Es war sein Steckenpferd. An Scotties anderer Seite stand ein Polizist. Der Verbrecher selbst erwiderte ihren erschrockenen Blick durch ein liebenswürdiges Lächeln. Sie vermutete, daß solche Menschen allmählich abstumpften und hart wurden. Sie sah schnell zu Andy hinüber, ging an ihm vorbei und atmete dann erleichtert auf. Ihre schreckliche Befürchtung hatte sich also nicht bewahrheitet. Sie konnte getrost zurückkehren. Und sie war beinahe in froher Stimmung, als sie den mit Rosenstöcken eingesäumten Gartenweg entlangging.

4

Wenn man in Nelsons Haus eintrat, kam man in eine große Eingangshalle, die auf drei Seiten von einer Galerie umgeben war, zu der man auf einer breiten Treppe emporsteigen konnte. Nelson stand an einer Staffelei und betrachtete ein Gemälde, sein Gesicht war nicht zu sehen. Aber Stella brauchte es auch nicht zu sehen, seine Haltung sagte ihr schon genug. Er wandte sich jetzt um und betrachtete seine Tochter mit einem gewissen Unmut. Er hatte ein schmales Gesicht und war ziemlich kahlköpfig. Seine Nase war fein und aristokratisch, Mund und Kinn waren ohne Energie. Ein dünner, brauner Schnurrbart, der grau zu werden begann, gab ihm ein fast militärisches Aussehen, das augenblicklich auch zu seiner kriegerischen Stimmung paßte.

„Nun, endlich zurück?“

Er kam langsam auf sie zu. Seine Hände lagen auf dem Rücken, die Schultern waren zurückgezogen.

„Weißt du auch, daß ich kein Mittagessen hatte?“ fragte er düster.

„Ich sagte dir doch heute morgen, daß ich in die Stadt fahren würde. Warum hast du nicht Mary gefragt?“

Sie fürchtete schon seine Antwort.

„Mary habe ich entlassen“, erklärte er hochfahrend.

Stella seufzte.

„Du hast doch nicht etwa auch die Köchin fortgeschickt?“

„Die habe ich auch hinausgeworfen.“

„Hast du ihnen denn auch ihren Lohn gegeben?“ fragte sie zornig. „Vater, warum machst du immer so schreckliche Geschichten?“

„Ich habe sie entlassen müssen, weil sie unverschämt wurden“, entgegnete Mr. Nelson würdevoll. „Das genügt doch wohl. Ich bin Herr in meinem eigenen Hause.“

„Ich wünschte, du wärst etwas mehr Herr deiner selbst“, sagte sie müde, ging zum Kamin, nahm eine dort stehende Flasche und hielt sie gegen das Licht. „Immer wirfst du die Dienstboten hinaus, wenn du betrunken bist!“

„Betrunken?“ fragte er beleidigt.

Sie nickte. In solchen Augenblicken sagte sie ihre Meinung frei heraus. „Morgen wirst du mir wieder erzählen, daß du dich an nichts erinnern kannst, und dann tut dir alles leid. Ich muß aber wieder nach Beverley und zwei neue Dienstboten auftreiben. Sie werden sehr schwer zu finden sein.“

Nelson hob die Augenbrauen. „Wie, du hältst mich für betrunken?!“ rief er vorwurfsvoll.

Aber sie achtete nicht weiter auf ihn, ging in die Küche und machte sich daran, etwas zu kochen. Sie hörte, wie er die Treppe hinaufstieg und immer wieder vor sich hinsagte: „Betrunken?“ Dann lachte er höhnisch.

Sie saß am Küchentisch, trank eine Tasse Kakao und aß eine Schnitte Brot mit Butter. Sie sah sich auch nach einem Stückchen Käse um, aber sie wußte im voraus, daß nichts dasein würde. Mr. Nelson hatte eine Vorliebe für Käse, wenn er trank. Hätte er doch nur etwas gearbeitet! Sie ging in das Atelier, das auf der Rückseite des Hauses lag. Die Leinwand, die sie ihm am Morgen aufgespannt hatte, war unberührt, kein Kohlestrich war darauf zu sehen.

Stella seufzte.

„Es hat ja doch alles keinen Zweck“, sagte sie traurig und betrachtete wehmütig die vielen halbvollendeten Studien, die an der Wand hingen.

Sie ließ sich an einem kleinen Schreibtisch in der Ecke des Ateliers nieder und machte Eintragungen in ihr Wirtschaftsbuch, als die Hausglocke läutete. Sie stand auf und ging in die Halle. Draußen dämmerte es schon. Der Herr, der geklingelt hatte, war einige Schritte von der Tür zurückgetreten, so daß sie ihn zuerst nicht erkennen konnte.

„Ach, du bist es, Artur? Komm bitte herein. Vater ist schon nach oben gegangen.“

„Das habe ich vermutet.“

Mr. Artur Wilmot wartete, bis sie das Licht im Wohnzimmer eingeschaltet hatte, bevor er nähertrat.

„Du warst heute in der Stadt?“

„Hast du mich gesehen?“ fragte sie schnell.

„Nein, jemand hat es mir erzählt – ich glaube, es war Merrivan. Hast du schon die Geschichte von dem kanadischen Professor gehört? Er ist in Wirklichkeit ein so bekannter Einbrecher, daß sich ein Mann wie Andrew Macleod mit ihm beschäftigt. Macleod ist eigentlich ein Arzt.“

Sie wußte sofort, daß er von dem Mann mit den grauen Augen sprach, aber sie wollte Gewißheit haben.

„Wer ist Andrew Macleod?“

„Ein Detektiv, aber eigentlich ist er Arzt. Man vertraut ihm alle schwierigen, wichtigen Fälle an, und unser Professor ist ein Muster von einem Einbrecher. Er hat den Spitznamen Scottie, wenigstens hat ihn Mr. Macleod so angeredet.“

„Ich muß ihn auf dem Bahnhof gesehen haben, Ein hübscher Mensch mit eigentümlichen Augen.“

„Ich würde Scottie kaum als einen hübschen Mann bezeichnen“, erwiderte Wilmot.

Sie war so verwirrt, daß sie seinen Irrtum nicht korrigierte.

„Ich kann dich leider nicht bitten, heute abend länger zu bleiben; wir haben kein Personal im Hause.“

„Schon wieder einmal kein Personal?“ fragte er erstaunt. „Das ist aber doch zu schlimm! Dein Vater benimmt sich wirklich unmöglich! Nun mußt du wieder Köchin und Dienstmädchen spielen, bis du neue Leute gefunden hast.“

„Und mein zerknirschter Vater will mir dabei helfen und steht mir dabei dauernd im Wege. Es ist eine Not mit ihm, und dabei ist Vater doch ein so guter, liebenswürdiger Charakter, wenn –“

Der junge Mann hatte schon die Frage auf der Zunge, wann Mr. Nelson überhaupt einmal nüchtern sei. Er war aber so klug, sie damit nicht zu ärgern. In anderer Weise jedoch war er nicht klug genug, wie sich später herausstellte.

„Was hast du denn in der Stadt gemacht?“

„Warum willst du das wissen?“ Sie schaute ihn an.

„Wenn ich geahnt hätte, daß du in der Stadt warst, hätten wir zusammen zu Mittag essen können.“

„Ich denke nicht an Essen, wenn ich nach London gehe. Aber was treibst du eigentlich immer dort? Ich habe dich schon oft nach deiner Beschäftigung gefragt. Erlaube, daß ich einmal indiskret bin und gerne wissen möchte, womit du deinen Lebensunterhalt verdienst.“

Er schwieg zunächst. „Ich habe eben meinen Beruf“, erwiderte er dann unbestimmt.

„Hast du ein Büro?“

„Ja, ich habe auch ein Büro.“

„Wo liegt es denn?“

„Ich benütze meistens andere Büros – ich habe viele Freunde und mein –“ Er stockte wieder. „Ich besuche meine Kunden möglichst in ihren Wohnungen.“

„Du bist weder Rechtsanwalt noch Arzt. Du bist auch kein Börsenagent – ich muß sagen, Artur, daß du fast ebenso geheimnisvoll bist wie – wie Scottie, wie du ihn nennst. Ich meine unseren armen Professor. Aber nun gehst du besser nach Hause“, sagte sie dann unvermittelt. „Ich bin nicht peinlich in bezug auf Anstandsregeln“ – von oben kam ein Poltern und sie schaute zur Decke hinauf – „aber wenn mein Vater zu Bett gegangen ist ich glaube, er hat eben seine Stiefel ausgezogen –, dann kannst du nicht mehr bleiben.“

„Du hast wohl nicht mehr nachgedacht über –“, begann er zögernd. „Ich möchte dich nicht drängen oder Vorteil aus ... aus der jetzigen Lage ziehen...“

Sie sah ihn freundlich an. Er hatte ein großes Gesicht, gepflegtes Haar und einen kleinen, schwarzen Schnurrbart. Stella hatte manchmal die Vorstellung, daß sich eine schwarze Raupe auf seine Oberlippe verirrt hätte, und zuweilen kam ihr seine ganze Erscheinung ein wenig lächerlich vor. Aber heute abend empfand sie nur Mitgefühl mit ihm.

„Ich habe über alles nachgedacht, Artur – es ist ganz unmöglich. Ich möchte überhaupt nie heiraten. Und nun geh nach Haus und vergiß das alles."

Er hatte den Blick gesenkt. Es folgte ein tiefes Schweigen. Sie wollte ihn nicht in seinen Gedanken stören, die nicht allzu rosig zu sein schienen.

Aber plötzlich fuhr er auf: „Stella, es wäre besser, wenn du nicht immer derartige Redensarten gebrauchen und mich wie einen kleinen Jungen behandeln würdest, den man beruhigen muß. Du bist eine Frau, ich bin ein Mann. Ich biete dir etwas. Ich habe eine Stellung und eine Existenz, und wenn Merrivan einmal stirbt ... nun, du weißt, ich bin sein einziger Verwandter. Du bist pekuniär in einer sehr bedrängten Lage, erst heute warst du wieder wegen irgendeiner Geldgeschichte in der Stadt. Ich weiß zwar nicht, um was es sich handelt, aber früher oder später werde ich es erfahren. Du kannst dich nicht länger in Beverley Green halten. Dein Vater hat so viel getrunken, daß schon zwei hohe Hypotheken auf dem Haus lasten, und es wird nicht mehr allzulange dauern, bis er auch die Möbel und die ganze Einrichtung vertrunken hat. Wenn du glaubst, es sei schön, sich seinen Lebensunterhalt selbst zu verdienen, so irrst du. Fünf von sieben Chefs werden versuchen, mit dir ein Verhältnis anzufangen – das sind altbekannte Geschichten. Ich wäre bereit, den armen, alten Säufer in einem Trinkerheim unterzubringen. Dort wird ihm der Alkohol entzogen. Entweder bricht er dann ganz zusammen und stirbt bald, oder er wird geheilt. Er hat es nicht anders gewollt, es mußte so kommen. Zuerst wollte ich einen anderen Weg einschlagen, aber es ging nicht. Du bist jetzt erwachsen und wirst verstehen, daß Strenge das Beste für solche Menschen ist. Stella, ich liebe dich mehr als sonst etwas auf der Welt – und ich weiß alles!"

Die letzten Worte hatte er mit erhobener Stimme gesprochen. Sie bewegte ihre Lippen, brachte aber kein Wort heraus.

„Ich weiß genau, wie schlimm es um deine Angelegenheiten steht, und ich sage dir, daß ich davon Gebrauch machen werde, um dich zu bekommen. Solltest du bei deiner Weigerung bleiben, so würde ich selbst vor einer verbotenen Handlungsweise nicht zurückschrecken."

Sie verkehrten schon so lange miteinander, daß sie sich offen und ohne Zurückhaltung die Wahrheit sagten. Er war der einzige Mann, der sie mit ihrem Vornamen ansprach, und auch sie nannte ihn Artur. Für sie war er ein junger Geschäftsmann, der gut Tennis spielte, ausgezeichnet tanzte und mit mehr oder weniger großer Genugtuung von sich selbst sprach. Er besaß ein hübsches Auto und gefiel ihr unter ihren Bekannten am besten.

Sie war bestürzt und ärgerlich, aber sie war nicht verletzt. Sie erschrak nur darüber, daß sie einen Fehler gemacht hatte. Sie hatte das Gefühl, daß sie beim Bridgespiel unachtsam und zerstreut die falsche Karte gegeben und infolgedessen das Spiel verloren hätte. Sie empfand sogar im Augenblick den sonderbaren Wunsch, sich bei ihm zu entschuldigen, weil sie sich dermaßen in seinem Charakter getäuscht hatte. Sie war im Unrecht, nicht er. Artur hatte gerade und offen gesprochen, er war selbstbewußt und seiner Sache 'todsicher'. Der kanadische Professor hatte diesen Ausdruck einmal in ihrer Gegenwart gebraucht. Artur Wilmot war überzeugt von sich selbst, von seiner Stellung und davon, daß er sie bekommen würde.

Allmählich fand sie ihre Stimmung wieder. „Du gehst jetzt besser, Artur", sagte sie freundlich.

Sie war noch sehr jung, trotzdem waren ihre Gefühle ihm gegenüber mütterlicher Art. Er benahm sich in seiner Erregung so kindlich, daß er ihr leid tat.

„Ich gehe, wann ich will! Wenn du mich hinauswerfen willst, so rufe doch deinen Vater! Oder rufe die Dienstboten, die er wieder einmal aus dem Haus gewiesen hat! Denke nur nicht, daß du es mit einem dummen Jungen zu tun hast! Ich möchte dir noch einmal die Tatsache ins Gedächtnis zurückrufen, daß du vollständig allein und hilflos dastehst, nicht nur in diesem Haus, sondern auch in der Welt draußen!"

Sie hatte ihre Gedanken gesammelt und konnte sich verteidigen.

„Ja, und du bist der starke Mann. Hättest du mich nicht so gedrängt, wärst du früher oder später vielleicht ans Ziel gekommen."

Sie lehnte sich an einen Sessel, ihre Hände lagen auf dem Rücken. Ihre ruhige Haltung brachte ihn aus der Fassung. Er hatte vermutet, daß sie ihn trotzig zurückweisen oder sich ergeben würde, aber er fühlte jetzt nur, daß sie ihm irgendwie überlegen war, und das machte ihn unsicher. Er ärgerte sich über sich selbst.

„Ich bin nicht sehr böse über ... über dein lächerliches, tragikomisches Benehmen. Ich will dich nicht heiraten, Artur. Du hast selbst zugegeben, daß du nicht besonders anziehend für mich bist, denn ich muß dich 'nehmen', weil du in einer besseren finanziellen Lage bist. Ist das nicht protzig und aufgeblasen? Dann hast du mir mit Erpressung oder etwas Ähnlichem gedroht. Du bist der zweite Betrunkene, den ich heute gesehen habe, nur stehst du unter dem Einfluß eines noch kräftigeren Rauschmittels als mein Vater. Du bist besessen von deiner Eitelkeit, und für solche Leute ist es nicht minder schwer, wieder nüchtern zu werden."

Ihre Worte hatten ihn getroffen, er war sehr verlegen geworden. Alle Gründe, die er sich so sorgfältig zurechtgelegt hatte, um sie zu besiegen, waren nun hinfällig geworden.

Sie ging zur Tür und öffnete sie.

„Ich möchte nur noch das eine sagen", begann er.

Aber sie lachte: „Hast du wirklich noch etwas zu sagen?"

Er verließ schweigend das Zimmer, und sie verschloß die Haustür hinter ihm.

Ihre Hand ruhte noch eine Weile auf der Türklinke, und sie blieb nachdenklich stehen. Sie hatte den Kopf vorgebeugt, als ob sie lauschen wollte, aber sie war nur in Gedanken versunken.

Dann drehte sie unten alle Lichter aus und ging in ihr Zimmer hinauf. Es war eigentlich noch zu früh, sich schlafen zu legen, aber sie wußte nicht, warum sie sich unten noch hätte aufhalten sollen. Sie entkleidete sich langsam beim Licht des Mondes, das durch das Fenster hereinfiel. Ihr Zimmer lag im obersten Geschoß, wo sich auch die Räume der Dienstboten befanden. Sie hatte dieses Zimmer gewählt, weil sie von hier aus einen Rundblick hatte, der nicht von störenden Baumgruppen unterbrochen wurde.

Sie zog einen Morgenrock über ihren Pyjama, öffnete das Fenster, stützte sich mit den Ellbogen auf die Fensterbank und schaute hinaus. Das Mondlicht hatte draußen alle Farben verändert. Das helleuchtende Grün der Wiesen war zu einem leichten Grau geworden. Der alte Steinbruch von Beverley am bewaldeten Abhang des Hügels glich einer großen Muschelschale. Die Nacht war ruhig und friedvoll, nur der Ruf einer Eule kam von den Hügeln herüber. Aber plötzlich hörte sie, daß jemand auf dem geschotterten Weg fast im Marschtempo eines Soldaten entlangging. Wer mochte das sein? Sie kannte diesen Schritt nicht. Jetzt kam der Fremde in Sicht. Zwischen den Ästen zweier Bäume sah sie einen Mann und wußte, wer er war, noch ehe er den Blick zu ihrem Fenster erhob.

Es war der Detektiv mit den grauen Augen – Andrew Macleod!

Sie preßte die Lippen zusammen, um einen Schrei zu unterdrücken, trat hastig zurück und schloß das Fenster behutsam. Ihr Herz schlug wild, sie fühlte den

Puls in ihren Halsadern und an den Schläfen. Was mochte er wollen? Sie schlich sich leise wieder zum Fenster und spähte hinaus. Nach einer Weile öffnete sie es wieder. Sie hörte nicht, daß sich seine Schritte entfernten, aber gleich darauf sah sie ihn wieder. Er ging über den Rasen und verschwand bald. Nach einiger Zeit hörte sie das Geräusch eines Motors, das langsam wieder erstarb. Sie taumelte zu ihrem Bett und setzte sich nieder.

Auch Artur Wilmot quälten zu dieser Stunde unruhige Gedanken. Was mochte sie von ihm denken? Aber er hätte sich die schlaflose Nacht ersparen können, denn Stella Nelson hatte vollkommen vergessen, daß ein Mensch wie Artur Wilmot überhaupt existierte.

5

Scottie wurde plötzlich mitteilsam, ja geradezu beredt, als er und Andy auf dem Bahnsteig auf den Zug warteten.

„Sie glauben, daß Sie die Kehrseite des Lebens, all den Schmutz und all das Elend kennen, Macleod, weil Sie mit den Spelunken der großen Stadt vertraut sind? Mit den chinesischen Opiumhöhlen und den Freudenhäusern mit den seidenen Vorhängen und den weichen Diwans? Ich weiß, daß Sie nicht so sehr von sich überzeugt sind wie all diese anderen Mißgeburten, die sich Detektive nennen. Ihr Beruf als Arzt hat Sie mehr in die Tiefe schauen lassen. Sie kennen das Leben gründlicher als diese Leute, aber alles wissen Sie auch nicht."

„Nein, ich weiß nicht alles", gab Andy zu.

„In diesem Punkt irren sich die meisten Polizeileute – Sie nicht, aber viele andere. Verbrecherkneipen und Lokale, wo sich der Abschaum und die Hefe des Volkes herumtreibt, wo die kleinen Gauner und Verbrecher verkehren, die sich wie Rothschild vorkommen, wenn sie einmal fünf Pfund in der Hand haben – das sind die schlimmsten Plätze nicht." Er schaute sich um. Der Polizist aus Beverley, der ihn zur Stadt eskortieren sollte, sah gedankenlos drein und hörte nicht zu. „Wenn Sie die wirkliche Hölle finden wollen, dann müssen Sie nach Beverley Green gehen!"

Andy sah ihn erstaunt an, unwillkürlich überlief ihn ein Schauder.

„Wieso denn? Haben Sie irgend etwas Besonderes gehört?"

Scottie schüttelte den Kopf und zog die Lippen zusammen.

„Nein, gehört habe ich nichts, aber ich habe es gefühlt. Ich bin sehr empfänglich für – zum Teufel, wie heißt doch gleich das Wort – für die Atmosphäre. Sie werden vielleicht darüber lachen, aber Sie werden nicht mehr lachen, wenn Sie mein Alibi zu Gesicht bekommen. Schon oft hat mich mein Gefühl vor langen Gefängnisstrafen bewahrt. Es ist etwas ganz Seltsames. Ich werde Ihnen einen Fall erzählen. Ich war in einem Gefängnis, als man einen Mann dort hinbrachte, der gehenkt werden sollte. Niemand wußte, daß er dort war. Man hatte ihn am Tage vor seiner Hinrichtung plötzlich dorthin überführt, weil der Fußboden des Exekutionsgebäudes Feuer fing. Das ist eine Tatsache! Und ich wußte, daß er im Gefängnis war, ich fühlte es sofort, als er das Haus betrat. Und ein ähnliches Gefühl habe ich von Beverley Green. Da ist irgendein Unheil im Gange. Sie sind erstaunt, Macleod? Ich möchte fast sagen, daß einen die Geister und Gespenster berühren, wenn man dort geht. Ich sage Ihnen, es ist unheimlich. Deshalb habe ich die ganze Gegend das Geistertal genannt. Ich werde Ihnen etwas erzählen, was sehr zu meinen Ungunsten spricht, wenn Sie es vor Gericht vorbringen. Aber ich traue Ihnen, Macleod – Sie sind nicht wie die anderen. Sie waren immer ein Gentleman. Ich hatte eine Pistole. Ich besaß stets eine Waffe, ich nahm sie bloß nie mit. Aber in Beverley Green konnte ich mir nicht helfen, ich steckte sie ein, wenn ich dort herumging. Ich trug sie auch bei mir, als Sie mich verhafteten. Als wir nach Beverley hineinfuhren, habe ich sie fortgeworfen. Ich brauche Ihnen nicht zu sagen wo, denn Sie haben es doch nicht gemerkt."

„Ich habe es genau gesehen – Sie taten es, als wir zu der großen Kurve vor der Stadt kamen. Aber wir wollen uns nicht darüber streiten; ich werde sogar meinen Auftrag widerrufen, die Abhänge neben der Eisenbahn zu durchsuchen. Warum haben Sie das getan, Scottie? Sie fürchten sich doch sonst nicht so leicht?"

Scottie machte ein düsteres Gesicht und war sehr ernst.

„Ich weiß es selbst nicht. Ich bin nicht nervös und war es auch noch nie. Vor einem Menschen aus Fleisch und Blut habe ich keine Angst. Aber ich hatte ein ganz unerklärliches, unheimliches Gefühl – wissen Sie, wenn ich Sternschnuppen sehe, geht es mir auch so. Es war reine Furcht. Ich habe gestern noch mit Merrivan darüber gesprochen. Sie kennen ihn doch, er schwatzt über alles, was in der Gemeinde vorgeht –"

Andy mußte lachen, als er an diesen Reklamechef und Fremdenführer von Beverley Green dachte.

„Er ist kein schlechter Kerl, aber er hat das Zuhören verlernt. Das kommt von der Korpulenz. Das bestätigte er mir selbst, nachdem ich es ihm gesagt hatte. Er hat mir in allem beigepflichtet. Vielleicht macht er das bei jedem Menschen so, er paßt sich an. Macleod, gehen Sie hin und bleiben Sie einen oder zwei Tage in Beverley Green, dann werden Sie dasselbe Gefühl haben. Es brütet etwas in der Luft, es ist wie die Stille, bevor der Blitz in Ihr Haus einschlägt – aber hier kommt der Zug. Und wenn Sie vor Gericht als Zeuge gegen mich auftreten müssen, machen Sie mich nicht zu schlecht."

„Habe ich schon einmal etwas gegen Sie gesagt, Scottie?" fragte Andy. „Also viel Glück mit Ihrem Alibi!"

Scottie blinzelte.

In diesem Augenblick hielt der Zug an, und Stella Nelson stieg aus dem Abteil, das vor ihnen hielt. Andys Blicke folgten ihr, bis sie außer Sicht war.

„Sie ist auch irgendwie in das Unheil verwickelt", flüsterte Scottie ihm ins Ohr. „Also auf Wiedersehen, Macleod!"

Scottie fuhr nach London und wurde vor Gericht gestellt. Aber es ging ihm nicht so schlecht, wie er gefürchtet hatte, da sein Alibi gut und einwandfrei war und die Aussage von vier anscheinend ehrenhaften Personen genügte. Sie hatten mit ihm Karten gespielt, als das Verbrechen begangen wurde. Auch die klug aufgebaute Anklage des Staatsanwaltes und das geschickte Kreuzverhör des skeptischen Richters konnten nichts daran ändern.

Andy hatte sich eigentlich vorgenommen, eine schöne Mondscheinfahrt über Land nach seinem Feriensitz zu machen, von dem man ihn so plötzlich weggeholt hatte. Alle Formalitäten des Verhörs von Scottie wurden ja von dem Polizeiinspektor, der den Fall leitete, erledigt. Wenn die Untersuchung oder die Gerichtsverhandlung seine Anwesenheit notwendig machten, konnte er für einen Tag nach London fahren.

Aber Scotties Bemerkung über Beverley Green hatte auf ihn gewirkt wie ätzende Säure auf eine Kupferplatte. Als er zu dem Gasthaus zurückging, wo sein Wagen untergestellt war, hatte er sich entschlossen, in Beverley zu bleiben. Er wunderte sich, daß bereits alle Leute wußten, wer er war. Auf der Straße, wo sie hier und dort in Gruppen herumstanden, wandten sie sich nach, ihm um, als er vorbeiging.

Wenn er schon nicht die Absicht hatte, Beverley in dieser Nacht zu verlassen, so dachte er doch nicht daran, Beverley Green zu besuchen. In seinem Unterbewußtsein mochte dieser Plan allerdings bestanden haben, doch folgte er nur einem augenblicklichen Impuls, als er plötzlich nach dem Abendessen seinen Wagen aus der Garage holte und zu der schönen Villenkolonie fuhr. Er kam zum Gästehaus, stellte den Motor ab und schaltete die Scheinwerfer aus. Es war Vollmond, und die magische Wirkung des weißen Lichtes beeinflußte auch ihn.

Er stand lange und betrachtete die herrliche Landschaft, dann ging er über den grünen Rasen und wandte sich zum Haus Mr. Nelsons. Er beobachtete, wie sich die Haustür öffnete und ein Lichtschein herausfiel. Er trat in den Schatten eines der Rhododendronbüsche, die in den Anlagen neben der Straße standen.

Es kam ein Mann heraus, dessen Gang sofort seine Aufmerksamkeit auf sich zog.

Andy hatte sich eingehend mit dem Studium der Menschen befaßt. Er kannte die Sprache der Hände, er konnte aus der Art und Weise, wie sich jemand an den Tisch setzte und seine Serviette entfaltete, viele Schlüsse auf seinen Charakter oder seine augenblickliche Gemütsverfassung ziehen.

Dort geht jemand, der in sehr schlechter Stimmung ist, dachte er und schaute Artur Wilmot nach, der niedergeschlagen den geschotterten Weg entlangging. Der junge Mann öffnete die Gartentür zu seinem eigenen Grundstück, blieb dann aber stehen, als ob ihm ein anderer Gedanke gekommen wäre, trat wieder auf die Straße und ging in ein Haus, das dort an der Ecke der Landstraße stand. Es war Mr. Merrivans Anwesen. Andy erinnerte sich, daß Wilmot Merrivans Neffe war.

Der Detektiv ging weiter, hielt sich aber immer im Schatten der Büsche und Bäume. Etwas wie Furcht hatte auch ihn plötzlich gepackt. Er hatte ein feines Gefühl, das sich jedoch mehr auf praktische Dinge bezog. Sicherlich war er nicht so empfindlich für gewisse Einflüsse, wie Scottie es zu sein behauptete. Er hatte über dessen Erzählung nachgedacht, aber trotz aller Übertreibungen war doch immer noch eine gewisse Aufrichtigkeit dieses Mannes in Betracht zu ziehen, Auch Scotties Furcht hatte er für Übertreibung gehalten, und jetzt beschlich ihn selbst ein unheimliches Gefühl. Ihm war, als ob ein drohender Schatten auf ihn fiel.

Dennoch blieb er in der Nähe von Mr. Merrivans Haus stehen. Er wußte selbst nicht, warum er es tat. Immerhin setzte er das gute Einvernehmen mit den Bewohnern von Beverley Green aufs Spiel. Artur Wilmot hatte die Gartentür offenstehen lassen. Andy überquerte die Straße und trat in den Garten. Er hütete sich aber, den Kiesweg zu benützen, und ging auf dem angrenzenden Rasenstreifen.

Als er die Bäume hinter sich hatte, die die Fassade teilweise verdeckten, sah er, daß das Haus viele Fenster hatte. Die Rahmen waren weiß gestrichen, und der Mond spiegelte sich in den Scheiben, so daß sie wie Silber glänzten. Aus keinem der Fenster drang Licht nach außen. Er folgte dem Weg, bis er dicht unter einem Fenster in der Nähe des Eingangs stand. Hier hörte er plötzlich mit merkwürdiger Deutlichkeit eine Stimme.

„Das wirst du nicht tun – bei Gott, das darfst du nicht tun! Eher will ich dich umbringen!“

Es war nicht Merrivan, der sprach, und Andy vermutete, daß es Wilmot sein mußte. Gleich darauf vernahm er ein Geräusch. Das obere Fenster wurde etwas geöffnet. Die beiden Männer befanden sich wahrscheinlich in diesem Zimmer. Jetzt konnte er Merrivans Stimme deutlich unterscheiden.

„Mach dich doch nicht so lächerlich – was du da redest, ist Unsinn, mein Lieber. Vor deinen Drohungen fürchte ich mich durchaus nicht. Und jetzt werde ich dir etwas sagen – das wird dich in Erstaunen setzen! Ich kenne deine geheimnisvolle Beschäftigung in der Stadt.“

Die Stimmen wurden leiser, und obgleich Andy sich die größte Mühe gab, konnte er nichts mehr verstehen. Er hörte nur noch ein schnelles, dringendes Sprechen, und einmal lachte Mr. Merrivan laut auf. Dann wurde ein Stuhl gerückt. Andy eilte aus dem Garten und verbarg sich in den gegenüberliegenden Büschen, bis Artur Wilmot herauskam und langsam seinem eigenen Haus zuschritt. Familienstreitigkeiten erscheinen meistens schwerwiegender, als sie in Wirklichkeit sind. Aber hier handelte es sich doch um eine ungewöhnliche Auseinandersetzung. Welcher Art war wohl die geheimnisvolle Beschäftigung Artur Wilmots, die Mr. Merrivan nur zu erwähnen brauchte, um ihn ganz zahm zu machen? Vorher hatte er geschrien und seinen Onkel mit Mord bedroht, dann war er plötzlich ruhig geworden und hatte normal, fast bittend, gesprochen.

Andy wartete, bis Wilmot seine Haustür geschlossen hatte, dann trat er wieder auf den Weg und ging langsam zurück. Als er in die Nähe von Nelsons Haus kam, blieb er stehen und schaute hinauf. Sein Herz schlug ein wenig schneller. Er konnte das Mädchen oben am Fenster deutlich erkennen. Das Mondlicht ließ ihre Züge noch schöner erscheinen. Sie zog sich zurück, und das Fenster schloß sich langsam. Er wußte, daß sie ihn gesehen hatte. War sie erschrocken? Fürchtete sie sich vor ihm? Sonderbar, dachte er, als er nach Beverley zurückfuhr, und das Merkwürdigste von allem war, daß er sich wieder wohler fühlte und das Gefühl der Bedrohung ihn verließ, sobald er wieder in die Hauptstraße einbog. Wenn es wirklich Teufel und Gespenster in Beverley Green gab, so mußten sie wirklich sehr mächtig sein, denn sogar Andrew Macleod hatte kurze Zeit unter ihrem Einfluß gestanden.

6

Stella Nelson saß beim Frühstück, als ihr Vater herunterkam. Er war nicht mehr so anmaßend. Er schämte sich, und in seiner ganzen Haltung drückte sich die Bitte um Verzeihung aus.

Früher hatte sich Stella durch seine Reue täuschen lassen, sie hatte geglaubt, daß doch noch etwas Gutes an einem Mann sein müsse und er sich bessern könne, wenn er seine Fehler einsah. Aber diese Illusion war zerronnen wie so viele andere. "Guten Morgen, mein Liebling. Ich wage kaum, dir ins Gesicht zu sehen", sagte er, als er sich niedersetzte und mit unsicheren Händen seine Serviette entfaltete. „Ich bin ein Unmensch, ich habe mich aufgeführt wie ein Tier!"

Sie schenkte ihm Tee ein und kümmerte sich wenig um seine Worte.

„Du darfst mir glauben, Stella, es war das letzte Mal – wirklich, das allerletzte Mal. Ich habe heute morgen, als ich mich anzog, den festen Vorsatz gefaßt, nie wieder zu trinken. War ich wieder so unausstehlich? Habe ich wieder die Dienstboten hinausgeworfen?"

„Sie sind gegangen."

Er seufzte.

„Vielleicht kann ich sie aufsuchen. Es wäre doch möglich, daß ich mit Mary die Sache wieder in Ordnung bringe. Sie ist eigentlich ein tüchtiges Mädchen, obwohl sie meine goldenen Manschettenknöpfe verloren hat. Ich will ihr alles erklären. Zu Mittag sind sie alle wieder da, Liebling. Ich kann nicht dulden, daß du die ganze Hausarbeit allein tust."

„Mary hat heute morgen ihre Sachen abgeholt", sagte Stella in sachlichem Ton. „Ich habe ihr auch den Vorschlag gemacht zu bleiben, aber sie erklärte, sie würde nicht wieder hierherkommen, selbst wenn ich ihr eine Million pro Jahr zahlte. Das habe ich ihr dann auch nicht angeboten."

„Habe ich sie beschimpft – habe ich ihr allerhand Namen gegeben?" fragte er schuldbewußt.

Sie nickte und schob ihm die Marmelade hin. „Hast du etwas Geld – ich möchte einkaufen gehen."

Er rückte unruhig hin und her: „Ich fürchte, ich kann dir nichts geben, ich bin gestern morgen nach Beverley gegangen, als du fort warst, und habe ein paar Besorgungen gemacht –"

„Das weiß ich", unterbrach ihn Stella ruhig. „Du hast noch eine halbe Flasche mit Whisky stehenlassen, den ich weggeschüttet habe."

„Das hättest du nicht tun sollen, mein Liebling", erwiderte er kleinlaut. „Ich weiß wohl, er ist sehr schädlich, aber es ist doch gut, wenn für plötzliche Krankheitsfälle etwas im Haus ist." Kenneth Nelson machte bei solchen Gelegenheiten gewöhnlich die Andeutung, daß irgendeine schreckliche Krankheit ausbrechen könne, die nur durch reichlichen Genuß von Whisky zu heilen sei.

„Wenn jemand krank wird, wollen wir lieber Doktor Granitt holen", sagte sie. „Hast du wirklich kein Geld für mich, Vater?"

„Ich habe nur ein paar Schilling." Er zog eine Handvoll Silbergeld aus der Tasche. „Die brauche ich selbst", fügte er hastig hinzu. „Ich bekomme aber heute meinen Scheck von dem Kunsthändler. Ich kann gar nicht begreifen, warum, er heute morgen mit der Post noch nicht gekommen ist. Diese Leute sind doch zu unzuverlässige Menschen."

„Der Scheck kam schon vorige Woche", entgegnete Stella ruhig. „Du hast dem Mädchen den Brief gleich draußen abgenommen und ihr gesagt, sie möchte mir nichts davon erzählen. Das hat sie mir gestern unter vielen anderen Dingen auch mitgeteilt."

Er seufzte wieder.

„Ich bin ein Verschwender, ich bin ganz und gar verkommen", klagte er sich an. „Ich bin schuld an dem Tod deiner armen Mutter, ich habe sie ins Grab gebracht – du weißt, daß ich daran schuld bin, Stella."

In solchen Augenblicken fand er ein wahres Vergnügen darin, sich selbst zu beschuldigen. Daß seine Tochter sich dadurch verletzt fühlen könnte, kam ihm gar nicht zum Bewußtsein. Er empfand eine solche Befriedigung dabei, daß er sich unmöglich vorstellen konnte, andere seien unfähig, dieses Vergnügen zu teilen.

„Sage doch das nicht", sagte sie beinahe schroff. Sie kam aber sofort wieder auf die Geldfrage zurück. „Vater, ich brauche Geld. Die Mädchen wollen den restlichen Lohn, ich habe versprochen, ihnen das Geld in die Stadt zu schicken."

Er hatte sich in seinem Sessel zusammengekauert und brütete vor sich hin.

„Ich werde heute mit dem Bild anfangen – mit dem Pygmalion. Es wird allerdings einige Zeit dauern, bis ich damit fertig bin und das Geld dafür bekomme. Diese verfluchten Händler –"

Schon vor drei Jahren hatte er den Pygmalion zu malen begonnen, aber seitdem war er nicht wieder in Stimmung gekommen. Stella hatte es aufgegeben, Modelle für ihn zu engagieren. Sie nahm das Versprechen, das große Bild beenden zu wollen, mit derselben Gleichgültigkeit hin, die sie bei seiner Reue gezeigt hatte.

Plötzlich kam ihm ein rettender Gedanke. Er lehnte sich zu ihr über den Tisch hinüber.

„Stella", sagte er leise, „könntest du nicht etwas Geld bekommen – erinnerst du dich an die Summe, die du damals aufgetrieben hast, als mich dieser üble Marmeladenfabrikant wegen der Anzahlung verklagte, die er auf das Porträt gemacht hatte? Diese dummen Spießer glauben immer, man könnte ein Bild auf Befehl malen. Ich bin nie ein Kaufmann gewesen. Ich will ja die Kunst nicht in den Himmel heben, aber Kunst ist der Inhalt des Lebens, für mich wenigstens."

Er schaute sie erwartungsvoll, beinahe bittend an, aber sie schüttelte entschlossen den Kopf.

„Auf diese Weise kann ich kein Geld mehr beschaffen. Lieber würde ich sterben. Wir wollen nicht mehr darüber sprechen, Vater."

Plötzlich erhob sie sich, ging verzweifelt im Zimmer auf und ab und blieb schließlich vor ihrem eigenen, halbvollendeten Porträt stehen, das er begonnen hatte, als sie drei Jahre jünger war.

„Das wäre eigentlich ein Bild, das man fertigmachen sollte", sagte er. „Ich bin jetzt gerade in der Stimmung dazu, ich könnte mich auf die Arbeit konzentrieren."

Als sie aber später in das Atelier kam, sah sie, wie er andere angefangene Bilder betrachtete.

„Ein paar Wochen Arbeit an diesem Bild, Stella, und bei Gott, es könnte etwas daraus werden. Durch ein solches Bild bin ich damals in die Akademie aufgenommen worden!"

„Warum fängst du denn nicht einmal wirklich an, Vater? Zieh deinen Arbeitskittel an und beginne gleich."

„Ach, das eilt doch nicht so sehr! Wir haben noch viel Zeit", erwiderte er leichtfertig. „Ich will einmal sehen, ob ich nicht den Trainer finde. Eine Runde Golf würde mich jetzt richtig auf die Höhe bringen."

Später sah sie, wie er mit dem Trainer zum Golfplatz ging; ein Junge trug ihnen die Geräte nach. Nelson schien alle Sorgen vergessen zu haben, weder an morgen zu denken, noch sein Betragen von gestern zu bedauern.

Als er zu Tisch zurückkam, war er in glänzender Stimmung, und sie wußte, daß alle guten Vorsätze längst vergessen waren.

„Es ist immer von Nutzen, wenn man weiß, wann man aufhören muß, Stella. Das ist eben der Unterschied zwischen einem Mann und einem Narren. Ich weiß immer, wann ich genug habe. Ich bin ein Künstler, und daher kommen all die Unannehmlichkeiten. Meine Phantasie schwelgt in rosigen Träumen, dann trinke ich rein mechanisch, ohne überhaupt zu wissen, daß ich etwas zu mir nehme." Er lachte vergnügt und kniff sie in die Wange. „Mache dir nur keine Sorge, in einer Woche ist der Pygmalion fertig. Du denkst natürlich wieder, daß es nur ein leeres Versprechen ist, aber ich kann dir nur sagen, mein Liebling, als ich ein junger Mann war und das große Gemälde schuf, dem ich meinen Namen verdanke – Sokrates, den Schierlingsbecher trinkend –, da habe ich am Sonntagmorgen angefangen und am Dienstagabend war das riesengroße Bild fertig. Ich habe allerdings später noch einige Lichter aufgesetzt."

„Hast du im Klub etwas getrunken, Vater?"

Der Klub war ein kleines Gebäude am Ende der Straße. Es war wohl der Golfklub mit der geringsten Mitgliederzahl der Welt.

„Ach, nur einen Whisky Soda", erwiderte er leichthin.

Kenneth Nelson hatte, wie viele Neurotiker, die Gewohnheit, alle Gedanken zu unterdrücken, die ihm nicht angenehm waren. Er konnte alles aus seinem Denken ausschalten, was ihm mißfiel, alle Erinnerungen, deren er sich schämen mußte. Er betrachtete das als eine große Begabung. Er liebte es, weise Aussprüche zu gebrauchen, und er brachte sie stets so vor, als ob sie von ihm selbst stammten.

„Nebenbei bemerkt, Stella, wir haben Besuch im Gästehaus. Das ist die ausgleichende Gerechtigkeit!" Er lachte. „Bellingham war ein Dieb, ein Einbrecher! Bei Gott, ich hätte nicht ruhig schlafen können, wenn ich das gewußt hätte."

Stella überlegte, was Scottie wohl zu einem Einbruch in dieses Haus hätte veranlassen sollen, wenn er nicht unvollendete Bilder stehlen wollte.

Noch bevor ihr Vater weitersprach, wußte sie, was er sagen würde.

„Der Detektiv wohnt dort?" fragte sie schnell.

„Ja, er hält sich ein paar Tage hier auf – ein sehr interessanter Mann, äußerst liebenswürdig. Er ist gewissermaßen ein Gast Mr. Merrivans. Du weißt doch, daß der immer die sonderbarsten Leute aufgreift, gewöhnlich sind es ganz unmögliche Menschen. Aber diesmal hat er Glück gehabt. Dieser Detektiv – Andrew wie zum Teufel heißt er doch sonst noch – es ist ein schottischer Name – ich kann all diese Macs nicht auseinderhalten."

„Macleod."

„Ja, Andrew Macleod, so heißt er. Das ist derselbe, der hierhergeschickt wurde, um den Einbrecher zu verhaften. Das hat er auch tatsächlich sehr fein gemacht. Er ist ein ausgezeichneter Beamter. Es ist ungewöhnlich, einen Detektiv zu finden, der zugleich auch Gentleman ist. Würdest du nicht auch gern seine Bekanntschaft machen? Er würde dich sicher interessieren."

„Nein", sagte sie so schnell, daß er sie überrascht anschaute. „Ich interessiere mich wirklich nicht für ihn, und außerdem habe ich ihn ja schon gestern auf dem Postamt gesehen – er gefällt mir nicht."

Mr. Nelson gähnte und schaute auf die Uhr.

„Ich muß jetzt gehen, ich habe Pearson versprochen, zu einer Bridgepartie zu kommen. Würdest du nicht zum Tee nachkommen?"

Sie ärgerte ihn nicht mehr durch unangenehme Fragen nach dem unvollendeten Pygmalion. Vor drei Jahren, als sie aus dem Pensionat gekommen war, wäre sie erstaunt gewesen, daß er seine guten Absichten so schnell vergessen konnte. Sie hätte ihm dann zugeredet, den Nachmittag im Atelier zu bleiben, und er hätte ihr geantwortet, daß er am nächsten Morgen ganz früh aufstehen werde, um einen guten Anfang zu machen. Und wenn sie ihn heute gebeten hätte, zu Hause zu arbeiten, hätte sie wahrscheinlich dieselbe Antwort bekommen. Also ließ sie den Dingen ihren Lauf. Ihr krampfhaftes Bemühen, dem Schicksal zu entkommen, war nutzlos – es ließ sich nicht mehr aufhalten.

Stella hatte an diesem Morgen einen Brief von Artur Wilmot vorgefunden und ihn ungelesen zerrissen und in den Papierkorb geworfen. Der Gedanke an ihn bedrückte sie am wenigsten.

Auch in dem Erscheinen des Detektivs lag etwas Schicksalhaftes. Er mußte ja seine Pflicht tun. Sie war auf das Schlimmste vorbereitet. Auch er würde in all das Unglück verkettet sein, das über sie hereinbrechen mußte.

Am Nachmittag bekam sie über eine Stellenvermittlung zwei ungeschulte Dienstboten. Es waren ungeschliffene Landmädchen, die sie anstarrten und lachten, als sie ihnen zeigte, wie sie alles anfassen mußten. Es wäre vergebene Mühe gewesen, sich nach gelernten Leuten umzusehen, denn die hatten alle von Kenneth Nelson und seinen Verrücktheiten gehört.

Stellas kleine, geheimgehaltene Reservesumme, die immer mehr und mehr zusammenschmolz, ermöglichte es ihr, die Löhne der entlassenen Dienstboten zu zahlen.

Sie hatte eben versucht, der neuen Köchin beizubringen, wie man guten Tee aufgießt, als Mr. Merrivan sich dem Hause näherte. Sie hatte ihn schon durch das Fenster gesehen und öffnete selbst die Haustür.

Sein Besuch war ihr unangenehm, obwohl sie ihn ganz gut leiden konnte. Aber auch er gehörte nun einmal zu den Unvermeidlichkeiten des Schicksals, und dieser Gedanke machte sie ruhiger.

„Ich komme in einer sehr heiklen Angelegenheit, Miss Nelson", begann er und schüttelte den Kopf, als ob er durchaus schon ausdrücken wollte, daß er sich zur Lösung seiner Aufgabe nicht fähig fühle. „Wirklich, eine sehr heikle Angelegenheit. Ich weiß kaum, wie ich anfangen soll –"

Sie wartete und fürchtete schon, daß er sie an eine frühere Schuld erinnern würde, die sie ihm aber glücklicherweise hatte zurückzahlen können. Sie atmete erleichtert auf, als sich herausstellte, daß er gekommen war, um das brutale Auftreten seines Neffen zu entschuldigen.

„Ich kann nur vermuten, was er zu Ihnen gesagt hat. Gestatten Sie, daß ich Platz nehme?"

Sie schob ihm einen Sessel hin. Er setzte sich langsam und dankte umständlich.

„Er hat Sie so schwer beleidigt, daß Sie ihm eigentlich nicht verzeihen können", begann er, aber sie unterbrach ihn sofort.

„Wir wollen nicht mehr darüber sprechen, Mr. Merrivan. Artur ist noch sehr jung und weiß nicht, wie man mit Frauen umgeht."

„Meinen Sie?" fragte er. „Es tut mir leid, daß ich Ihnen darin widersprechen muß. Er weiß genug über Damen, um seine Pflichten Ihnen gegenüber zu kennen."

„Hat er Ihnen denn alles erzählt?" Sie war erstaunt, daß Merrivan von dem Vorfall unterrichtet war.

„Ja, er hat es mir gebeichtet, und er bat mich, meinen Einfluß bei Ihnen geltend zu machen." Er räusperte sich. „Ich habe ihm aber geantwortet", sagte er dann langsam und nachdrücklich, „daß er sich keine Hoffnungen zu machen brauchte. Ich würde den Heiratsantrag eines andern nicht unterstützen."

Es trat eine Pause ein, und sie dachte über seine Worte nach.

„Eines anderen?" wiederholte sie dann. „Sie wollen doch nicht etwa sagen, ach nein – das können Sie doch nicht meinen –"

„Doch, ich meine mich selbst“, entgegnete Mr. Merrivan ruhig. „Aber der Altersunterschied zwischen uns ist vielleicht ein unüberwindliches Hindernis für unser Glück, Miss Nelson.“

„Nein, Ihr Alter hat damit nichts zu tun, Mr. Merrivan“, erwiderte sie hastig. „Ich werde überhaupt nicht heiraten. Aber das ist doch nicht Ihr Ernst? Sie wollen mich ja gar nicht heiraten.“

„Ich meine es wirklich im Ernst“, erklärte Darius Merrivan feierlich. „Ich habe diesen Schritt lange bedacht, Miss Nelson. Und mit jedem Tag wurde es mir klarer, daß Sie die einzige Frau auf der Welt sind, mit der ich glücklich werden könnte.“

Stella lachte: „Ich hätte es mir nie auch nur im Traum einfallen lassen, daß Sie – es ist mir natürlich eine große Ehre, Mr. Merrivan. Ich kann Ihnen gar nicht sagen, wie sehr ich das zu schätzen weiß – Sie waren immer so gut zu mir.“

Er hob abwehrend die Hand. „Wir wollen nicht davon sprechen. Ich kann Ihnen –“

„Moment!“ unterbrach sie ihn schnell. „Ich werde unter keinen Umständen heiraten, das ist die reine Wahrheit. Ich bin noch sehr jung und habe keine bestimmten Vorstellungen von der Ehe. Ich habe weder gegen Sie etwas, Mr. Merrivan, noch gegen Artur. Der einzige Grund meiner Ablehnung ist mein Entschluß, wenigstens jetzt noch nicht zu heiraten.“

Er nahm ihre Antwort so ruhig auf, als ob er keinen anderen Bescheid erwartet hätte, und war nicht im geringsten gekränkt.

„Es hat ja noch Zeit. Ich kann auch nicht erwarten, daß Sie sich auf der Stelle entscheiden – aber ich werde die Hoffnung nicht aufgeben.“

Sie schüttelte den Kopf.

„Ich glaube, es ist besser, Sie hoffen nicht mehr. Ich habe Sie gern, und Sie sind mir immer sehr freundlich entgegengekommen, aber ich will sie ebensowenig heiraten wie Ihren Neffen. Es ist eine ganz unwiderrufliche Antwort.“

Er machte keine Anstalten, sich zu erheben. Er saß ruhig da, strich seine dicken Backen und schaute an ihr vorbei.

„Sind Ihre Verhältnisse jetzt besser und geregelter, Miss Nelson?“

„Ja, es geht uns jetzt sehr gut“, erwiderte sie strahlend.

„Haben Sie gar keine Sorgen?“

Sie schüttelte den Kopf.

„Ich möchte noch etwas mit Ihnen besprechen – ich bin ein reicher Mann und ohne Verwandte. Wenn Ihnen zweitausend Pfund über diese schlechten Zeiten hinweghelfen können, so brauchen Sie es mir nur zu sagen:"

„Nein, Mr. Merrivan. Es ist sehr großzügig und liebenswürdig von Ihnen. Ich habe ein einziges Mal Ihre Güte in Anspruch genommen, und es war eine böse Erfahrung für mich. Sie waren sehr entgegenkommend, aber ich kann von Ihnen nichts mehr annehmen."

Er erhob sich, wischte ein Stäubchen von seinem Ärmel und nahm seinen Hut.

„Artur weiß es", sagte er. „Ich habe es ihm gesagt."

„Was haben Sie ihm gesagt?" fragte sie verwirrt.

„Daß ich die Absicht hatte, Sie um Ihre Hand zu bitten. Er war sehr heftig, Miss Nelson, und er drohte – ich glaube, er drohte, mich umzubringen." An der Tür wandte er sich noch einmal um. „Hat er Ihnen übrigens etwas davon gesagt, daß er Ihr Geheimnis kennt?"

„Hat er Ihnen auch das gesagt?"

„Nein, das habe ich nur vermutet. Er wußte, daß Sie Geld von mir geliehen hatten. Woher er es wußte, ist mir unbegreiflich. Aber vielleicht kann ich Sie doch dazu bewegen, Ihre Ansicht zu ändern –"

Sie schüttelte den Kopf.

Er stand in der Tür und schaute in den Garten hinaus. Seine Hand lag auf der Klinke.

„Wann haben wir eigentlich den Vierundzwanzigsten?" fragte er, ohne sie anzusehen.

Es verging einige Zeit, bevor sie antwortete.

„Am nächsten Montag", sagte sie dann schwer atmend und blieb regungslos stehen, als er die Tür hinter sich schloß.

So wußte er es also. Er wußte es wirklich. Und der Detektiv war nur hierhergekommen, um Merrivan zu unterstützen.

7

Andy brachte zwei unangenehme Tage in Beverley Green zu. Sie waren deshalb unangenehm, weil der einzige Mensch, dem er gerne begegnet wäre, ihn ängstlich mied. Einmal sah er ein junges Mädchen auf der anderen Seite der Straße gehen. Zwei große Hunde begleiteten es, die unruhig herumliefen. Er beschleunigte seine Schritte, erkannte dann aber, daß es Miss Sheppard war; eine junge Dame, der er auf dem Golfplatz vorgestellt worden war.

Am ersten Abend speiste er mit Mr. Merrivan und Mr. Sheppard, dem Architekten. Dieser Mann war so zurückhaltend, daß es Andrew schwerfiel, sich ein Bild von seiner Persönlichkeit zu machen.

Mr. Merrivan war Junggeselle, aber, wie er seinen Gästen erzählte, kein unverbesserlicher. Er würde sich gern von den Annehmlichkeiten der Ehe überzeugen lassen.

„Wirklich?“ fragte Macleod.

Andy überlegte sich, welche Frau Merrivan wohl heiraten würde. Mr. Sheppard dachte überhaupt nicht mehr nach. Er machte den Eindruck, daß er aufgehört hatte nachzudenken, nachdem er genügend Geld erworben hatte, um sich zur Ruhe setzen zu können.

„Meine Herren“, sagte Mr. Merrivan wieder und sprach jetzt ganz leise, als ob es sich um ein großes Geheimnis handelte, „so schön es hier auch ist und so angenehme und reizende Menschen hier leben, so habe ich doch für meine Zukunft andere Pläne. Kennen Sie den Corner See, Doktor Macleod? Ich habe dort eine Villa gekauft – die Villa Frescoli –, ein hübscher, ruhiger Flecken der Erde, wo ich glücklicher zu werden hoffe als hier in Beverley.“

Andy wurde nachdenklich. Mr. Merrivan war nicht der Mann, der nur renommierte. Die Villa Frescoli war nicht klein, sie glich eher einem Palast. Es war ein großes Gebäude aus weißem Marmor. Die Bezeichnung ‘Villa’ schien kaum für dieses majestätische, herrliche Haus zu passen, das ursprünglich für einen russischen Großfürsten erbaut worden war.

Mr. Merrivan gewann in Macleods Augen neues Interesse. Er hatte schon gehofft, daß die Nelsons nach dem Abendessen zu einem kurzen Besuch herüberkommen würden. Aber die Umgangsformen waren hier steifer und konventioneller, als er vermutet hatte. Die Nachbarn besuchten einander nicht, in Beverley Green lebte jede Familie für sich. Mr. Sheppard brach früh auf, und Andy ging mit seinem Gastgeber in dessen Arbeitszimmer, um dort eine Tasse Kaffee zu trinken.

Er war nun in dem Raum, in dem sich gestern Mr. Merrivan und Wilmot unterhalten hatten, als er ihr Gespräch belauschte. Es war ein eigenartiges, langgestrecktes Zimmer, das schmaler erschien, als es in Wirklichkeit war. Es lief von der Vorderfront zur Rückseite des Hauses. Durch zwei große Fenster konnte man vorn auf die Straße und hinten in den Garten sehen. In die Mitte der einen Wand war ein großer, schön verzierter Kamin eingebaut, der besser in ein Schloß gepaßt hätte, denn der Raum erschien dadurch wenig gut proportioniert, vor allem zu niedrig. Die Wände hatten Eichentäfelung. Andy sah keinen Bücherschrank. Offenbar machte sich Mr. Merrivan wenig aus Literatur und gab sich auch keine Mühe, seine gelegentlichen Besucher über diese Tatsache zu täuschen. Aber kostbare Radierungen schmückten die Wände. Andy bemerkte einige wertvolle Arbeiten von Zorn, und Mr. Merrivan zeigte ihm Handzeichnungen bekannter Künstler.

Mr. Merrivan wußte wohl selbst, daß der Kamin eigentlich nicht hierhergehörte. Er hatte das Stück auf der Auktion im Stockley-Schloß erworben. Das Wappen der Stockleys war auch oben am Sims angebracht. Die anderen Möbel waren gut und modern. Zwei Ottomanen waren in den Fensternischen untergebracht, und außer dem Schreibtisch, der im vorderen Teil des Zimmers nach der Straße zu stand, waren noch ein großer Tisch und ein schön geschnitztes chinesisches Schränkchen vorhanden. Daneben luden bequeme Armsessel zum Ausruhen ein.

„Ich bin ein einfacher Mann und habe dementsprechend einen einfachen Geschmack", behauptete Mr. Merrivan. „Mein Neffe sagt immer, daß dieses Zimmer fast wie ein Büro aussehe. Nun, ich habe immer ein sehr bequemes Büro gehabt. Rauchen Sie, Herr Doktor?"

Andy wählte eine Zigarette aus dem Silberkasten, der ihm zugeschoben wurde.

„Finden Sie nicht, daß es hier sehr ruhig ist?"

Andy lächelte. „Ja, es herrscht eine wohltuende Stille hier."

Mr. Merrivan freute sich über das Lob.

„Ich selbst bin sozusagen der Gründer des Ortes. Ich habe diese Häuser nacheinander gekauft. Einige sind schon sehr alt, obwohl Sie das vielleicht nicht glauben werden. Ich habe Beverley Green eigentlich so angelegt, wie Sie es jetzt sehen. Ich verkaufte ein Haus nach dem anderen und habe dabei nicht einen Schilling verdient."

Andy war sehr erstaunt.

„Das war aber wenig geschäftstüchtig von Ihnen."

„An Geschäft habe ich dabei überhaupt nicht gedacht", erklärte Mr. Merrivan. „Meine Absicht war, die richtigen Leute hierherzubringen. Aber ich fürchte, es ist mir nicht ganz gelungen. Die Menschen sind nicht alle so, wie sie scheinen, auch verschlechtert sich mit der Zeit der Charakter mancher Leute. Aber für Sie in Ihrem rastlos tätigen Leben, lieber Doktor, muß der Aufenthalt in Beverley Green doch eine Erholung sein."

Das Gespräch wandte sich dann dem Thema „Verbrechen und Verbrechen zu. Es war aber weniger eine Unterhaltung als ein Ausforschen von seilen Mr. Merrivans. Macleod gab längere oder kürzere Antworten, je nach dem Interesse, das er Mr. Merrivans Fragen entgegenbrachte.

„Haben Sie bei Ihren vielen Erkundungen jemals einen gewissen Albert Selim kennengelernt?" Merrivan sprach zögernd.

„Dieselbe Frage hat erst vor kurzem jemand an mich gestellt. Wer war es doch gleich? Auf jeden Fall ist mir Selim noch nicht begegnet. Er soll einen sehr gemeinen Charakter haben."

„Er ist ein Wucherer, und ich habe allen Grund anzunehmen, daß er auch ein Erpresser ist", sagte Mr. Merrivan ernst. „Glücklicherweise bin ich niemals in seine Klauen geraten, aber andere Leute – können Sie mir nicht sagen, wer von ihm gesprochen hat? War es nicht Mr. Nelson?"

„Nein, ich glaube, es war Mr. Boyd Salter."

„Sehen Sie einmal an", sagte Merrivan belustigt. „Unser vornehmer Ortsvorstand. Wirklich ein netter Mann, dieser Mr. Boyd Salter. Kennen Sie ihn gut?"

„Ich habe ihn nur kurz kennengelernt. Ich brauchte eine Unterschrift als Friedensrichter für die Überführung meines Gefangenen."

„Ein äußerst liebenswürdiger Herr, nur schade, daß wir sowenig von ihm sehen. Er ist schwer nervenkrank, wie mir erzählt wurde."

Andy erinnerte sich an den behutsamen Diener und an die tiefe Ruhe im Haus.

Kurz darauf empfahl er sich. Andy wollte allein sein, es zog ihn nach Nelsons Villa. Es scheint, daß ich meine Zeit hier nur damit zubringe, an fremden Türen zu lauschen, dachte er. Er stand jetzt dem Haus des Künstlers gegenüber und war sehr bestürzt, als er drinnen einen Mann fürchterlich schreien hörte. Gerade öffnete sich die Tür, und zwei Frauen stürzten aufgeregt und schimpfend heraus. Nelson lief mit langen Schritten hinter ihnen her. Er trug nur Hose, Oberhemd und Pantoffeln. Andy vermutete, daß er betrunken war, obwohl er noch keinen Betrunkenen gesehen hatte, der so gerade ging und so klar und deutlich sprach.

„Laßt euch hier nicht wieder sehen, ihr –", es folgte ein Ausbruch wüster Schimpfnamen.

„Vater!“ Stella war bereits an seiner Seite und legte ihren Arm in den seinen. „Es ist besser, wenn du jetzt hereinkommst.“

„Ich gehe nicht hinein! Ich tue, was mir paßt! Mach, daß du auf dein Zimmer kommst!“ Er zeigte theatralisch auf die Haustür. „Soll ich mir vielleicht von diesen Scheuerfrauen, diesen schlampigen Weibern, alles gefallen lassen – ich, Kenneth Nelson, Mitglied der Königlichen Akademie? Ich dulde das nicht!“

„Komm doch bitte ins Haus, Vater. Willst du denn wirklich ganz Beverley zum Zeugen haben –“

„Dieses verdammte Nest! Ich bin erhaben über Beverley Green, wo nur Marmeladenfritzen wohnen – geh auf dein Zimmer, Stella!“

Aber sie rührte sich nicht.

Andy glaubte, daß es jetzt Zeit sei, sich bemerkbar zu machen.

„Ach, guten Abend, Mr. Macleod!“ Nelson war plötzlich so liebenswürdig, daß man ihn fast nicht wiedererkannt hätte.

„Guten Abend, Mr. Nelson. Ich möchte gern noch ein wenig mit Ihnen plaudern.“

Er nahm den Maler am Ann und führte ihn ins Haus. Stella folgte ihnen.

Sie war dankbar, obgleich sie sich fürchtete. Und doch war sie auch wieder begierig, mehr von diesem Mann zu erfahren und ihn aus der Nähe zu sehen. Sie fühlte sich gedemütigt, daß sie ihn in einer so peinlichen Situation kennenlernen mußte. Das erste, was sie an ihm beobachtete, war seine Kraft. Sie sah, daß er gewohnt war, mit Leuten umzugehen, und spürte etwas von der überlegenen Wirkung seiner Persönlichkeit. Vielleicht überschätzte sie seinen Einfluß, weil ihr Vater ihm so gehorsam und ohne Widerstreben folgte.

„Ich habe gerade zwei unverschämte Dienstmädchen hinausgeworfen, zwei ganz gemeine Weiber, Mr. Macleod“, sagte Nelson, der plötzlich wieder in seinen alten, anmaßenden Ton verfiel. „Diese Leute aus den unteren Schichten führen sich immer unerträglicher auf. Stella, ich kann deine Wahl eigentlich nicht billigen – wirklich, die beiden haben mich sehr enttäuscht. Hole Mr. Macleod jetzt etwas zu trinken. Ich werde zur Gesellschaft ein Gläschen mittrinken.“

„Nun, dann trinken wir am besten ein Gläschen Wasser miteinander“, meinte Andy lächelnd.

„Wasser!“ rief Nelson verächtlich. „Solange ich noch ein Haus und einen Keller habe, geht kein Gast von meiner Schwelle, lieber Freund, ohne daß ich ihm nicht einen Becher dieses schönen Getränkes aus Schottland kredenzt habe!" Er lachte unbändig.

Andy hatte erwartet, Stella niedergeschlagen und bedrückt zu sehen. Die Selbstbeherrschung, die sie in diesem kritischen Augenblick bewahrte, verriet, daß sie an solche Szenen gewöhnt war. Sie tat ihm unendlich leid, sie schien noch sehr jung zu sein, fast noch ein Kind. Er bewunderte die zarte Reinheit ihrer Haut, die Anmut ihrer Gestalt. Und doch war es nicht das, was ihn so tief ergriff.

Sie machte keinen Versuch, Whisky zu holen, denn sie wußte, daß keiner im Hause war.

„Der Keller ist leer, Vater", erwiderte sie trocken. „Die Winzer streiken."

Der Spott brachte ihn wieder zur Raserei, und er drehte sich wütend nach ihr um, aber Andys Blick bannte ihn.

„Miss Nelson, könnte ich Ihren Vater ein paar Minuten allein sprechen? Ich möchte etwas mit ihm beraten."

Sie nickte und ging hinaus.

„Aber, mein Lieber ..." versuchte Nelson schwach zu protestieren.

„Sie nannten mich vorhin Mr. Macleod – Sie haben vergessen, daß ich Arzt bin. Haben Sie in der letzten Zeit einen Arzt konsultiert?"

„Nein, das hatte ich nicht nötig, meine Gesundheit ist in bester Ordnung", erwiderte Mr. Nelson trotzig.

„Davon ist sie so weit entfernt, daß Sie dicht vor einem vollständigen Zusammenbruch stehen, von dem Sie sich niemals wieder ganz erholen werden. Ohne daß ich Ihr Herz untersucht habe, kann ich Ihnen sagen, daß sie böse Kreislaufstörungen haben. Nun erschrecken Sie, weil Sie wissen, daß ich recht habe. Sie werden das nächste Jahr nicht überleben, wenn Sie nicht aufhören zu trinken."

Nelson blinzelte.

„Sie wollen mir nur Angst einjagen. Ich weiß selbst, daß es nicht richtig ist zu trinken. Aber ich bin doch noch nicht so kindisch, wie Sie denken. Ich trinke ja nur, weil ich soviel Sorgen habe, Mr. – Doktor Macleod."

„Sie können sich die meisten Sorgen ersparen, wenn Sie keinen Whisky mehr anrühren. Gestatten Sie, daß ich morgen wiederkomme und Sie untersuche? Wer ist eigentlich Ihr Arzt?"

„Doktor Granitt aus Beverley. Ich habe ihn aber niemals meiner eigenen Gesundheit wegen zu Rate ziehen müssen. Er hat meine arme Frau während ihrer letzten Krankheit behandelt."

„Nun gut, ich werde Sie untersuchen, und er kann dann Ihre Behandlung übernehmen. Wir werden Sie zusammen ein zweites Mal untersuchen."

„Ich weiß aber gar nicht, warum", begann Nelson in seinem alten anmaßenden Ton.

Aber Andy überging seine Einwände.

„Ich möchte Ihre Tochter nicht zu sehr erschrecken", sagte er leise, „Wir werden deshalb nicht weiter über die Sache sprechen, wenn sie kommt."

Als Stella gleich darauf wieder in das Zimmer trat, fand sie ihren Vater lammfromm, bescheiden und ruhig. Kenneth Nelson empfand nun doch eine gewisse Furcht und konnte sich davon nicht so schnell erholen.

„Ich glaube, es ist besser, wenn ich zu Bett gehe, Stella. Ich habe mich schon während der letzten Tage nicht wohl gefühlt." Andy amüsierte sich über ihn, aber er ließ sich nichts merken. Er ging zur Tür und wartete dort, bis Stella einen kleinen Schal umgelegt hatte. Er war aus schwarzer Seide und trug in einer Ecke ein roteingesticktes Monogramm. Alles an ihr interessierte ihn in hohem Maße. Als sie miteinander zum Gartentor gingen, erzählte er ihr, was er mit ihrem Vater besprochen hatte.

„Ich weiß sehr wohl, daß er nicht an Kreislaufstörungen leidet, aber ich werde Doktor Granitt besuchen. Ich kenne seinen Sohn sehr gut – wir waren zusammen auf der Universität. Wir können uns ja irgendeine komplizierte Krankheit ausdenken, die Ihrem Vater das Trinken zum mindesten auf eine längere Zeit verleidet."

„Ja, vielleicht ist das möglich", sagte sie unsicher.

„Sie haben keine Hoffnung mehr?"

„Mit der Zeit verliert man sie."

„Ich möchte Ihnen darauf etwas erwidern. In London gibt es Taxis, die einem gewissen Stadmere gehören. Diese Stadmere-Wagen sind die besten ihrer Art. Ich habe mir angewöhnt, wenn ich nicht gerade in der größten Eile bin, auf ein solches zu warten. Dabei ist mir aufgefallen, daß sofort ein Stadmere-Taxi auftaucht, wenn man sich fest entschließt, ein solches zu nehmen."

„Das ist ein Gleichnis." Sie lächelte. „Aber ich warte auf etwas, das mehr ist als ein Stadmere-Taxi – ich warte auf ein Wunder."

„Ich habe sogar erlebt, daß Wunder geschehen, und es lohnt sich wirklich, auf sie zu warten. Wenn man jung ist, verrinnen die Tage schnell, und die Jahre erscheinen wie Ewigkeiten, so daß man ungeduldig wird."

„Sie sprechen wie ein alter Mann", versuchte sie zu scherzen, obwohl ihr nicht danach zumute war.

„Das mag stimmen. Zwar, werde ich auch noch manchmal ungeduldig, aber ich habe das Warten gelernt!"

Er hielt ihre Hand einen Augenblick in der seinen. Sie sah ihm nach, als er über den Rasen davonschritt, bis seine Gestalt immer undeutlicher wurde und im Tor des Gästehauses verschwand.

8

Tage vergingen. Andy beschloß, noch eine weitere Woche zu bleiben. Er suchte Dr. Granitt auf und beriet mit ihm. Der Dorfarzt besuchte Nelson auch, und obwohl er keine Kreislaufstörungen feststellen konnte, ließ er seinen Patienten doch mit dem Eindruck zurück, daß er eine ganze Anzahl böser Leiden habe.

Andy hatte Stella nur einmal aus der Entfernung wiedergesehen. Sein Urlaub näherte sich nun seinem Ende, und es wäre wirklich ratsam gewesen, wenigstens die letzte Woche noch mit Fischen und Angeln zu verbringen, wie er es ursprünglich geplant hatte. Aber sein Zimmer im Gästehaus war wirklich schön, der Golfplatz ausgezeichnet, und es war eigentlich kein Grund vorhanden, warum er nun gerade fischen sollte.

Am Sonntag ging er sogar zur Kirche. Das geschah etwas plötzlich, denn er hatte noch im Pyjama gesessen, als er Stella Nelson mit ihrem Gesangbuch vorbeigehen sah. Zehn Minuten nach ihr betrat auch er das Gotteshaus und ließ sich auf einer Bank nieder, von der aus er sie gut von der Seite sehen konnte. Nach Schluß des Gottesdienstes wartete er auf sie, und sie gingen zusammen nach Beverley Green zurück.

„Ich habe gehört, daß Sie uns morgen verlassen wollen?" fragte Stella.

„Ich hatte ursprünglich die Absicht, morgen abzureisen, aber wahrscheinlich werde ich noch einige Tage hierbleiben, wenn man mich nicht aus dem Gästehaus hinauswirft."

„Bei uns wird niemand hinausgeworfen, außer von der Polizei", sagte sie ein wenig boshaft. Er lachte.

Als sie über die Straße gingen, kam ihnen ein Mann entgegen. Er wandte sich plötzlich um und verschwand in einer Seitenstraße.

„Es sieht so aus, als ob Mr. Sweeny mir nicht begegnen möchte", meinte sie lächelnd.

„Ich hatte denselben Eindruck. Wer ist eigentlich dieser Mr. Sweeny?"

„Er war früher bei Mr. Merrivan als Hausmeister angestellt, aber ich glaube, er mußte die Stelle unter ein wenig sonderbaren Umständen verlassen. Er ist sehr schlecht auf Mr. Merrivan zu sprechen."

Sie war erstaunt, denn sie hatte Sweeny nicht zugetraut, daß er ihr so taktvoll aus dem Wege gehen würde, um sie nicht in Verlegenheit zu bringen und sie an ihre letzte Begegnung zu erinnern.

Gleich darauf trafen sie Mr. Merrivan, von dem sie eine Erklärung über Mr. Sweenys Besuch erhielten. Er trat zu ihnen, als sie gerade an der Gartentür des Nelsonschen Hauses standen.

„Guten Morgen, Miss Nelson!" sagte er freundlich. „Haben Sie auch diesen niederträchtigen Sweeny getroffen? Dieser gemeine Kerl! Ich hätte nicht gedacht, daß er die Frechheit besitzt, sich in Beverley Green zu zeigen. Ich faßte den Menschen doch ab, als er bei meinem Haus herumspionierte – vielmehr mein Gärtner hat ihn gesehen. Wenn ich nun wie gewöhnlich zur Kirche gegangen wäre, hätte ich wahrscheinlich überhaupt nicht erfahren, daß er hier war. Diese Dienstboten stecken doch alle unter einer Decke."

Andy wunderte sich, daß es ein so großes Verbrechen war, Mr. Merrivans Grundstück zu betrachten. Aber der redselige Mann erzählte ihm, daß Sweeny ein Loch in die Hecke gemacht habe, um hindurchzuspähen, und daß sein wachsamer Gärtner ihn gerade in diesem Augenblick entdeckt hatte.

An diesem Tage ereignete sich nichts Besonderes. Das Schicksal, das drohend über Beverley Green hing und es weithin bekannt machen sollte, brach erst in der Nacht herein.

Stella saß in der Halle und las. Sie war gerade bei ihrem Vater oben gewesen, um ihn für die Nacht zu versorgen, denn Mr. Nelson hatte den Rat der Ärzte gewissenhaft befolgt und sein Zimmer nicht verlassen, seitdem Andy ihn gewarnt hatte.

Sie blätterte gerade eine Seite um, als sie ein leises Klopfen am Fenster hörte. Einen Augenblick lauschte sie, da sie glaubte, sich getäuscht zu haben. Vielleicht tropfte der Wasserhahn in der Küche. Aber dann vernahm sie wieder deutlich dasselbe Geräusch, legte das Buch nieder und stand auf. Sie war keineswegs ängstlich, denn Artur Wilmot hatte sich früher häufig auf diese Weise bemerkbar gemacht.

Sie zog den Vorhang beiseite und schaute in den Garten hinaus, konnte aber nichts sehen. Düstere Wolken waren schon am Nachmittag von Südwesten heraufgezogen, und der Mond war nicht zu sehen. Sie ging zur Haustür und wollte eben öffnen, als sie einen Brief auf dem Boden liegen sah. Er mußte unter der Tür durchgeschoben worden sein. Es stand keine Adresse auf dem Umschlag, und nachdem sie einen Augenblick gezögert hatte, riß sie ihn auf. Es war ein vier Seiten langes Schreiben. Zuerst dachte sie, der Brief käme von Artur. Sie hatte in den letzten Tagen noch verschiedene Briefe von ihm erhalten, aber sie hatte sie ungelesen vernichtet.

Sie las die Unterschrift, hielt einen Augenblick bestürzt inne, begann dann aber doch zu lesen. Je weiter sie kam, desto größerer Schreck ergriff sie. Sie ging in die Küche und trank ein Glas Wasser. Sie las weiter. Jeder Satz traf sie wie ein Dolchstoß. Voller Zorn warf sie das Schreiben ins Feuer. Dann öffnete sie die Schublade eines Schrankes und nahm einen kleinen Revolver heraus, der ihrem Vater gehörte. Vor langer Zeit hatte sie die Waffe einmal weggeschlossen, als sie sich noch von den Drohungen einschüchtern ließ, die er in seiner Trunkenheit ausstieß. Sie zog auch eine kleine grüne Pappschachtel hervor, die mit Patronen gefüllt war. Mit einem Staubtuch reinigte sie den Revolver, öffnete ihn und lud ihn mit drei Patronen. Dann ging sie in ihr Zimmer, zog einen dunklen, weiten Mantel an und steckte die Waffe in die Tasche.

Als sie wieder unten in der Halle stand, tat es ihr leid, daß sie den Brief in ihrer Erregung verbrannt hatte. Jetzt war sie wieder vollkommen kühl und ruhig. Sie warf noch ihren Schal um und überzeugte sich, daß sie den Hausschlüssel in der Tasche hatte, bevor sie die Tür zuschlug.

An der Gartenpforte blieb sie stehen und schaute zum Gästehaus hinüber. Einen kurzen Augenblick war sie versucht, Andy all ihre Sorgen und ihren Kummer anzuvertrauen – aber sie überwand sich. Wie absurd wäre es gewesen, einem Polizeibeamten zu beichten!

Sie ging hinaus ins Dunkel. Es kam ihr zum Bewußtsein, daß ihr nun auch der letzte Hoffnungsschimmer genommen war.

Andy Macleod hatte seine Pläne an diesem Tag schon zum drittenmal geändert. Morgen würde er endlich abreisen. Er war eben doch ein sentimentaler Mensch. Dieses Eingeständnis war wirklich beschämend für einen vernünftigen Mann von fünfunddreißig Jahren.

Er ging zu Nelsons Haus hinüber. Doch als er sah, daß kein Fenster erleuchtet war, kehrte er wieder in sein Zimmer zurück und versuchte zu lesen. Aber bald legte er das Buch weg und ging zu Bett. Er war schon nach wenigen Minuten fest eingeschlafen.

Ein heftiges Klopfen an der Tür weckte ihn plötzlich auf.

„Wer ist dort?"

„Johnston, der Hausmeister – kann ich Sie einen Augenblick in einer sehr dringenden Sache sprechen?"

Andy Macleod machte Licht. Er sah nach der Uhr – es war drei Viertel zwei. Was mochte vorgefallen sein? Er vermutete, daß eine telefonische Nachricht von Scotland Yard für ihn gekommen sei. Wahrscheinlich brauchte man ihn wegen Scotties Verhaftung, und er verwünschte den armen Menschen.

Als er aber das Gesicht des Hausmeisters sah, wußte er, daß etwas anderes geschehen sein mußte. Johnstons Gesicht war aschfahl, und seine Lippen zitterten.

„Sir", sagte er atemlos, „es ist etwas Fürchterliches passiert. Mr. Pearson bat mich, Sie zu rufen, bevor ich zur Polizei ginge."

„Was gibt es denn?" fragte Andy schnell.

„Mr. Merrivan – Mr. Merrivan", wimmerte der Mann.

„Erzählen Sie doch!"

„Tot – ermordet. – ach, es ist zu schrecklich!"

„Merrivan – ermordet? Warten Sie einen Augenblick, in ein paar Minuten komme ich hinunter. Machen Sie mir eine Tasse Tee, wenn es möglich ist."

Er zog sich mit größter Eile an und stürzte den heißen Tee hinunter, den ihm der Hausmeister an der Treppe reichte. Jemand anders mußte bereits die örtliche Polizei benachrichtigt haben, denn ein Polizeisergeant öffnete Andy die Tür, nachdem er angeklopft hatte.

„Ich bin froh, daß Sie gekommen sind, Sir. – Das ist eine böse Geschichte. Ich habe alle Polizeistationen alarmiert."

„Ist er tot?"

„Ja. Es ist sicher schon eine Stunde her, daß er gestorben ist. Ich habe um Doktor Granitt geschickt."

Andy nickte.

„Wo liegt er?"

„Dort." Der Sergeant zeigte auf das Arbeitszimmer.

Andy öffnete die Tür und betrat den langgestreckten Raum. Alle Lichter waren eingeschaltet. Unwillkürlich wandte er sich nach rechts, wo Mr. Merrivans Schreibtisch stand. Aber dort lag der Tote nicht, sondern am anderen Ende des Zimmers mit den Füßen zum Fenster. Die Arme lagen nach oben, als ob er einen Angreifer abwehren wollte, und die Gesichtszüge waren entsetzlich verzerrt.

Er mußte aus nächster Nähe erschossen worden sein, denn Andy sah Pulverspuren auf seiner weißen Weste.

Es war nicht nötig, ihn noch genauer zu untersuchen. Ein Blick auf die leblose Gestalt sagte alles.

9

Andy ging in die Diele zurück.

„Wo sind die Dienstboten?" fragte er.

„Der Hausmeister beruhigt die Mädchen, Sir."

„Lassen Sie ihn sofort holen", sagte Andy kurz.

Der Hausmeister hatte nichts gehört. Mr. Merrivan hatte ihn und die anderen Angestellten früh zur Ruhe geschickt und gesagt, daß er selbst alle Lichter ausdrehen und das Haus abschließen werde. Er pflegte das häufiger zu tun.

„Hatte er heute abend irgendwelchen Besuch?"

Der Hausmeister zögerte.

„Das kann ich nicht genau sagen. Einmal hörte ich unten Stimmen. Ich ging die Treppe hinunter, um etwas zu holen, und ich glaube, ich habe ihn sprechen hören."

„Mit wem hat er gesprochen?"

„Soweit ich es beurteilen konnte, war es eine Dame."

„Haben Sie ihre Stimme erkannt?"

„Nein, Sir."

„Wann war das?"

„Zwischen halb elf und elf."

„Haben Sie denn keinen Schuß gehört?"

„Nein. Irgend etwas weckte mich auf – vielleicht war es der Knall. Die Köchin sagt, sie habe ein Geräusch gehört, als ob eine Tür laut zuschlug. Sie kam herauf und weckte mich. Sie kam aber nicht gleich, da sie sich entsetzlich fürchtete und glaubte, es seien Einbrecher im Hause. Schließlich stand sie aber doch auf und klopfte an Mr. Merrivans Tür. Und als sie keine Antwort erhielt, kam sie zu mir. Ich habe dann Mr. Merrivan tot aufgefunden."

„Waren die Fenster offen oder geschlossen, als Sie eintraten?"

„Sie waren geschlossen."

„Gibt es außer der vorderen Tür noch einen anderen Ausgang?"

„Ja, man kann auch durch die Küche gehen."

Beide Ausgänge waren verriegelt und zugeschlossen. Andy ging in das Arbeitszimmer zurück. Das geschnitzte chinesische Schränkchen kam ihm sonderbar vor. Die Tür schien nicht ganz zu schließen – er zog daran, und sie öffnete sich. Plötzlich wurde ihm der eigentliche Sinn des Möbels klar, denn er fand im Innern einen Stahlsafe verborgen. Auch dessen Tür stand auf, und ein Schlüsselbund hing am Schloß. Der Safe war leer. Im Kamin entdeckte Andy verbrannte Papiere, die teilweise noch glimmten. Vorsichtig nahm er die unverbrannten Stückchen heraus und rettete dabei auch ein kleines, in Leder gebundenes Tagebuch, das erst halb verkohlt war. Er legte es behutsam auf ein Stück Papier.

„Niemand darf die Asche anrühren – verstanden, Sergeant?"

„Vollkommen, Sir."

Andy untersuchte die vorderen Fenster, sie waren alle fest verschlossen. Von den Fenstern auf der Rückseite war, wie er erwartet hatte, eins nicht verriegelt. Der Fensterflügel war nur angelehnt.

„Entschuldigen Sie", sagte der Sergeant, „haben Sie den Brief gesehen?"

„Welchen Brief?" fragte Andy. „Wo ist er?"

„Der Hausmeister fand ihn auf dem Boden neben dem Schreibtisch. Er sagte, er habe ihn aufgehoben und unter einen Stoß anderer Schriftstücke auf den Tisch gelegt. Er hat sich eben erst daran erinnert. Er glaubt, daß Mr. Merrivan den Brief gelesen haben muß, kurz bevor er getötet wurde."

Andy durchsuchte die Papiere auf dem Tisch und zog unter allerlei Rechnungen einen gelben Briefbogen hervor. Die Handschrift sah verstellt aus. Er setzte sich in den Schreibtischsessel und las.

'Ich habe Ihnen eine Chance gegeben, aber Sie haben meine Bedingungen nicht erfüllt. Sie müssen also die Konsequenzen tragen. Wenn Sie innerhalb von vierundzwanzig Stunden Ihr Versprechen nicht einlösen, werden Sie es bereuen. Dies ist meine letzte Warnung. Ich habe schon zu lange Geduld gehabt.'

Das Schreiben war mit A. S. unterzeichnet. A. S.! Albert Selim! Es stand noch eine Nachschrift unter dem Brief.

'Einer meiner Freunde, dem ich vertrauen kann, wird diesen Brief unter Ihre Türe schieben.'

Andy faltete das Schreiben zusammen und legte es in seine Brieftasche. Kurze Zeit später kam Dr. Granitt und untersuchte den Toten.

„Eine schlimme Sache", sagte der alte Doktor kopfschüttelnd. „Es ist wohl schon eine Stunde her, denke ich. Heben Sie ihn einmal ein wenig an, Doktor Macleod. Hier ist die Wunde. Das Geschoß hat die Hauptschlagader getroffen und dann den vierten Wirbelknochen zerschmettert."

„Können Sie irgend etwas Besonderes an ihm feststellen?" „Nein", erklärte Dr. Granitt und sah den Toten nachdenklich an.

„Sehen Sie sich doch einmal seine Schuhe an."

Dr. Granitt folgte der Aufforderung und runzelte die Stirn.

„Du meine Güte – er trägt ja Stiefel wie ein Landarbeiter!"

Die dicken, unförmigen Stiefel waren mit getrocknetem gelbbraunem Lehm bedeckt. Der alte Arzt schaute verwundert auf.

„Brauchen Sie mich noch, Doktor Macleod?"

„Nein, ich glaube, daß Sie nicht einmal bei der Leichenschau nötig sind, wenn nicht gewünscht wird, daß Sie meine Aussagen bestätigen."

„Gott sei Dank." Granitt graute es wie allen Ärzten vor gerichtlichen Verhandlungen und dem damit verbundenen Zeitverlust. „Ich bin augenblicklich sehr stark beschäftigt, kaum eine Nacht vergeht, ohne daß ich nicht von irgendeinem überängstlichen Ehemann geweckt werde – die Bevölkerung von Beverley vermehrt sich beängstigend."

Andy begleitete ihn bis zur Haustür und ging dann wieder in das Zimmer zurück, wo der Tote lag, um eine genauere Untersuchung des Tatortes vorzunehmen. Er begann mit dem Fenster, durch das der Mörder hereingekommen sein mußte. Seine Theorie bestätigte sich auch sogleich, denn er sah schmutzige Fußspuren auf einem der unter dem Fenster stehenden Diwane. Er betrachtete sie genauer, es waren zwei linke und zwei rechte Schuhabdrücke. Sie waren verhältnismäßig klein, nicht größer als die einer Frau, obgleich der Absatz breiter schien. Wahrscheinlich stammten sie von den Hausschuhen einer Frau. Der Hausmeister hatte ja auch eine weibliche Stimme gehört. Das Fenster ließ sich leicht und geräuschlos öffnen. Andy entdeckte wieder etwas, als er zum Schreibtisch kam. Es war ein großes, altes Möbelstück aus Mahagoni, das sicher echt war, denn ein Mann wie Merrivan hätte sich schwerlich mit einer Imitation begnügt. An jeder Seite des Tisches waren zwei Schubladen, von denen eine offenstand. Merrivan hatte sie vielleicht selbst geöffnet, als er im Sessel saß. Andy zog sie noch weiter heraus, und plötzlich glitzerte ihm etwas Goldenes entgegen. Es war ein Damenring – ein schmaler Reif mit fünf kleinen Smaragden.

Er runzelte die Stirn. Diesen Ring kannte er doch – wo hatte er ihn nur gesehen? Nun besann er sich – aber er wollte es nicht glauben. Es war Stella Nelsons Ring, den er auf dem Postamt an ihrer linken Hand bemerkt hatte! Er starrte entsetzt auf den kleinen Gegenstand und besah ihn von allen Seiten, dann ließ er ihn in seiner Westentasche verschwinden und schloß die Schublade.

Er setzte seine Nachforschungen auf und unter dem Schreibtisch fort. Wieder wurden seine Bemühungen belohnt. Er fand ein kleines leeres, mit Leder bezogenes Etui, wie es Juweliere benützen. Er gab sich nicht die Mühe nachzusehen, ob der Ring in die weißsamtene Füllung paßte, denn jeder Ring konnte in ein solches Kästchen gesteckt werden. Er hörte Schritte im Gang und ließ auch das Etui in seine Rocktasche gleiten.

Der Polizeiinspektor von Beverley trat ein, ein gewichtiger Mann, der ängstlich darauf bedacht war, überall gebührend gewürdigt zu werden.

Auch er sagte, daß es eine böse Geschichte sei – es war merkwürdig, daß alle Leute immer denselben Ausdruck gebrauchten.

„Ich werde nun hier die Leitung übernehmen, Mr. Macleod", sagte er mit Bestimmtheit.

„Gewiß“, antwortete Andy. „Aber Sie müßten mir dann vorher eine schriftliche Anweisung geben, daß ich mich nicht weiter um die Sache kümmern soll.“

Der Polizeiinspektor zögerte.

„Das möchte ich nicht – wir könnten ja zusammenarbeiten. Ich werde, sobald es geht, Scotland Yard benachrichtigen.“

„Dann werden wir den Fall zusammen bearbeiten, wenn ich den Auftrag bekomme“, entgegnete Andy. „Ihr Name soll nicht verschwiegen werden, im Gegenteil, man wird ihn gebührend erwähnen, Inspektor. Aber überlassen Sie es mir, den Mörder aufzufinden.“

„Ich bin überzeugt, daß Sie mich nicht zu kurz kommen lassen, Mr. Macleod. Was soll ich nun tun?“

Andy gab seine Anweisungen, und nach einer halben Stunde war die Leiche aus dem Zimmer entfernt. Später brachte der Polizeiinspektor neue Nachrichten.

„Mr. Pearson hat den Schuß gehört, er ist davon aufgewacht. Er kam gerade dazu, als der Hausmeister Mr. Merrivan fand. Der Schuß kam aus dem Obstgarten, der hinter dem Haus liegt.“

Andy hörte ungläubig zu.

„Aus dem Obstgarten? Das ist unmöglich. Mr. Merrivan ist aus nächster Nähe erschossen worden. Die Weste ist vollständig versengt und geschwärzt.“

„Aber eins der Dienstmädchen hat den Schuß auch gehört; sie kann vom Fenster ihres Zimmers in den Obstgarten sehen. Sie war auch wach, das Klopfen an der Tür des Hausmeisters hatte sie geweckt.“

„Aber der Hausmeister selbst hat den Schuß doch nicht gehört!“

„Er muß gerade die Treppe hinuntergegangen sein“, meinte der Beamte.

Andy strich nervös sein Haar zurück.

„Merrivan muß zu der Zeit schon tot und der Safe ausgeraubt gewesen sein. Es hat mindestens einige Minuten gedauert, bis der Mann den richtigen Schlüssel gefunden und den Geldschrank geöffnet hat. Nein, was Sie da sagen, ist unmöglich. Der Hausmeister wird irgendwelchen Lärm gemacht haben – vielleicht hat er einen Stuhl umgeworfen.“

„Aber das hätte Mr. Pearson doch schwerlich hören können?“

Andy schwieg zunächst. „Ja, da haben Sie recht“, gab er dann nach einer Weile zu.

Der Tag dämmerte herauf, und Andy ging durch die Küche in den Garten. Draußen herrschte eine fast feierliche Stille, und die frische Morgenluft war voll Duft und Süße.

Der Obstgarten lag hinter den Gemüsebeeten. Durch ein Holztor kam man auf einen mit Schlacken bestreuten Weg. Eine Reihe von Obstbäumen stand hinter der anderen, und die mit Kalk angestrichenen Stämme schimmerten weiß im Zwielicht. Der Weg endete im Gras.

Andy schaute nach rechts und nach links, aber er konnte nichts entdecken, bis er die erste Baumlinie passiert hatte. Auch dann sah er noch nicht gleich die Gestalt, die neben einem der Baumstämme lag, denn seine Augen mußten sich erst an das Zwielicht gewöhnen. Er beugte sich zu dem Mann hinab. Er war tot, über dem Herzen war der Einschuß.

Andy ging ins Haus zurück und rief den Polizeiinspektor herbei.

„Ich habe im Garten einen zweiten Toten gefunden, und wenn ich mich nicht täusche, kennen Sie den Erschossenen."

Der Beamte begleitete ihn zu der Stelle, wo der Tote lag.

„Ja, ich kenne ihn. Es ist ein gewisser Sweeny, der früher in Mr. Merrivans Diensten stand. Er wurde entlassen, weil er etwas gestohlen hatte. Das war also der Mörder! Zuerst hat er Mr. Merrivan erschossen, dann ging er hierher und tötete sich selbst!"

„Dann müßte hier aber doch eine Waffe zu finden sein", erwiderte Andy ruhig.

Der Inspektor suchte ohne Erfolg den ganzen umliegenden Boden ab. Das Gras war ganz kurz, es mußte erst kürzlich gemäht worden sein. – Andy stellte später fest, daß in der Woche gerade eine Schafherde im Obstgarten gegrast hatte.

„Hier hat ein Kampf stattgefunden", sagte Andy plötzlich. „Sehen Sie doch einmal auf den Boden. Hier sind drei Spuren, als ob sich jemand mit dem Fuß abzustemmen versucht hätte. Und – holen Sie doch bitte einmal den Hausmeister her, Inspektor."

Andy wartete, bis der Beamte außer Sicht war, dann ging er schnell zum nächsten Baum und hob einen Gegenstand auf. Es war ein schwarzseidener Schal – der Schal Stella Nelsons, den sie umgelegt hatte, als sie ihn damals zur Gartenpforte begleitet hatte.

Es stand außer jedem Zweifel: In einer Ecke sah er das roteingestickte Monogramm S. N. Das Tuch war etwas eingerissen. Er roch daran, da er wußte, daß sie ein zartes, unaufdringliches Parfüm benützte. Er konnte sich deutlich an den Duft erinnern. Ja, das Tuch gehörte Stella. Er faltete es so klein als möglich zusammen und steckte es in die Tasche. Mit Entsetzen kam ihm zum Bewußtsein, daß alle seine Anhaltspunkte Stella Nelson belasteten.

Und doch zweifelte er im Grunde nicht an ihr. Nicht ihre Schönheit und ihre Jugend überzeugten ihn, daß sie diese Tat unmöglich begangen haben konnte. Eine innere Stimme sagte es ihm. Vielleicht war auch er wie Scottie hellsichtig geworden. Er lächelte bei dem Gedanken. Aber plötzlich wurde ihm klar, daß ihn dieser schreckliche Druck nicht mehr quälte, der ihn die ganze Zeit verfolgt hatte. Hatte ihn der beginnende Tag davon befreit?

Der Polizeiinspektor kam mit dem Hausmeister zurück, und um seinen Auftrag zu rechtfertigen, fragte Andy den erregten Mann, ob er den Toten wiedererkenne.

„Jawohl, Sir, das ist Sweeny, den Mr. Merrivan heute morgen hier auf dem Grundstück traf – nein, es war gestern morgen."

Andy hatte den kleinen Vorfall vergessen. Dieser Sweeny hatte Merrivan gehaßt. Vielleicht gab es auch noch einen anderen Grund für seine Feindschaft außer dem Widerwillen, den ein Dienstbote gegen einen Herrn empfindet, der ihn beim Diebstahl ertappt hat.

Als sie in das Haus zurückgegangen waren, gab er weitere Anweisungen.

„Niemand darf hereingelassen werden – den Zeitungsberichterstattern darf nur die Tatsache mitgeteilt werden, daß Mr. Merrivan etwa in der Zeit zwischen Mitternacht und ein Uhr ermordet wurde. Die Lage der Leiche kann den Leuten anhand einer Skizze erklärt werden, aber niemand darf das Zimmer betreten, in dem sich der Mord ereignete. Motiv der Tat: Raub. Über den Mann im Obstgarten mögen sie sich ihre eigenen Theorien bilden."

Er war den Weg zum Gartentor schon halb hinuntergegangen, als Artur Wilmot plötzlich hereinstürmte. Sein Pyjama war unter dem Mantel zu sehen. Er war sehr bleich.

„Mr. Macleod, ist das wahr – mein Onkel? Großer Gott, das ist doch unmöglich!"

„Ich bin froh, Sie zu sehen", sagte Andy langsam. „Ja, es ist leider wahr. Ihr Onkel ist tot – er ist erschossen worden!"

„Ermordet?"

Artur flüsterte dieses Wort gespannt, und Andy nickte.

„Aber er hatte doch keine Feinde –"

„Wenige Menschen werden ermordet, weil sie Feinde haben. Der einzige, der drohte, Mr. Merrivan umzubringen, waren Sie!“

Wilmot taumelte zurück, als ob er einen Schlag erhalten hätte.

„Ich?“ stammelte er. „Ich soll...? Niemals!“

„Mr. Merrivan war schon tot, als er aufgefunden wurde, er konnte nichts mehr aussagen. Mr. Wilmot, antworten Sie mir jetzt nicht übereilt, sondern denken Sie nach. Sie brauchen meine Frage auch überhaupt nicht zu beantworten, wenn Sie nicht wollen. Hatten Sie einen Streit mit Darius Merrivan?“

Der junge Mann war so betroffen, daß ihm die Stimme versagte. Er schüttelte nur den Kopf und starrte den Detektiv entsetzt an.

„Ich will Ihnen sagen, daß ich vor einer Woche hier vor dem Haus stand und Sie sagen hörte: ‘Eher will ich dich umbringen!’“

Jetzt fand Wilmot seine Sprache wieder.

„Da muß jemand Lügen über mich verbreitet haben“, rief er erregt. „Ich kann Ihnen aber auch einige Dinge erzählen. Ich habe mit ihm gestritten – ja! Wegen eines Mädchens, das keinen Pfifferling wert ist! So, nun wissen Sie es! Er sagte damals, er wolle sie heiraten – und dabei war er schon verheiratet! Er hatte keine Ahnung, daß ich das wußte, ich erzählte es ihm niemals. Seine Frau ist ihm davongelaufen. Er hat sich aber nie von ihr scheiden lassen. Er muß irgendeinen Grund dafür gehabt haben. Und als er mir nun sagte, daß er das Mädchen heiraten wollte –“

„Brüllen Sie nicht so!“ erwiderte Andy scharf. „Ich bin nicht taub. Außerdem interessieren mich Ihre Familienstreitigkeiten nicht besonders. Ich bin ziemlich sicher, daß Sie nichts mit dem Mord selbst zu tun haben, obwohl Sie –“ er machte eine Pause, um seinen nächsten Worten mehr Nachdruck zu geben, „der Erbe des Verstorbenen sind und durch seinen Tod nur Gewinn haben, wenn Sie nicht beweisen wollen“, fügte er hinzu und sah Wilmot durchdringend an, „daß seine Frau noch am Leben ist. In dem Fall erbt seine Frau das Vermögen. Vielleicht aber existiert ein Testament.“

„Soviel ich weiß, hat er kein Testament gemacht“, sagte Wilmot leiser und ruhiger. „Es tut mir leid, daß ich mich so weit vergessen habe, Macleod. Aber die Sache hat mich entsetzlich mitgenommen – Sie werden das verstehen.“

Andy nickte schweigend.

Er ging mit Artur Wilmot zur Gartenpforte zurück und beobachtete ihn, bis er in seinem Haus verschwunden war. Der Mann wollte jemand anklagen – das Mädchen, 'das keinen Pfifferling wert war'. Er dachte darüber nach. Hatten die beiden, die man in Beverley Green bereits als Verlobte betrachtete, miteinander gestritten? Wie sehr mußte Stella Wilmots Eitelkeit verletzt haben, daß er sich zu solchen Worten hinreißen ließ! Andy hatte diese Schwäche in dem Charakter des jungen Mannes bald erkannt. Langsam ging Andy den breiten Fahrweg entlang. Sollte er zu ihr gehen? Er schaute auf die Uhr. Es war sechs, sie würde noch nicht wach sein. Unentschlossen sah er zu der ruhig daliegenden Villa hinüber. Die Jalousien waren heruntergelassen. Aber plötzlich erinnerte er sich daran, daß sie gesagt hatte, sie müßte um sechs Uhr aufstehen, wenn sie keine Dienstboten habe. Trotzdem zögerte er noch. Aber wenn sie wach war, hörte sie ihn ja, und wenn sie noch schlief, schadete sein Klopfen auf keinen Fall. Er ging zur Haustür und klopfte. Gleich darauf öffnete sie sich.

10

Stella war totenblaß, tiefe Schatten lagen unter ihren Augen. Aber ein noch untrüglicherer Beweis ihrer Schuld lag für Andy darin, daß ihr ganzes Aussehen darauf schließen ließ, daß sie die letzte Nacht überhaupt nicht zu Bett gegangen war, sie trug noch dieselbe Kleidung wie am Tag vorher.

Stella trat in die Halle zurück, wo Licht brannte. Die Vorhänge waren noch nicht aufgezogen.

„Ich habe Sie erwartet", sagte sie fast teilnahmslos. „Wollen Sie mir bitte gestatten, daß ich es meinem Vater sage, bevor Sie mich fortbringen?"

Er war wie vom Blitz getroffen.

„Bevor ich ... Sie ... fortbringe?" wiederholte er.

„Ich wußte, daß Sie kommen würden ... ich habe die ganze Nacht auf Sie gewartet, Mr. Macleod." Sie sah, wie angegriffen er war, und senkte den Kopf. „Es tut mir leid", flüsterte sie, „ich war von Sinnen ... ich war wahnsinnig."

Plötzlich riß er sich zusammen. Mit zwei Schritten stand er vor ihr und packte sie an den Schultern.

„Sie armes, dummes Kind – Sie armes, dummes Kind!“ sagte er schweratmend. „O Gott, was haben Sie getan!“

Er zog den Schal aus der Tasche und warf ihn auf den Tisch, den Ring legte er dazu.

„Mein Schal – mein Ring“ Ach, ich besinne mich.“

Es wurde ihm schwer zu sprechen, sein Herz schlug wild.

„Ach, Stella, auch ich bin von Sinnen. Aber ich kann es nicht ... ich kann Sie nicht in dieser Hölle lassen. Ich liebe Sie ... mir scheint es selbst ganz unglaublich ... ich werde meinen Wagen in einer Viertelstunde bereithalten und Sie wegbringen, bevor nur der Schatten eines Verdachtes auf Sie gefallen ist. Ich weiß, daß es Wahnsinn ist, aber ich kann es nicht mit ansehen, daß Sie –“

Sie schaute ihn verwirrt an, und Tränen schimmerten in ihren Augen: „Ach, Doktor, Sie sind zu gut ... aber das geht nicht. Mr. Merrivan weiß doch alles ... er wird uns verraten!“

Er prallte einen Schritt zurück.

„Was sagen Sie da ... er weiß alles! Er wird uns verraten? Er ist doch tot!“

Sie verstand nicht.

„Merrivan ist tot – er ist in der Nacht ermordet worden!“

„Ermordet?“

Eine Zentnerlast fiel ihm vom Herzen, er wischte sich den Schweiß von der Stirn.

„Ach, ich muß wirklich verrückt gewesen sein, daß ich auch nur daran denken konnte, Sie hätten etwas damit zu tun.“

Er sprang plötzlich zu ihr und stützte sie, als sie taumelte.

Als sie das Bewußtsein wiedererlangte, war ihr erster Gedanke, daß er sie für eine Mörderin gehalten hatte und sie trotzdem retten wollte. Mr. Merrivan war tot! Das war schrecklich. Der Verdacht mußte ja auf sie fallen, aber er hielt sie nicht für schuldig, dieser Mann mit den grauen Augen, der sie so forschend angesehen und den sie so bitter gehaßt hatte!

„Ich kann meine Gedanken nicht sammeln“, sagte sie schwach, und. das Glas, das er ihr reichte, stieß an ihre zitternden Lippen.

Sie schaute ihm in die Augen, als sie trank, und er las in ihrem Blick die gläubige Zuversicht eines Kindes.

„Sie sind so gut zu mir", flüsterte sie, „und Sie lieben mich trotz allem", sagte sie unvermittelt. „Es ist entsetzlich, daß Mr. Merrivan tot ist. Ich war gestern bei ihm. Er schickte mir einen Brief, daß er mich sprechen wolle, und ich ging hin, weil ich etwas von ihm brauchte."

„Was war es, Stella?" fragte er liebevoll.

„Das werde ich Ihnen nie sagen können, selbst wenn ich sterben sollte, Doktor – Andrew. Ich habe Sie so sehr gehaßt – und Sie sind so gut zu mir."

Er hatte den Arm um ihre Schultern gelegt und stützte ihren braunen Lockenkopf. Während sie sprach, spielte sie mit seinen Fingern.

„Und was geschah dann?"

„Ach, er benahm sich so fürchterlich, es war grauenvoll. Ich mußte es ertragen, daß er mich mit seinen dicken Händen anfaßte" – er fühlte, wie ein Schauder ihren Körper durchrann – „und mich küßte. Dann zeigte er mir die Dinge, die ich haben wollte, und sagte, ich solle meinen Ring abnehmen. Dafür steckte er mir einen großen glitzernden Brillantring an. Er gab mich einen Augenblick frei, und ich ergriff die Dinge – sie lagen noch auf dem Tisch. Er kam dicht hinter mir her, aber ich hielt ihm den Revolver entgegen."

„Einen Revolver hatten Sie auch? Mein Gott, Stella, Sie haben aber auch alles getan, um sich in Gefahr zu bringen!"

„Vielleicht. Und dann bin ich geflohen –"

„Auf welchem Weg?"

„Durch die Haustür – ich kenne keinen anderen Ausgang."

„Sie sind nicht durch den Obstgarten gegangen?"

„Nein, warum?"

„Erzählen Sie weiter – Sie gingen direkt nach Hause – wieviel Uhr war es?"

„Elf. Die Beverley-Kirchenuhr schlug gerade, als ich die Haustür öffnete."

„Warum waren Sie zu ihm gegangen?"

„Er hatte mir einen Brief geschrieben – einen schrecklichen Brief –, er hatte mir alles mit nackten, dürren Worten gesagt und mich vor die Wahl gestellt. Ich habe die Dinge verbrannt, die ich mitnahm. Und dann wartete ich, daß Sie mich verhaften würden. Zuerst wünschte ich, daß nicht Sie kämen, aber später dachte ich, Sie würden nicht so rauh sein wie Inspektor Dane, und als ich sah, daß Sie kamen, hatte ich nur noch den einen Wunsch, daß alles möglichst bald vorüber sein möchte."

„Hat Sie irgend jemand gesehen, als Sie in sein Haus gingen?"

Sie schüttelte den Kopf.

„Glauben Sie, daß – Wilmot Sie bemerkte?"

„Arthur Wilmot – nein. Warum fragen Sie?"

„Er machte so dunkle Andeutungen. Waren die Gegenstände, die Sie verbrannten, irgendwelche Schriftstücke?"

Sie nickte.

„Wo haben Sie die Dokumente verbrannt – hier oder bei Merrivan?"

„Hier." Sie zeigte auf den Kamin. „Hier habe ich auch seinen Brief verbrannt."

„War das der Brief, in dem er Sie aufforderte, zu ihm zu kommen?" fragte er vorwurfsvoll. „Damit hätten Sie doch alles beweisen können!"

Seine Worte machten keinen Eindruck auf sie.

„Das ist mir alles gleich – wenn nur Sie mir glauben." Sie richtete sich mühsam auf. „Ich werde mich jetzt hinlegen – aber nein, das kann ich ja nicht, es ist niemand im Haus, der meinem Vater das Frühstück macht."

„Sie legen sich jetzt trotzdem hin", erwiderte Andy bestimmt. „Das Frühstück Ihres Vaters werde ich schon zurechtmachen. Ich habe gestern mit meinem Diener telefoniert, daß er kommen soll. Er kann perfekt kochen und auch die Zimmer in Ordnung halten."

„Meinen Sie wirklich?" fragte sie zweifelnd, aber sie ließ sich doch gerne von ihm überzeugen, denn sie war todmüde.

„Ich war so froh, daß Sie kamen", sagte sie, als er ihre Hand nahm und an seine Wange legte. „Vaters Schlafzimmer liegt im ersten Stock – nach vorn hinaus." Dann ging sie.

Als sie verschwunden war, zog er die Vorhänge auf und öffnete die Fenster. Er hatte nicht mit seinem Diener telefoniert. Er hatte zwar einen Diener, aber wenn er daran dachte, wie er kochte, überlief ihn ein kalter Schauer. Er durchsuchte Küche und Speisekammer, machte zunächst für sich selbst etwas Tee und begann dann das Frühstück für Kenneth Nelson vorzubereiten. Er wunderte sich über sich selbst, aber noch mehr war Kenneth Nelson erstaunt.

„Welchen Tag haben wir denn heute?“ fragte er, als er sich von der Überraschung erholt hatte.

„Es ist Montag“, sagte Andy und setzte das Tablett nieder. „Ich habe Ihre Tochter ins Bett geschickt.“

„Sie ist doch nicht etwa krank?“ Kenneth war sehr erschrocken.

„Nein, nur müde – sie hat eine aufregende Nacht hinter sich. Merrivan ist tot. Ich glaube, es ist ganz gut, wenn Sie heute aufstehen. Ein wenig Unterhaltung mit Ihren Bekannten wird Ihnen nicht schaden. Aber trinken dürfen Sie nichts.“

Nelson war durch die Neuigkeit ganz verstört.

„Was – Merrivan ist tot – wann ist er denn gestorben? Er sah doch noch so gesund aus, als ich ihn zuletzt sah.“

Andy erzählte ihm die Einzelheiten erst, als er nach unten kam. Er brachte auch das Tablett mit den Eiern und dem Tee wieder hinunter, und sie frühstückten zusammen.

„Das ist aber eine böse Geschichte – der arme Merrivan – er war ja nicht gerade mein besonderer Freund, aber –“

Andy sah, wie sein Gesicht zuckte, als ob irgendeine häßliche und lange unterdrückte Erinnerung plötzlich in ihm lebendig würde. Er kannte die Schwäche dieses Mannes, und wenn er Zeit gehabt hätte, wäre er der Sache auf den Grund gegangen. Andy beobachtete ihn während des Frühstücks, wie er sich dauernd bemühte, mit sich ins reine zu kommen.

„War Stella die ganze Nacht auf?“

„Sie hat vielleicht den Schuß gehört – vielleicht haben es ihr auch die Leute erzählt. Eins der Dienstmädchen hatte einen Nervenzusammenbruch und schrie eine ganze Stunde lang. Ich wundere mich, daß in Beverley Green überhaupt jemand schlafen konnte.“

Als er fortging, machte sich Mr. Nelson zum Ausgehen fertig. Andy ging zum Gästehaus. Es war acht Uhr, und er hatte bereits sechs anstrengende Stunden hinter sich.

Inspektor Dane kam gerade aus der Tür. „Telefonische Nachricht von Scotland Yard“, berichtete er. „Alle Polizeistationen sind alarmiert worden, heute morgen noch wird ein Haftbefehl gegen Albert Selim erlassen werden. Scotland Yard möchte wissen, ob Sie eine Ahnung haben, wo er wohnt. Sein Büro hat man bereits gefunden.“

Andy konnte darüber auch keine Angaben machen.

„Ist sonst nichts Neues entdeckt worden?“ fragte er.

„Nein, aber auf dem polierten Teil des Schreibtisches sind Fingerabdrücke zu sehen. Ich habe schon alles vorbereitet, daß sie fotografiert werden. Der Leichenbeschauer möchte Sie um elf Uhr sprechen.“

Andy war vollständig erschöpft und schlief wenigstens eine Stunde lang. Stella Nelson wachte erst am Nachmittag auf. Ihr erstes Gefühl war, daß sich irgend etwas sehr Schönes ereignet habe. Diese Stimmung hielt auch noch an, während sie ihr Bad nahm und obwohl sie wußte, daß in nächster Nähe ein Mann ermordet worden und sie die letzte Person war, die ihn vor seinem Tod gesehen hatte. Sie sagte sich das alles selbst, aber sie war trotzdem sehr ruhig.

„Ich bin kaltblütig und schlecht, ja unmenschlich“, sagte sie sich. „Keine Frau würde so fühlen können.“

Andrews Diener war offenbar ein oberflächlicher Mensch, der es mit dem Abstauben der Zimmer nicht sehr genau nahm. Sie nahm den Wedel und das Staubtuch fort, die noch auf dem Klavier lagen.

In diesem Augenblick kam Kenneth Nelson nach Hause. Er sprudelte vor Neuigkeiten über, denn er hatte im Klub gegessen, wo er viele Bekannte getroffen hatte.

„Weißt du vielleicht, wo Andrew Macleods Diener ist? Ich möchte mich bei ihm bedanken. Hat er dir das Frühstück gebracht? Du mußt heute morgen sehr überrascht gewesen sein.“

„Allerdings. Doktor Macleod hat mir das Frühstück selbst gebracht. Von seinem Diener habe ich nichts gesehen, es ist mir auch ganz neu, daß er hier einen Diener hat. Stella, ich sage dir, es ist schrecklich mit Merrivan und dem anderen.“

„Welchem anderen?“

Sie fragte beinahe mechanisch, denn sie dachte an etwas anderes. Andrew also hatte so nachlässig abgestaubt. Sie fühlte sich fast versucht, den Wedel und das Staubtuch wieder aufs Klavier zu legen.

„Wie hieß er doch gleich – Sweeny –“

„Sweeny?“ fragte sie schnell.

Er erzählte ihr die Geschichte und war glücklich, jemand gefunden zu haben, der noch nichts davon wußte und mit dem er darüber sprechen konnte.

„Hat Macleod dir denn nichts darüber mitgeteilt? Er sagte, daß du den Schuß gehört hättest und die ganze Nacht wach gewesen wärst. Merrivan und der andere müssen so eine Art Duell ausgefochten haben.“

Sie wunderte sich, daß Andrew die Eier gefunden hatte. Sie hätte ihm doch auch wenigstens sagen müssen, wo sie das Brot aufbewahrte und daß die Butter im Kühlschrank lag. Sie nahm sich vor, nicht weiter abzustauben. Das wäre wie eine Entweihung gewesen. Und dann die Teelöffel – wie hatte er nur die Teelöffel gefunden? Aber dann fiel ihr ein, daß er ja Detektiv war.

„Warum in aller Welt lachst du denn?“ fragte Mr. Nelson aufgebracht. „Ich glaube nicht, daß das zum Lachen ist.“

„Entschuldige bitte, meine Nerven sind sicher überreizt. Was hast du denn da?“

Sie nahm einen Brief aus seiner Hand.

„Der Kunsthändler hat mir einen Scheck geschickt. Der Betrag ist viel größer, als ich erwartet habe. Ich hätte es beinahe vergessen, Liebling. Aber als ich dich lachen sah, mußte ich wieder daran denken.“

Früher hatte er ihr nie einen Scheck gegeben, den er durch die Post erhielt. Er brachte ihn immer selbst zur Bank, und am nächsten Morgen mußte sie sich dann gewöhnlich nach neuen Dienstboten umsehen.

„Das ist lieb von dir, Vater.“ Sie umarmte ihn.

Mr. Nelson war zum erstenmal seit langer Zeit wieder zufrieden.

„Macleod wurde mit der Aufklärung des Falles betraut. Ich sah ihn eben, er sieht überarbeitet aus. Es ist ja auch selbst für einen solchen Mann keine Kleinigkeit, das hat er mir selbst gesagt. Er erzählte, daß er heute morgen beinahe zusammengebrochen wäre – der arme Mensch! Aber eben war er vergnügt und munter, fast so vergnügt wie ... du. Ich nehme an, daß sich diese Polizeibeamten allmählich an alles gewöhnen. Aber er ist wirklich ein fähiger Kopf, das muß ich sagen. Ich bin froh, daß er hier ist.“

„Ich auch“, sagte sie und schaute gerührt auf die Staubstreifen, die auf einem Tisch zu sehen waren.

Mr. Nelson hatte noch eine gute Nachricht für Stella. Er hatte die frühere Köchin getroffen. Zum größten Erstaunen der Frau war er stehengeblieben und hatte sich mit ihr unterhalten.

„Ich sagte ihr, daß ich jetzt nicht mehr trinke. Das war nicht leicht für mich. Ihre Schwester erwartet ihr viertes Kind“, fügte er unvermittelt hinzu. „Sie kommt heute nachmittag und bringt ihre Schwester mit – nein, nicht die, sondern eine andere, ein gutes Dienstmädchen, die mit einem Soldaten in Indien verlobt ist. Wir werden sie wahrscheinlich sehr lange behalten können."

Stella war Andrew schon wieder dankbar.

Sie versuchte den ganzen Nachmittag, sich alle ihre Begegnungen mit ihm ins Gedächtnis zurückzurufen und sich darüber klarzuwerden, was sie gefühlt hatte, als sie ihn zum erstenmal sah. Es fiel ihr jetzt doch ein wenig schwer, denn man kann sich in den Zustand der Angst nicht mehr ganz zurückversetzen, wenn sie einmal überwunden ist. Sie hatte ihn erst viermal gesehen und wenig mit ihm gesprochen, und er wollte seine ganze Existenz, seine Stellung, seine Ehre für ihre Sicherheit opfern. Und wie heftig er sie gescholten hatte! Ein Kind hatte er sie genannt, ein dummes, törichtes Kind.

11

'Wer war die Frau in Mr. Merrivans Arbeitszimmer? Der Hausmeister des Verstorbenen hörte deutlich eine weibliche Stimme. Mr. Merrivan hatte an diesem Abend keinen Besuch. Der Hausmeister gibt an, daß er niemanden hereingelassen habe. Eine halbe Stunde nachdem Mr. Merrivan ihm sagte, er könne zu Bett gehen, kam er die Treppe noch einmal herunter und hörte Stimmen im Arbeitszimmer. Wer war dieser geheimnisvolle Besuch? Aller Wahrscheinlichkeit nach kann diese Frau Aufschluß geben über das doppelte Verbrechen, für das man infolge seiner seltsamen Begleitumstände keine Parallele finden kann.'

Andy las den Artikel gelassen durch. Andere Blätter brachten ähnliche Berichte. Die Reporter hatten sich an den Hausmeister gewandt, das war unvermeidlich, da er den Mann schließlich nicht hinter Schloß und Riegel halten konnte. Offensichtlich war seine Warnung erfolglos gewesen.

Der erste Berichterstatter, den er am nächsten Morgen traf, brachte wieder die Angelegenheit mit der Frau zur Sprache. Er hielt sie für äußerst wichtig.

„Wahrscheinlich könnte sie uns verschiedenes mitteilen, aber den Mord selbst kann sie sicher nicht aufklären. Man hat gesehen, daß sie um elf Uhr das Haus verließ – der Mord wurde aber erst später begangen."

„Wer sah sie denn das Haus verlassen?"

„Das ist ein kleines Geheimnis", sagte Andy lächelnd, „das ich im Augenblick noch nicht preisgeben kann. Aber im Ernst, ich würde der Frau nicht zu viel Bedeutung beimessen. Vielleicht war es eine Dame aus der Nachbarschaft, die natürlich vor dem Gedanken, in der Presse erwähnt zu werden, zurückschreckt."

Dem zweiten Berichterstatter gegenüber war Andy schon bedeutend ausführlicher.

„Merkwürdigerweise war ich es selbst, der sie das Haus verlassen sah. Ich saß an meinem offenen Fenster. Es war eine schöne, warme Nacht und beinahe so hell, als ob der Mond schiene. Ich beobachtete, wie sie über den Rasen ging. Sie kam unter meinem Fenster vorbei und ging, soviel ich sehen konnte, die Hauptstraße entlang."

Andrew Macleod war sich selbst ein Rätsel. Er verfolgte ein schwieriges Ziel, Er wollte Stella ganz aus diesem Fall heraushalten und den Mörder vor Gericht bringen. Die Leichtigkeit, mit der er log, setzte ihn in Erstaunen, denn er war sonst sehr wahrheitsliebend. Nie hätte er eine Vermutung als Tatsache hingestellt, um die Verurteilung eines Gefangenen zu erzwingen, der seiner Meinung nach schuldig war. Und jetzt log er schamlos.

Jedesmal, wenn ihm ein neuer Berichterstatter gemeldet wurde, erwartete er einen Mann mit einem hartgeschnittenen Gesicht, der schwieriger zu behandeln sein würde als alle anderen. Glücklicherweise war dieser Mr. Downer noch nicht erschienen.

„Wäre das nicht ein Fall für Downer?" fragte Andy einen der Journalisten.

„Er ist gerade in Urlaub. Und ich bin recht froh darüber, denn ich arbeite nicht gern mit ihm zusammen."

Andy lächelte. Auch er war erleichtert, daß Downer sich noch nicht eingefunden hatte. Er hatte eben auf das Telegramm von Scotland Yard, ob man ihm Hilfe senden sollte, geantwortet. Sicher war ein großer Teil der Lösung des Mordfalles in London zu: finden. Die Nachforschungen dort überließ er gerne den Beamten von Scotland Yard, und so drahtete er zurück, daß er mit der Hilfe, die er an Ort und Stelle vorgefunden habe, auskommen werde. Aber dann erschien ein inoffizieller und unerwarteter Helfer in Beverley Green, als Andy gerade den letzten Zeitungsreporter abgefertigt hatte. Es war elf Uhr vormittags.

Ein großer, hagerer Mann in Sportanzug und Golfschuhen betrat das Gästehaus. Der Hausmeister machte ein langes Gesicht, als er ihn sah.

„Guten Morgen, Johnston. Ist Macleod oben?"

„Der Herr Doktor ist in seinem Wohnzimmer“, erwiderte der Hausmeister langsam. „Ich bin sehr überrascht, Sie wiederzusehen, Herr Professor.“

‘Vieraugen-Scottie’ nahm seine goldgeränderte Brille ab und putzte sie mit einem Taschentuch.

„Die ganze Sache war ein Irrtum, die Polizei hat sich entsetzlich blamiert. Aber ich nehme ihnen das nicht übel. Derartige Fehler können der höchstentwickelten Polizei unterlaufen. Nein, man kann den Beamten keinen Vorwurf machen, selbst wenn man persönlich noch so unangenehme Erfahrungen machen muß. Es ist besser, daß ein Dutzend unschuldiger Bürger auf kurze Zeit verhaftet wird, als daß ein Verbrecher entkommt.“

„Jawohl, Sir“, erwiderte Johnston verwirrt und nahm sofort wieder seine frühere ehrerbietige Haltung an. „Sie möchten Doktor Macleod sprechen?“ Er zögerte einen Augenblick. „Welchen Namen darf ich nennen?“

„Natürlich Bellingham – Professor Bellingham –“

„Welcher Professor will mich sprechen?“ rief Andy von oben.

„Bellingham – der Herr, der früher hier wohnte.“

„Teufel noch mal“, sagte Andy verblüfft. „Führen Sie ihn herauf.“

Scottie trat seelenruhig ein, entließ Johnston durch ein Kopfnicken und schloß die Tür.

„Welchem Wunder verdanke ich denn die Ehre Ihres Besuchs, Scottie?“

„Der gründlichen Arbeit unserer wunderbaren Justiz.“ Scottie nahm unaufgefordert Platz. „Ich nehme das aber nicht übel, Macleod.“

Andy mußte lachen.

„Sie sind mit Ihrem Alibi also tatsächlich durchgekommen?“

Scottie nickte.

„Der Richter sagte, daß er mich nicht verurteilen könne und daß anscheinend eine Verwechslung vorliege. Solche Dinge sind schon manchmal vorgekommen und werden immer wieder passieren. Unter uns – ich spielte an dem bewußten Abend mit Felix Lawson, dem bekannten Lebensmittelhändler –“

„Sie meinen den Hehler?“ fragte Andy. „Ich weiß genau, daß er schon einmal verurteilt wurde.“

„Wärmen Sie doch alte Skandalgeschichten nicht wieder auf. Die Hauptsache ist, daß ich wieder hier bin.“

Andy drehte sich plötzlich zu seinem Besucher herum und sah ihn groß an.

„Welchen Namen haben Sie denn dem Hausmeister angegeben?“

„Bellingham – Professor Bellingham. Es ist natürlich ein Deckname. Und was ist schon ein Professor? Jemand, der sein Fach beherrscht. Und ich beherrsche doch die Geologie wirklich vollkommen, vor allem die Versteinerungen. Devonische Formationen sind mein Fachgebiet.“

„Wir wollen uns nicht über die Frage Ihrer Vorbildung streiten“, meinte Andy gutgelaunt. „Warum sind Sie eigentlich wiedergekommen? Sie sind mit knapper Not der Verurteilung entgangen, was meiner Meinung nach nur durch die größten Meineide möglich war –“

Scottie zog seinen Stuhl näher heran und beugte sich zu Andy.

„Ich erzählte Ihnen doch schon einmal etwas über diesen Ort“, sagte er düster. „Ich wußte, daß sich hier ein schweres Unglück ereignen würde – und das ist doch nun auch wirklich eingetroffen.“

Andy nickte. Er hatte häufig an Scotties Prophezeiung gedacht.

„Und nun möchte ich Ihnen noch mehr mitteilen“, fuhr Scottie fort. „Streng vertraulich, natürlich.“

„Wissen Sie denn etwas, was den Mord aufklären könnte?“

„Nein, ich weiß nichts, aber ich vermute manches. Ich kam her, weil der Ort nicht an der großen Hauptverkehrsstraße liegt und weil mir der Aufenthalt hier vielversprechend erschien. Es wohnen hier viele reiche Leute, denen man eine Menge Gold und Silber abnehmen könnte. Die Frau des Architekten Sheppard trägt Perlen, die fast so groß wie kleine Taubeneier sind. Ihr Mann ist natürlich ein Gauner. Aber das nur nebenbei. Ich sage Ihnen, hier ist Beute zu finden – aber nur für einen Eingeweihten. Natürlich habe ich den ganzen Ort vom Klubhaus bis zu Sheppards Garage genau untersucht. Nur ein Einbruch in Mr. Nelsons Haus wäre zwecklos. Aber wahrscheinlich wissen Sie das ebensogut wie ich. Ich will damit allerdings nicht behaupten, daß es keinen Schatz enthielte –“

„Kommen Sie doch zur Sache“, sagte Andy kurz, aber es tat ihm gleich leid, denn Scottie warf ihm einen prüfenden Blick zu. Er erwähnte jedoch Nelsons Haus und den Schatz, den es vielleicht barg, nicht mehr.

„Ich habe mich auch eingehend auf Mr. Merrivans Grundstück umgesehen. Er ist der einzige, der sich genügend gegen Einbrecher und Diebe gesichert hat. An jedem seiner Fenster befindet sich eine elektrische Alarmklingel. Nur an dem einen Fenster an der Rückseite des Arbeitszimmers fehlt sie. Es hat einen Patentriegel an einer Ecke, man kann es unmöglich von außen öffnen. Außerdem besitzt er einen Revolver, den er in einem kleinen Schrank hinter seinem Schreibtisch aufbewahrt. Die Tür dazu sieht genauso aus wie die übrigen Paneelbretter der Wand."

„Die habe ich nicht entdeckt", sagte Andy interessiert. „Wie öffnet man sie denn?"

Scottie schüttelte den Kopf.

„Ich bin nie selbst in dem Zimmer gewesen, ich habe es nur von außen gesehen. Ich will Ihnen noch etwas anderes erzählen, Macleod. Das hintere Fenster hat deshalb keine elektrische Alarmklingel, weil der alte Merrivan gewöhnlich durch dieses Fenster nachts seine Wohnung verließ. Unter dem Fenster steht außen eine breite Steinbank. Haben Sie die gesehen?"

„Wohin ging er nachts?"

„Das weiß ich nicht, ich habe ihn nur einmal beobachtet. Aber er stieg so schnell und gewandt aus dem Fenster, daß er diesen Weg zweifellos schon häufig benützt hat. Er ging dann durch den Obstgarten, der Himmel mag wissen, wohin. Ich bin ihm niemals gefolgt – das wäre zu indiskret gewesen. Er war ebenso zu seinen Abenteuern berechtigt wie jeder andere auch."

„Wann haben Sie ihn aus dem Fenster steigen sehen?"

„In der Nacht, bevor Sie mich festnahmen. Es war ungefähr halb zwölf. Ich sah ihn nicht zurückkommen, aber ich beobachtete einen Mann, der ihm nachging. Ich habe ihn natürlich nicht so genau gesehen, daß ich sagen könnte, wer es war, oder daß ich ihn unter zwanzig anderen herausfinden könnte. Auf jeden Fall bin ich ihm nicht nachgegangen, weil mich sein Haus mehr interessierte. Ich vermutete schon, daß er in irgendwelche Schwierigkeiten geraten würde. Nun, haben Sie meine Mitteilungen interessiert?"

„Natürlich. Haben Sie nicht noch eine Vorstellung von der Größe des Mannes, der Mr. Merrivan folgte?"

„Er war klein", erwiderte Scottie, der selbst über ein Meter achtzig maß.

„Etwa eins fünfundfünfzig?"

„Das könnte stimmen. Aber vielleicht war er noch kleiner. Ich möchte fast sagen, daß er Ihnen kaum bis zur Schulter reichen würde. Aber das ist sehr schwer zu beurteilen, besonders nachts. Ich bemerkte den Mann schon, bevor Merrivan herauskam. Die Stämme im Garten sind mit weißem Kalk bestrichen, und ich sah, wie er an einem Baum vorbeiging. Das beunruhigte mich ein wenig. Ich war natürlich nur auf meine eigene Sicherheit bedacht und schlich ihm deshalb nicht nach. Dann erschien Merrivan und nahm den Weg, den ich Ihnen schon beschrieben habe. Er war verschwunden, bevor der andere Mann, der ihn im Obstgarten beobachtete, sich rührte. Dann sah ich ihn wieder im Mondschein auftauchen. Ich hatte den Eindruck, daß er ihm nicht zum erstenmal nachspürte – vielleicht hatte er auch einen, guten Grund dafür."

„Ihre Aussagen lassen den Fall in einem ganz anderen Licht erscheinen", meinte Andy nachdenklich. „Und wenn ich die Wahrheit sagen soll, Scottie, so war ich selbst bemüht, einen solchen Gesichtspunkt zu finden. Das gibt uns wenigstens einen Anhalt. Haben Sie denn nie etwas von einer Skandalgeschichte im Ort gehört?"

„Ich kümmere mich nicht um solche Dinge. Ich habe mich nur am nächsten Morgen im Golfklub unter den Damen umgesehen, aber ich konnte keine entdecken, die einen Mann von Geschmack und Urteilskraft irgendwie hätte begeistern können."

Andy überlegte eine Weile.

„Ich weiß nicht recht, was ich mit Ihnen machen soll, Scottie. Sie könnten mir von großem Nutzen sein, aber natürlich können Sie hier nicht Ihre alte gesellschaftliche Rolle weiterspielen. Immerhin bin ich froh, Sie wiederzusehen, obwohl es gegen das Gerechtigkeitsgefühl geht, daß Sie frei herumlaufen. Aber was soll ich nun mit Ihnen anfangen? Vielleicht nehmen die Nelsons Sie in ihrem Hause auf – ich weiß allerdings nicht, wie Mr. Nelson darüber denkt."

Er fügte noch hinzu, daß die Tochter sicher nichts dagegen einzuwenden habe, woraus Scottie sogleich folgerte, daß Andy zum mindesten Stellas Bekanntschaft gemacht haben mußte.

„Warten Sie hier einen Augenblick, während ich hinübergehe und lesen Sie meine Korrespondenz nicht, wenn Sie es vermeiden können."

Scottie war empört und protestierte. Aber Andy lachte nur.

Stella, die glücklich war, wieder zwei tüchtige Dienstboten zu haben, arbeitete draußen im Garten, als Andy durch das Tor trat. Sie zog die Handschuhe aus und begrüßte ihn.

„Stella, ich möchte Sie um einen Gefallen bitten. Eben ist ein alter Freund von mir angekommen, den ich nicht gut im Gästehaus unterbringen kann. Aber seine Hilfe und sein Beistand wären mir sehr erwünscht."

„Warum kann er denn nicht im Gästehaus wohnen?" fragte sie erstaunt.

„Nein, das geht wirklich nicht. Es ist nämlich Scottie – Sie erinnern sich doch noch an ihn?"

„Der Professor? Ich dachte, der säße im Gefängnis."

„Es lag ein Justizirrtum vor", erklärte Andy ruhig. „Er wurde freigesprochen. Könnten Sie ihn nicht in Ihrem Haus aufnehmen? Ich weiß, daß ich eine ungewöhnliche Bitte ausspreche, denn Scottie ist zweifellos ein Verbrecher. Aber ich verspreche Ihnen, daß er Sie nicht enttäuschen oder Ihnen gar das Silber stehlen wird. Vor allem aber müßten wir Ihrem Vater eine glaubhafte Erklärung geben."

Sie überlegte.

„Wenn mein Vater wirklich davon überzeugt werden könnte, daß es ein Justizirrtum war – ich meine, daß er nur irrtümlich verhaftet wurde – und daß es dem Professor infolgedessen peinlich ist –"

„Ja, so könnten wir es ihm beibringen", erwiderte Andy und ging ins Haus, um Mr. Kenneth Nelson zu fragen.

Er fand ihn im Atelier an der Arbeit. Er malte gerade mit besonderer Sorgfalt Pygmalions linkes Auge. Mit großem Interesse hörte er die Geschichte von Scotties Rückkehr.

„Ich verstehe vollkommen", sagte er dann. „Dieser arme Mann möchte natürlich jetzt nicht mehr all den Leuten begegnen, und wenn er, wie Sie sagen, seine Studien über die geologischen Formationen von Beverley zu Ende bringen will, werde ich ihn mit Freuden bei mir aufnehmen."

12

Scotties Einquartierung in Nelsons Haus diente einem doppelten Zweck. Einmal hatte Andy auf diese Weise einen klugen Gehilfen in der Nähe, der allerdings wenige oder gar keine Prinzipien hatte. Außerdem war er beruhigt, daß Stella nun noch einen anderen Beschützer hatte außer ihrem Vater. Es war eine unbestreitbare Tatsache, daß sich der Mörder noch irgendwo frei herumtrieb und daß er wahrscheinlich die Unterredung zwischen Stella und Merrivan beobachtet hatte. Es bestand also die Gefahr, daß er ihr die Schuld zuschieben würde, um sich selbst zu retten. Wie wäre ihr Schal sonst in den Obstgarten gekommen? Er konnte nicht einmal vermuten, zu welchem Zweck er entwendet worden war, aber es war ihm klar, daß der Mörder von ihrem Besuch bei Merrivan wußte.

Andy fuhr am Morgen in die Stadt und nahm das halbverbrannte Tagebuch mit sich. Er hatte ihm keine weiteren Aufschlüsse entnehmen können, denn die Hälfte der Seiten war schon herausgerissen und verbrannt worden, ehe das Buch ins Feuer geworfen wurde.

Sein erster Weg führte ihn zum Ashlar Haus. Die Büroräume Albert Selims wurden von der Polizei bewacht. Der wichtigste Fund, den die Beamten gemacht hatten, war ein an Sweeny adressierter Brief. Offenbar war es eine Antwort auf eine Anfrage, die dieser an seinen Chef gerichtet hatte. Es handelte sich darum, wie die Büroräume gereinigt werden sollten und welche Kosten man dafür bewilligen könne. Die Bedeutung des Schreibens lag darin, daß Andy die Schriftzüge mit der Handschrift des Briefes vergleichen konnte, den er auf Merrivans Schreibtisch gefunden hatte.

Sweeny war am Tage vor seiner Ermordung entlassen worden.

Das war die zweite wichtige Tatsache, die durch die Aussage eines Liftboys herausgekommen war. Er kannte Sweeny gut und hatte auch den Grund für seine Entlassung erfahren. Selim hatte Sweeny den Vorwurf gemacht, daß er heimlich Briefe geöffnet und gelesen habe. Allem Anschein nach war diese Beschwerde auch berechtigt, obgleich Sweeny es dem Liftboy gegenüber in Abrede gestellt hatte.

Sonst war nur wenig in Erfahrung zu bringen. Auch Sweenys Vorgänger hatte seinen Chef nie zu sehen bekommen, und er schien dieselben Pflichten gehabt zu haben wie Sweeny. Die Briefe wurden im Geldschrank zurückgelassen und gewöhnlich am Sonnabend und Mittwoch abgeholt. An diesen beiden Tagen durfte der Sekretär nicht in die Nähe der Geschäftsräume kommen. Niemand hatte diesen geheimnisvollen Mr. Selim jemals sein Büro betreten oder verlassen sehen. Auch der Portier des Hauses kannte ihn nicht. Da Andy vermutete, daß vielleicht die Angestellten des benachbarten Mieters Mr. Selim gesehen haben könnten, machte er einen Besuch bei der Schiffahrtsfirma Messrs. Wentworth & Wentworth.

Das Personal dieser Firma bestand aus einer Stenotypistin. Nach ihrer Aussage hatte die Firma früher bessere Tage gesehen und wurde weitergeführt, ohne irgendwelchen Gewinn abzuwerfen.

„Mr. Wentworth ist nicht zugegen", sagte das Mädchen. „Er ist kränklich und kommt nur zweimal in der Woche hierher. Ich kann Ihnen aber versichern, daß er nicht viel über Mr. Selim mitteilen könnte. Er hat ein- oder zweimal gesagt, wie sonderbar es sei, daß noch niemand Mr. Selim gesehen habe. Ich habe zwar den Sekretär manchmal zu Gesicht bekommen, aber auch der war nur von elf bis eins hier. Es war doch wirklich eine angenehme Stellung für ihn, und ich wundere mich, daß er so leichtsinnig war, sie aufs Spiel zu setzen."

Sie hatte anscheinend die Geschichte von den heimlich geöffneten Briefen auch gehört.

Andy machte schließlich dem zuständigen Finanzamt einen Besuch und erfuhr dort, daß Mr. Selims Abrechnungen stets in bester Ordnung waren und daß er seine Steuern pünktlich zahlte. Den Mann selbst habe man nie gesehen, und es gab ja auch keine Veranlassung, ihn aufzusuchen.

Andy überließ einem Detektiv die Büroräume Albert Selims zur Beobachtung und Bewachung und fuhr nach Beverley Green zurück.

Würde Scottie etwas wissen – Scottie, der doch die Unterwelt Londons kannte? Andy nahm sich vor, ihn zu fragen. Er hatte ihn schon häufig zu Rate gezogen, seitdem er bei Nelson wohnte und dadurch immer einen Vorwand gehabt, das Haus betreten zu können.

Er fand den ehrenwerten Scottie damit beschäftigt, Stella in die Geheimnisse des Kartenspiels einzuweihen. Mr. Nelson war im Klub.

„Selim? Albert Selim?" fragte Scottie. „Ja, ich habe von ihm gehört, er ist Geldverleiher und, soviel ich weiß, ein ganz gefährlicher Gauner."

Andy bemerkte, daß sich Stellas Gesichtszüge verfinsterten.

„Ich habe noch niemand getroffen, der ihn persönlich kannte, aber ich bin vielen Leuten begegnet, die Geld von ihm geliehen hatten."

„War er ein Wucherer, der die Leute, die nicht zahlen konnten, bedrohte?"

„Bedrohte?" rief Scottie verächtlich. „Es gibt nichts, was Selim nicht getan hätte! Ein Freund von mir – ich wollte sagen, ein Mann, von dem ich gehört habe – Harry Hopson, hat ihn mit einer Summe von zweihundert Pfund hereingelegt. Harry wurde kurz darauf zu zehn Jahren Gefängnis verurteilt – ich will nicht behaupten, daß Harry die Strafe nicht verdient hätte, aber Selim brachte eine schlau eingefädelte Anklage gegen ihn vor wegen einer alten Geschichte, die Harry längst vergessen hatte. Auf alle Fälle hat er seine zehn Jahre abbekommen."

Wenn Merrivan wirklich in so großer finanzieller Verlegenheit war, daß er sich von Selim Geld lieh, so mußten seine Schulden schon sehr hoch sein. Aber dem widersprachen andere Tatsachen. In den Geschäften war bis zum Sonnabend alles bezahlt, auf der Bank hatte Merrivan mehrere tausend Pfund, und auch sonst: konnte man keinen Anhaltspunkt dafür finden, daß er in Geldschwierigkeiten gewesen war. Wieviel Vermögen er besaß, konnte man erst sagen, wenn die Bücherrevisoren ihre Arbeit beendet hatten. Man hatte auch keine Briefschaften gefunden, denen man hätte entnehmen können, daß er Schulden bei diesem geheimnisvollen Albert Selim hatte. Ein Punkt war jedenfalls aufgeklärt worden – die ungewöhnlichen Schuhe, die Merrivan trug, als er starb. Er pflegte nächtliche Besuche zu machen. Aber warum zog er diese schweren Stiefel an, die doch einen höllischen Lärm machen mußten, wenn er über einen geschotterten Weg oder über einen Fußboden ging. Sicher wären Gummischuhe für diese Art von Abenteuern geeigneter gewesen. Andy überlegte sich das alles, als er zu Merrivans Haus hinüberging.

Zwei Tage lang war der Garten von Reportern belagert gewesen. Aber jetzt war auch der letzte Journalist wieder gegangen. Andy hatte sich vorgenommen, das ganze Haus genau zu durchsuchen. Bis jetzt hatten sich seine Nachforschungen nur auf das Arbeitszimmer beschränkt, und er hatte sich damit begnügt, einen oberflächlichen Blick in die anderen Räume zu werfen. Die Durchsuchung sollte hauptsächlich auf Mr. Merrivans Schlafzimmer konzentriert werden. Es lag im ersten Geschoß nach der Straße zu, war groß, luftig und nur mit den nötigsten Möbeln ausgestattet. Eine Tür führte von hier aus in den Ankleideraum, eine andere ins Bad. Mr. Merrivan hatte alles möglichst bequem einrichten lassen. Besonders das Badezimmer war mit außerordentlichem Luxus ausgestattet, die Wände waren mit Marmor verkleidet. Im Schlafzimmer standen ein großes Bett, ein Nachttisch und ein geräumiger Schrank. Der Fußboden war zum Teil von einem viereckigen, weichen, grauen Teppich bedeckt. Außerdem waren noch eine Kommode mit großem Spiegel, ein kleinerer Tisch, ein niedriger, bequemer Sessel und zwei Stühle vorhanden.

Andy schenkte diesmal dem Bett etwas mehr Beachtung. Es war ein solides Möbelstück, Kopf- und Fußende waren verhältnismäßig stark. Er klopfte das Kopfende ab, aber es war aus massivem Holz. Die Fuß wand war auf der Innenseite sehr schön geschnitzt. Außen war sie fast ganz glatt, nur zwei Wappen waren darauf angebracht, die von einer heraldischen Rose gekrönt waren. Er wandte die

Matratzen um, klopfte eine halbe Stunde lang die Zimmerwände ab und prüfte die übrigen Möbel. Er war erstaunt, daß er keine weiteren Hinweise auf Albert Selim entdecken konnte. Man hatte kein einziges Schriftstück gefunden, das eine Erklärung für den Drohbrief gegeben hätte, den man bei dem Toten gefunden hatte. Albert Selim selbst blieb verschwunden. Man hatte alle Briefe, die in seinem Büro ankamen, geöffnet und den erstaunlichen Umfang seines Geschäftes feststellen können. Aber keinem der Briefe, die um ein Darlehen nachsuchten oder um Zahlungsaufschub baten, konnte man einen Anhaltspunkt entnehmen, wer Albert Selim selbst war. Der Mann war ein Wucherer schlimmster Sorte, und sein Verschwinden mußte vielen unglücklichen Leuten, die er ausgebeutet hatte, eine Erlösung sein. Aber es war eine ungewöhnliche und die Polizei verwirrende Tatsache, daß keine Geschäftsbücher vorhanden waren, aus denen die Höhe der Schulden seiner Kunden zu ersehen war. Man fand weder in seinem Büro noch in seiner Bank Schuldscheine oder Verträge. Gewöhnlich bringen Geldverleiher ihre Papiere und andere Sicherheiten in den feuersicheren Räumen der Banken unter. Selim hatte auch auf der Bank keinen großen Betrag. Obwohl sein Konto lebhafte Bewegungen aufwies, war sein laufender Bestand doch nie größer als einige hundert Pfund. Wenn er Geld einzahlte, so wurde es auch bald wieder abgehoben. Wenn er Deckung für einen Scheck schaffen mußte, der auf eine größere Summe lautete, so zahlte er jedesmal den nötigen Betrag in Banknoten ein.

Man hätte annehmen sollen, daß Selim unmöglich seiner Bank unbekannt geblieben sein konnte. Zum mindesten mußte er doch einmal zur Bank gegangen sein, um sein Konto zu eröffnen. Aber es ergab sich die merkwürdige Tatsache, daß die erste Einzahlung von einer anderen Bank in der Provinz überwiesen wurde, deren Direktor gestorben war. Doch wenn er noch gelebt hätte, wäre er wohl kaum in der Lage gewesen, Aufschluß über Selim zu geben. Hätte man nun sagen wollen, daß er seine Spuren verwischt hatte, so wäre das auch nicht richtig gewesen, denn er hatte überhaupt keine Spuren hinterlassen, die zu verwischen wären. Er war unerkannt irgendwoher gekommen und ebenso unerkannt wieder ins Nichts verschwunden.

13

Scottie ging selten bei Tag aus. Er tat es aber nicht aus Geheimniskrämerei, sondern er nahm Rücksicht auf Andys Wünsche. Er ließ sich im allgemeinen nur zwischen ein und zwei Uhr mittags sehen, und um diese Zeit speiste man in Beverley Green gewöhnlich zu Mittag.

Er verließ Nelsons Haus durch den Seitenausgang, um zum Gästehaus zu gehen und Andy zu sprechen. Ein Artikel in einer Morgenzeitung, die er unter dem Arm trug, war der Zweck seines Besuches. Er selbst wurde nämlich darin erwähnt, und ihm war unbehaglich. Irgendein Berichterstatter, der anscheinend nichts von der Beendigung des Verfahrens gegen Scottie gehört hatte, schrieb etwas von einer aufsehenerregenden Verhaftung in diesem kleinen Ort, die kurz vor dem Mord stattfand, und zog hieraus für Scottie wenig schmeichelhafte Schlüsse. Er hatte kaum einen Schritt auf die Straße getan, als er schon wieder stehenblieb. Ein großes Auto versperrte den Weg, es stand halb auf der Straße und war halb in die Sträucher hineingefahren, die sie begrenzten. Scottie wußte, daß die Anlagen der Stolz der Bewohner von Beverley Green waren.

Der Chauffeur hatte ein rotes Gesicht und machte verzweifelte Anstrengungen, den Wagen zu wenden, worunter natürlich die Sträucher litten. Aber Scotties Aufmerksamkeit richtete sich nicht auf den Chauffeur, auch nicht auf das prachtvolle Auto – er sah nur die Dame, die darin saß.

Ihr Alter war schwer zu schätzen, aber sie war eine majestätische und bis zu einem gewissen Grad sogar schöne Erscheinung. Unter dem Hut zeigte sich üppiges, rotes Haar, zu dem ihre schwarzen Augenbrauen einen eigentümlichen Gegensatz bildeten. Eine dicke Puderschicht bedeckte ihr von Natur rotes Gesicht. Die großen blauen Augen traten ein wenig hervor. All dies stellte Scottie fest, während er ihren Schmuck einer eingehenden Prüfung unterwarf. In den Ohren trug sie Brillanten von der Größe zweier Erdnüsse. Eine dreifach geschlungene Kette großer Perlen lag um ihren Hals. Eine Brillantbrosche blitzte an ihrem Kleid, eine Smaragdspange an ihrem Gürtel. Scottie betrachtete ihre Hände und stellte fest, daß sie nur an den Daumen keine Ringe trug.

„Es tut mir entsetzlich leid, daß der Wagen hier soviel Schaden anrichtet, aber warum machen Sie Ihre Straßen nicht breiter?“

Sie mußte wohl einige Jahre in Amerika gelebt haben, denn sie hatte diesen eigentümlichen Akzent angenommen, den Engländer nach einem längeren Aufenthalt in den Vereinigten Staaten bekommen. Scottie war unbehaglich zumute.

Recht gewöhnlich, dachte er und fragte sich, wie sie zu dem Schmuck gekommen sein mochte.

„Ich bin seit vielen Jahren nicht in dieser Gegend gewesen“, sprach sie gleich weiter. Sie hielt ihn natürlich für einen Bewohner von Beverley Green. „Man hat mir soviel von diesem Ort erzählt. Hier ist doch jemand umgebracht worden?“

„Gewiß", entgegnete Scottie höflich und reichte ihr die Zeitung. „Sie finden hier einen eingehenden Bericht darüber."

„Ich habe leider meine Brille nicht bei mir", sagte sie, nahm aber die Zeitung trotzdem an, „Es ist doch schrecklich, daß schon wieder ein Mensch getötet wurde. Man hat mir seinen Namen nicht genannt, und er ist ja auch ohne Bedeutung für mich. Es ist wirklich fürchterlich, daß in letzter Zeit wieder so viele Morde vorkommen. Vor einigen Jahren wurde auch ein solches Verbrechen ganz in unserer Nähe in Santa Barbara verübt, aber mein verstorbener Mann, der Senator, wollte mir nichts darüber erzählen, um mich nicht zu beunruhigen. Er war der Senator Crafton-Bonsor. Vielleicht haben Sie schon einmal von ihm gehört? Sein Name war häufig in den Zeitungen. Er hat sich allerdings nicht viel darum gekümmert, was sie schrieben."

Scottie schloß daraus, daß die Zeitungen den Mann wahrscheinlich recht unfreundlich behandelt hatten, aber ein Senator der Vereinigten Staaten! Darüber kam er nicht so leicht hinweg. Er wußte zwar nicht viel von den Amerikanern, deren Namen in der Öffentlichkeit eine Rolle spielen, seine Kenntnisse beschränkten sich auf einige Staatsanwälte. Aber er hatte die Vorstellung, daß amerikanische Senatoren hochgestellte Leute seien.

„Nun, ich muß jetzt weiterfahren. Es wäre mir entsetzlich, an einem Ort leben zu müssen; an dem ein Mord verübt wurde. Ich könnte nachts nicht mehr schlafen, Mr. –"

„Bellingham ist mein Name – Professor Bellingham."

Seine Worte schienen großen Eindruck auf sie zu machen.

„Ach, wie interessant! Wissen Sie, ein Professor kam auch einmal zu uns in Santa Barbara. Die Rasenflächen in meinem Park sind so groß wie der ganze Ort hier. Ach ja, der Professor, der mich besuchte, war einfach wunderbar. Er holte lebendige Kaninchen aus seinem Zylinder, und vorher hatte er mir doch gezeigt, daß er nichts darin hatte. Nun muß ich aber wirklich weiterfahren, Herr Professor. Ich wohne im Great Metropolitan-Hotel. Mein Gott, die können einem aber Rechnungen schreiben! Und als ich nach einer Beutelmelone fragte, wußte kein Mensch, was ich meinte. Also, dann auf Wiedersehen."

Der Wagen fuhr an und war bald außer Sicht. Scottie wurde nachdenklich.

„Haben Sie den Wagen gesehen?" war die erste Frage, die er an Andy richtete.

„Nein, gesehen nicht, aber gehört – ich dachte, es wäre ein Lastauto gewesen."

„Ja, so könnte man es nennen", gab Scottie zu. „Sie hätten nur die Fracht sehen sollen! Ungefähr – aber ich will Sie nicht langweilen. Es war einfach großartig – und was für eine Dame!"

Andy hatte etwas anderes zu tun, als sich um gelegentliche Besucher von Beverley Green zu kümmern.

„Wie geht es Miss Nelson?"

„Ausgezeichnet, sie macht heute nachmittag einen langen Spaziergang."

Andy wurde rot.

„Wer hat Ihnen denn das verraten?"

„Sie selbst", antwortete Scottie kühl. „Sie hat mir sogar aufgetragen, es Ihnen zu sagen. Dieses Mädchen ist recht intelligent."

„Ich habe nicht die Absicht, mich mit Ihnen über die Intelligenz Miss Nelsons zu unterhalten", entgegnete Andy ein wenig von oben herab. „Und ich weiß auch nicht, warum Sie irgendwelche Schlußfolgerungen aus ihren Worten ziehen. Wahrscheinlich hat sie gemeint, Sie möchten mir bestellen, daß sie sich wohl genug fühlt, allein einen längeren Spaziergang zu machen."

„Vielleicht. Sie sagte nur, daß sie um drei Uhr am zweiten Golfloch sei und dort auf Sie warten werde."

Andy wußte darauf nichts zu erwidern.

„Und da wir gerade von Liebe sprechen", fuhr Scottie fort, „so möchte ich Sie doch bitten, einmal nachzusehen, was der Berichterstatter des 'Post Herald' über die Verhaftung eines gefährlichen Verbrechers schreibt – damit meint er nämlich mich. Er zieht allerhand Schlüsse aus der Tatsache, daß sich die Verhaftung kurz vor dem Mord ereignete."

****

Andy hatte schon zehn Minuten am Golfloch gewartet, ehe Stella kam.

„Ich fürchtete schon, Sie könnten nicht abkommen", sagte sie. „Hat Ihnen der Professor meinen Auftrag ausgerichtet?"

„O ja, er hat es mir bestellt", entgegnete Andy trocken.

„Hat er Ihnen auch von der merkwürdigen Dame erzählt?" fragte sie ihn interessiert. „Scottie hatte eine lange Unterredung mit ihr. Ihr Auto hat zwei Fliederbüsche vollständig umgefahren. Der große Wagen wollte in der engen Straße wenden!"

„Was war denn das für eine merkwürdige Dame? Hat sie Beverley Green besucht?“

Stella nickte.

„Ich sah sie durchs Fenster, Es gibt nur eine Beschreibung für sie – sie glitzerte! Ich hatte leider noch keine Gelegenheit, Scottie über sie auszufragen.“

Sie gingen langsam weiter – Andy wußte nicht, welchen Weg sie eingeschlagen hatten. Ihm wurde nur so viel klar, daß sie zu den Grenzhecken von Beverley Hall kamen. Er war in einer ganz anderen Welt unendlich glücklich. Anziehend – hübsch – schön? Er hatte sich diese Frage schon einmal beantwortet. Er betrachtete Stella von der Seite. Ihr Profil war vollkommen, ihre Haut schimmerte in dem wenig schmeichelhaften, hellen Sonnenlicht ebenso zart wie in der Abendbeleuchtung.

„Artur Wilmot hat mich heute geschnitten“, sagte sie.

„Aber warum denn? Ich dachte doch – ich hatte gehört –“

Er vollendete den Satz nicht.

„Daß ich mit ihm verlobt sei?“ sagte sie leise lachend. „Die Leute von Beverley verloben einen sehr leicht. Ich war nie mit ihm verlobt. Ich trug wohl früher einen Ring, weil – nun, weil er mir gefiel. Mein Vater hat ihn mir früher einmal geschenkt.“

Er seufzte erleichtert auf, sie hörte es und sah ihn schnell von der Seite an. Aber dann schaute sie rasch wieder fort.

„Was ist eigentlich der Beruf Artur Wilmots?“

„Ich weiß es nicht. Er hat immer in London zu tun. Über seine Geschäfte spricht er nie, und niemand weiß etwas davon. Das ist merkwürdig, denn die meisten jungen Leute erzählen sehr gern von ihrem Beruf – wenigstens die ich kenne. Sie sind stolz auf die eigene Tüchtigkeit und wissen eigentlich sonst nicht viel zu reden. Aber Sie habe ich noch nie über ihre Tüchtigkeit sprechen hören, Doktor Andrew.“

„Ich glaubte, daß ich schön außerordentlich gesprächig gewesen wäre – Miss Nelson.“

„Nun seien Sie doch nicht komisch – Sie haben mich schon Stella genannt und ein dummes Kind, als Sie neulich morgens kamen. Ist es nicht wunderschön?“

„Ich bin damals wohl sehr kühn gewesen“, gab er kleinlaut zu.

„Ich meinte, daß wir uns kennengelernt haben und daß ich Sie gerne mag. Im allgemeinen kann ich mich nämlich nur schwer an einen Menschen gewöhnen. Vielleicht war es auch eine Reaktion. Ich habe Sie so sehr gehaßt, weil ich mich immer schuldig fühlte, wenn Sie mich ansahen. Ich dachte immer, Sie müßten schrecklich sein, ein Bluthund, der arme, unglückliche Menschen hetzt."

„Wahrscheinlich haben alle Leute diese Vorstellung von Polizeibeamten. Und wir schmeicheln uns mit dem Gedanken, daß der Anblick einer Polizeiuniform jeden guten Bürger erfreut."

„Ich bin kein guter Bürger. Im Gegenteil, ein sehr schlechter – Sie wissen gar nicht, wie schlecht ich bin."

„Ich kann es vermuten."

Sie gingen eine Weile schweigend nebeneinander her.

„Stella", sagte er dann plötzlich, „hat Merrivan bei Ihrem letzten Zusammensein mit ihm irgendwelche Andeutungen über die Zukunft gemacht – wo er leben würde?"

„In Italien", sagte sie. „Er erzählte mir, daß er viel Geld bekommen würde, und daß er einen herrlichen Palast am Corner See gekauft habe."

„Hat er Ihnen nicht mitgeteilt, ob er das Geld bereits erhalten habe?"

„Nein, ich kann mich erinnern, daß er sagte, er werde es bekommen. Ich hatte den Eindruck, daß er es von irgendeiner Seite erhalten würde. Aber wir wollen bitte nicht mehr über diese Sache sprechen."

Von wem erwartete Merrivan das Geld? Doch nicht von Albert Selim? Oder hatte er vielleicht die Summe schon erhalten und versteckt? Möglicherweise hatte der Wucherer entdeckt, daß Merrivan ins Ausland gehen wollte, und versucht, das Geld wieder zurückzubekommen. Selim klagte sein Geld nie vor Gericht ein – das war auch ein sonderbarer Umstand. Er verlieh offenbar nur Geld, wenn er sein Opfer irgendwie in der Hand hatte.

Als sie an eine steile Stelle kamen, nahm er Stellas Hand, um sie zu stützen, aber er ließ sie nicht los, als der Weg wieder eben wurde. Sie zog die Hand auch nicht fort. Sie war glücklich in seiner Gegenwart. Die Berührung dieser starken Hand, die die ihre so behutsam hielt, war wohltuend. Etwas von seiner Kraft und Ruhe war auf sie übergegangen, als er sie damals an den Schultern gepackt hatte.

„Sie sind sehr ernst geworden", sagte sie auf dem Rückweg. „Ich wußte, daß unser Spaziergang so sein würde – so wunderschön. Ich wünsche mir jetzt nichts mehr – mein Glück ist vollkommen. Ein zweites Mal würde es nicht mehr so werden wie heute.“

Sie waren bei dem zweiten Golfloch angekommen. Es war niemand zu sehen.

Andy beugte sich zu ihr, und seine Lippen berührten die ihren.

14

Mr. Boyd Salter saß an einem kleinen Tisch in der Nähe des offenen Fensters seiner Bibliothek. Von hier aus konnte er das ganze Tal und auch einen Teil von Beverley Green überschauen. Er war damit beschäftigt, Patiencen zu legen, wurde aber doch nicht so davon in Anspruch genommen, daß er nicht von Zeit zu Zeit eine Pause gemacht und aus dem Fenster gesehen hätte. Einmal interessierte ihn eine Schafherde, die gerade des Weges kam, dann beobachtete er einen Habicht, der plötzlich herabstieß und sich mit seiner Beute wieder in die Lüfte erhob. Er wurde auf einen Mann in einem langen dunklen Mantel aufmerksam, der sich sehr merkwürdig benahm. Aber die Entfernung war zu groß, um feststellen zu können, was er eigentlich tat. Er ging an dem Rand einer Pflanzung entlang, aus der er vermutlich herausgekommen war.

Mr. Salter drückte den Knopf einer elektrischen Klingel.

„Bringen Sie mir meinen Feldstecher, Tilling. Wissen Sie, ob dort ein Parkwächter in der Gegend herumstreift?“

„Ich glaube nicht. Madding ist unten im Leutezimmer.“

„Schicken Sie ihn, bitte, herauf, aber bringen Sie erst mein Glas.“

Mr. Salter stellte den Feldstecher ein, aber er konnte den Fremden nicht erkennen, der etwas zu suchen schien. Der Mann kam nur langsam vorwärts und bewegte sich nicht in gerader Linie.

Boyd Salter wandte den Kopf. Ein untersetzter Mann mit rotem Gesicht, der einen Anzug aus Manchestersamt und Gamaschen trug, war eingetreten.

„Madding, wer geht dort bei Spring Covert?“

Der Wächter legte die Hand über seine Augen.

„Sieht mir so aus, als ob es einer von diesen Leuten aus Beverley Green wäre. Ich glaube, es ist Wilmot.“

Mr. Salter schaute wieder hinaus.

„Sie werden wohl recht haben. Gehen Sie hin, bestellen Sie einen schönen Gruß von mir und fragen Sie, ob Sie etwas für ihn tun können. Vielleicht hat er etwas verloren. Warum aber gerade auf meinem Grundstück etwas vermißt wird, ist mir ein Rätsel."

Madding ging hinaus, und Mr. Salter wandte sich wieder seinen Karten zu. Als er nach einiger Zeit noch einmal hinaussah, eilte der Wächter mit großen Schritten durch das Gelände. Später konnte er nur Madding allein ins Glas bekommen, der Fremde war verschwunden.

Boyd Salter nahm die Karten zusammen, mischte sie und legte sie von neuem auf. Bald darauf kam Madding zurück.

„Ich danke Ihnen, ich habe schon gesehen, daß Sie ihn nicht mehr angetroffen haben."

„Dieses Ding habe ich gefunden, Sir. Es lag etwas weiter entfernt von der Stelle, wo Mr. Wilmot suchte. Wahrscheinlich hat er danach gesucht."

Er reichte Salter ein goldenes Zigarettenetui, von dem er den Lehm abgewischt hatte. Der Boden um Spring Covert war feucht und lehmig.

Mr. Salter nahm das Etui und öffnete es. Es enthielt zwei feuchte Zigaretten und ein abgerissenes Stück Zeitungspapier, auf dem mit Bleistift eine Adresse geschrieben war.

„Es ist gut, Madding. Ich werde dafür sorgen, daß es Mr. Wilmot zurückerhält. Es wird ihm gehören, hier ist sein Monogramm. Ich glaube, daß er Ihnen eine gute Belohnung geben wird. Ich habe gehört, Sie haben heute morgen ein Hermelin gefangen? Diese Tiere sind doch die größten Feinde der jungen Fasane. Sagten Sie nicht, daß es in diesem Jahr viele gibt? Nun, es ist gut, ich danke Ihnen, Madding."

„Entschuldigen Sie bitte, Sir, ich möchte Ihnen noch etwas mitteilen."

Der Parkwächter wartete einen Augenblick, bis Salter ihm zunickte weiterzusprechen.

„Es ist wegen des Mordes. Ich habe die Vermutung, daß der Täter durch den Park geflohen ist."

„Wie kommen Sie darauf?"

„Ich war in jener Nacht draußen unterwegs. Die Leute von Beverly wildern schlimmer denn je. Mr. Goldings Oberwächter erzählte mir erst heute wieder, daß er einen Mann gefaßt hat, der sechs Fasanen in seinem Rucksack hatte. Als ich so herumstreifte, hörte ich unten bei Vally Bottom einen Schuß. Ich lief so schnell wie möglich hin, obgleich ich mir sagte, daß sich Wilddiebe im allgemeinen hier nicht mit Gewehren herumtreiben. Als ich eine Strecke weit gegangen war, hielt ich an und horchte. Ich kann einen Eid darauf leisten, daß ich hörte, wie jemand über den hartgetretenen Weg ging, der nach Spring Covert führt, wo eben auch Mr. Wilmot war. Ich rief ihn an, aber da hörte ich keine Schritte mehr. 'Bleiben Sie stehen, Sie sind erkannt!' rief ich, da ich dachte, es sei ein Wilddieb. Ich habe aber nichts mehr gehört und auch niemand gesehen."

„Haben Sie der Polizei das alles mitgeteilt? Das hätten Sie tun sollen, Madding. Es könnte ein wichtiger Anhaltspunkt sein. Glücklicherweise besucht mich Mr. Macleod heute nachmittag."

„Ich wußte nicht recht, was ich tun sollte. Ich habe den Schuß nämlich nicht mit dem Mord in Verbindung gebracht. Erst als ich es meiner Frau erzählte, sagte sie, daß ich Ihnen das mitteilen müsse."

„Ihre Frau hat recht, Madding", erwiderte Salter lächelnd. „Bleiben Sie in der Nähe, wenn Doktor Macleod kommt."

Andy, der Mr. Salter wegen der Leichenschau verschiedenes zu fragen hatte, hörte die Geschichte des Parkwächters mit Interesse an und erkundigte sich nach der genauen Zeit, wann er den Schuß gehört hatte.

„Madding hat auch ein Zigarettenetui gefunden, das Mr. Wilmot gehört", sagte Boyd Salter und erzählte, daß er Artur auf der Suche nach einem Gegenstand gesehen habe. „Ich danke Ihnen, Madding, Sie brauchen nicht zu warten, wenn nicht Doktor Macleod noch weitere Fragen an Sie hat. Nein? Dann können Sie gehen."

Andy betrachtete das Etui.

„Wie kam er denn in die Nähe von Spring Covert? Führt dort ein öffentlicher Weg vorbei?"

„Nein, er hat unerlaubt fremdes Gebiet betreten, obgleich ich so harte Worte nicht gern von den Spaziergängen eines Nachbarn auf meinem Grund und Boden gebrauche. Unsere Freunde in Beverley Green haben die Erlaubnis, hier auf meinem Gelände Picknicks zu veranstalten. Sie müssen nur meinem Wächter davon Mitteilung machen. Aber sie kommen eigentlich nie nach Spring Covert – es ist nicht besonders schön dort."

Andy öffnete das Etui und nahm das Stückchen Zeitungspapier heraus. „Es ist wohl eine Adresse", meinte Mr. Salter.

„Ja – die Adresse des ermordeten Sweeny –, und Wilmot hat sie am selben Tag erhalten, an dem der Mord begangen wurde!"

Er drehte den kleinen Fetzen um. Er war von einer Sonntagszeitung abgerissen, oben war noch zu lesen ... onntag, den 23. Juni...

Offenbar hatte diese Zeitung Sweeny gehört, dachte Andy. Wahrscheinlich hatten sich die beiden getroffen, miteinander gesprochen, Wilmot hatte sich währenddessen überlegt, daß ihm der Sekretär Albert Selims vielleicht noch irgendwie nützlich sein könnte, und hatte sich deshalb seine Adresse notiert. Diese Begegnung hatte aber schwerlich in Spring Covert stattgefunden, wo das Etui gefunden worden war. Sie mußten sich dort nach Einbruch der Dunkelheit noch einmal getroffen haben, oder Wilmot hatte nachts diesen Platz heimlich aufgesucht. Die erste Möglichkeit erschien Andy wahrscheinlicher.

Wilmot hatte also doch etwas mit der Sache zu tun.

„Worüber denken Sie nach?" fragte Boyd Salter.

„Es ist merkwürdig, ich weiß nicht, was ich aus diesem Fund machen soll. Ich werde Wilmot aufsuchen und ihm das Etui zurückgeben, wenn Sie gestatten."

Als er nach Beverley Green zurückging, fiel es ihm plötzlich auf, daß fast alle wichtigen Ereignisse während seines Aufenthaltes doppelt eingetreten waren. Er hatte die Drohung Wilmots vor Merrivans Haus und die Wutausbrüche Nelsons vor dessen Tür gehört. Sowohl in Merrivans als auch in Nelsons Haus hatte er verbrannte Papiere entdeckt. Und nun war wieder etwas gefunden worden –

„Wir haben einen kostbaren Brillantring gefunden – vielmehr Mr. Nelson hat ihn auf dem Rasen entdeckt", begrüßte ihn der Polizeiinspektor. „Ich habe nicht gehört, daß irgendwo ein Ring vermißt würde. Niemand im ganzen Dorf bekennt sich als Eigentümer des Schmuckstücks."

Stella war doch wirklich zu achtlos! Sie streute verdächtigende Gegenstände wie der 'Fuchs' bei der Schnitzeljagd.

„Der Eigentümer wird sich schon noch melden", meinte Andy gleichgültig.

Am Abend traf er Wilmot, der gerade nach Hause kam.

„Ich glaube, das gehört Ihnen", sagte Andy und hielt ihm das Etui hin.

Wilmot wurde rot.

„Ich glaube kaum. Ich habe nichts verloren –"

„Aber Ihr Monogramm ist doch darauf, und zwei Leute haben es bereits als Ihr Eigentum erkannt."

Das war zwar nicht die Wahrheit, aber Andy hatte Erfolg mit dieser Methode.

„Tatsächlich! Ich danke Ihnen, Doktor Macleod. Ich hatte es noch nicht vermißt."

Andy lächelte.

„Dann haben Sie oben bei Spring Covert wohl nach etwas anderem gesucht?"

Wilmot wurde jetzt blaß.

„Wann haben Sie sich Sweenys Adresse notiert?"

Wilmot sah Andy haßerfüllt an. Entweder war Wilmot schuldig oder eifersüchtig. Wahrscheinlich war Eifersucht die Ursache – er wußte oder vermutete doch, wie Andy zu Stella Nelson stand.

„Ich traf ihn am Sonntagmorgen, er bat mich, ihn für eine neue Stellung zu empfehlen. Ich hatte ihn kennengelernt, als er in den Diensten meines Onkels stand. Ich traf ihn auf dem Golfplatz, und so schrieb ich seine Adresse auf ein Stück Zeitungspapier."

„Sie haben aber weder mir noch Inspektor Dane gesagt, daß Sie ihm begegnet waren."

„Das hatte ich ganz vergessen – nein, das stimmt nicht, aber ich wollte nicht in diesen Fall verwickelt werden."

„Sie haben ihn dann nachts noch einmal gesehen – warum wählten Sie Spring Covert als Treffpunkt?"

Wilmot schwieg, und Andy mußte seine Frage wiederholen.

„Er war von Beverley Green fortgegangen und wollte mich noch einmal sprechen. Er dachte, daß es mir peinlich sei, wenn man uns zusammen sähe."

„Wann dachte er denn das? Am Morgen, als die zweite Verabredung vereinbart wurde?"

„Ja", entgegnete Wilmot zögernd. „Wollen Sie nicht hereinkommen, Macleod."

„Sind Sie allein?"

„Ja, ich bin allein im Haus. Die Dienstboten haben heute alle Ausgang. Sie kommen auch sonst nur in mein Zimmer, wenn ich sie rufe.“

Artur Wilmots Haus war das kleinste von allen, aber es war mit hervorragendem Geschmack eingerichtet. Wenn es Andy trotzdem nicht vollständig befriedigte, so lag das wohl daran, daß ihm der Charakter der Einrichtung zuwenig männlich erschien. Auf dem Tisch des Zimmers, in das sie traten, lag ein halbfertiger Damenhut. Wilmot unterdrückte einen Ausruf. Es war eine mit prachtvoller, farbiger Seide überzogene Hutform. Ihre Ankunft mußte irgend jemand gestört haben. Andy tat, als ob er nichts gesehen hätte, aber Wilmot war zu aufgeregt, um die Sache übergehen zu können, und versuchte, Andy eine Erklärung zu geben.

„Vermutlich hat wieder eins der Dienstmädchen hier gearbeitet!“ Mit diesen Worten packte er den Hut und schleuderte ihn in eine Ecke.

Der Zwischenfall, der eigentlich Wilmots Verwirrung hätte vergrößern müssen, schien die entgegengesetzte Wirkung zu haben. Seine Stimme war klar und fest, als er jetzt sprach.

„Ich habe Sweeny zweimal getroffen, und es war töricht von mir, es nicht sofort zuzugeben. Sweeny haßte meinen Onkel. Er kam zu mir, um mir etwas zu erzählen – er deutete wenigstens an, daß er etwas wüßte, durch das ich Mr. Merrivan in meine Hand bekäme. Die zweite Zusammenkunft in Spring Covert diente dazu, über die Bedingungen zu verhandeln, unter denen Sweeny mir seine Informationen geben wollte. Ich wünschte, ich wäre nicht hingegangen, ich bin auch nicht lange dort gewesen. Ich versprach Sweeny, ihm zu schreiben, und damit hatte die Sache ein Ende.“

„Worin bestand denn Sweenys Geheimnis?“

Wilmot zögerte.

„Offen gestanden, ich weiß es nicht. Ich hatte nur den Eindruck, daß Mr. Merrivan irgendwie in Selims Schuld war – Selim war der Name von Sweenys Chef. Aber das kann ich nicht recht glauben, es kommt mir fast lächerlich vor. Mein Onkel war ein reicher Mann.“

Andy schwieg und überlegte, ob Wilmot die Wahrheit gesagt haben könnte.

„Haben Sie irgendeine Ahnung, wer Ihren Onkel getötet haben könnte?“

Wilmot runzelte die Stirn. „Haben Sie denn eine Vermutung?“

Andy wußte, wen Wilmot beschuldigen würde, wenn auch nur der geringste Verdacht auf ihn selbst fallen sollte.

„Ich habe mir viele Theorien zurechtgelegt", erwiderte er kühl. „Aber es wäre übereilt, wenn ich mich jetzt schon endgültig für eine von ihnen entscheiden würde. Da fällt mir etwas ein, Mr. Wilmot. Als wir uns das letztemal sahen, sprachen Sie von einem nichtswürdigen Mädchen. Das interessiert mich. Sie beschwerten sich heftig über sie und sagten, daß Sie ihretwegen Streit mit Ihrem Onkel gehabt hätten. Das könnte ein wichtiger Anhaltspunkt sein. Wer war diese Dame?"

Das war ein meisterhafter Angriff, der wohlüberlegt im günstigsten Augenblick geführt wurde.

Auf eine so direkte Frage war Wilmot nicht vorbereitet. Es war ihm klar, daß Macleod genau wußte, wen er gemeint hatte. Er mußte jetzt mit der Sprache heraus oder –

„Die Antwort darauf muß ich schuldig bleiben."

Aber Andy war schon zu weit gegangen und hatte zu viel gewagt, um seinem Gegner jetzt noch gestatten zu können, das Gefecht abzubrechen.

„Das kann ich nicht gelten lassen. Entweder kennen Sie eine solche Dame oder Sie kennen sie nicht. Entweder haben Sie sich mit Ihrem Onkel gestritten oder nicht. Ich spreche jetzt als der Polizeibeamte, der mit der Untersuchung dieses Falles beauftragt ist, und ich muß die Wahrheit erfahren."

Seine Stimme klang hart und drohend.

„Ich war damals sehr verwirrt", sagte Artur Wilmot mürrisch und widerwillig. „Ich wußte nicht, was ich sagte. Ich meinte keine bestimmte Dame, auch habe ich mich mit meinem Onkel nicht gestritten."

Langsam zog Andy ein Notizbuch aus der Tasche und schrieb diese Worte Wilmots, der ihn wütend beobachtete, auf.

„Ich danke Ihnen. Ich werde Sie jetzt wohl nicht wieder in dieser Angelegenheit belästigen müssen."

Ohne ein weiteres Wort entfernte er sich.

Wilmot blieb zurück und trug sich mit Mordgedanken.

„Mr. Macleod!"

Andy drehte sich an der Gartenpforte noch einmal um. Wilmot kam hinter ihm her.

„Es ist jetzt sicher kein Grund mehr vorhanden, warum ich das Haus meines Onkels nicht betreten dürfte. Ich bin der gesetzmäßige Erbe Mr. Merrivans, und ich habe einige Vorbereitungen für seine Beerdigung zu treffen."

„Ich muß Ihnen im Augenblick nur noch die eine Beschränkung auferlegen, daß Sie nicht in sein Arbeitszimmer gehen. Dieser Raum kann erst nach der Leichenschau freigegeben werden."

Andy ging über die Straße und sprach mit dem Polizeisergeanten, der das Haus bewachte.

„So, diese Sache habe ich in Ordnung gebracht, Mr. Wilmot. Der Beamte wird Sie einlassen."

Andy war weder überrascht noch belustigt über den Damenhut in Wilmots Zimmer, der zu vielen Vermutungen Anlaß geben konnte. Wilmots Verlegenheit war zu deutlich und seine Erklärung vollständig unglaubwürdig gewesen. Ein Dienstmädchen sollte den Hut dort genäht haben? Das stimmte doch nicht mit seiner Angabe überein, daß kein Dienstbote in sein Zimmer kommen dürfe, wenn er nicht gerufen war. Wilmot war Junggeselle wahrscheinlich nicht besser und nicht schlechter als alle Junggesellen. Aber es war doch ein wenig überraschend, daß er seine Damen nach Beverley Green brachte, wo alle Dienstboten bekanntermaßen klatschten. Eine solche Unbesonnenheit sah Artur Wilmot gar nicht ähnlich.

Er ging zu Nelsons. Wenn er nach seinen Wünschen hätte handeln können, wäre er jeden Tag dort hingegangen und die ganze Zeit dort geblieben. Er richtete es jetzt immer so ein, daß er Scottie in den frühen Morgenstunden draußen im Freien traf, gewöhnlich in den Parkanlagen.

Stella empfing ihn. Ihr Vater war im Atelier und arbeitete. Sie war begeistert, denn Kenneth Nelson hatte ein neues Gemälde begonnen, ein Porträt Scotties.

„Das ist ja großartig, weil ich dann immer ein gutes Bild von Scottie zur Verfügung habe", meinte Andy. „Wenn ich ihn in Zukunft wieder einmal verhaften lassen muß, schicke ich meine Leute einfach zur Akademie, damit sie ihn vorher genau studieren können."

„Er wird in Zukunft aber nichts mehr anstellen", sagte sie, denn sie war über seine Worte erschrocken. „Er erzählte mir, daß er sein altes Leben aufgeben und nicht mehr stehlen wolle."

Andy lächelte.

„Ich würde ja nur zu froh sein, wenn es so wäre. Kennst du Artur Wilmot sehr gut, Stella?"

Sie wollte schon sagen, daß sie ihn nur allzugut kenne.

„Ich habe es einmal gedacht", erwiderte sie. „Warum fragst du danach?"

„Weißt du, ob er irgendwelche Freundinnen oder weibliche Verwandte hat?"

Sie schüttelte den Kopf.

„Seine einzigen Verwandten waren Mr. Merrivan und eine alte Tante. Er hat nie Besuch gehabt mit Ausnahme seiner Tante, die aber gestorben ist, soviel ich weiß. Er hat nicht einmal Junggesellenabende gegeben. Ich weiß nicht mehr, was vorgeht. Hast du neue Anhaltspunkte gefunden? Der ganze Ort wimmelt von Zeitungsreportern. Einer kam und fragte mich, ob ich ihm irgendwelche Einzelheiten aus Mr. Merrivans Privatleben erzählen könne. Er fragte mich zum Beispiel, ob er regelmäßig zur Kirche gegangen und sonst ein ruhiger, stiller Mensch gewesen sei. Ich gab zur Antwort, daß ich nicht viel über ihn wisse. Er war leicht zufriedenzustellen."

Andy seufzte. „Ich bin nur froh, daß Downer nicht gekommen ist."

„Wer ist Downer?"

„Ein Journalist, der tüchtigste und geschickteste Mann von der ganzen Gesellschaft. Der gibt sich nicht so leicht zufrieden wie der Reporter, der dich aufgesucht hat. Er hätte auch nicht so dumme Fragen gestellt. Er hätte mit deinem Vater über Kunst gesprochen, wäre ins Atelier gegangen, hätte den Pygmalion bewundert und mit deinem Vater über Farbwerte, den Einfluß der Atmosphäre, über Beleuchtungs- und Bewegungsmotive diskutiert. Wenn er aber gegangen wäre, hättest du das unangenehme Gefühl gehabt, mehr gesagt zu haben, als gut war. Und zwar nicht über alte Meister, sondern über Mr. Merrivans Privatleben."

Sie wandte die Augen nicht von ihm, während er sprach. Aber er sah sie nicht lange an, denn er fürchtete, er würde sie an sich reißen und nicht wieder freigeben.

„Du mußt unheimlich viele Menschen kennenlernen, diesen Downer zum Beispiel, und Leute wie Scottie. Ich nannte ihn übrigens aus Versehen auch Scottie, es schien ihm sehr angenehm zu sein. Gibt es eigentlich etwas Neues?"

„Inspektor Dane hat deinen Ring gefunden. Streust du deine Brillantringe immer so aus?" Sie war nicht im mindesten verwirrt.

„Ich habe ihn weggeworfen, ich weiß nicht mehr, wo. Willst du schon gehen? Du bist noch kaum eine Minute hier und hast weder meinen Vater noch sein Gemälde gesehen."

„Ich bin schon lange genug hiergewesen, um die ganze Nachbarschaft in Aufruhr zu bringen. Verstehst du nicht, daß ich dich nur besuchen kann, wenn ich unter dem einen oder anderen Vorwand auch zu allen anderen gehe? Jeden Tag mache ich zehn bis zwölf verschiedene Besuche und falle den Leuten auf die Nerven – nur um dich einmal sehen zu können."

Sie begleitete ihn zur Tür.

„Ich wünschte, du würdest kommen und wieder Staub wischen", sagte sie zärtlich.

„Und ich – ich wünschte, wir wären wieder bei dem zweiten Golfloch", erwiderte er leise. Sie lachte, und er hörte sie noch auf dem Gartenweg.

15

Es war keine Übertreibung, wenn man sagte, daß Artur Wilmot seit dem Tod seines Onkels unter einem ständigen Druck lebte und manchmal glaubte, den Verstand zu verlieren. Weder sein Charakter noch seine Erziehung befähigten ihn, diesen schweren Schlag tapfer zu ertragen und zu überwinden. Er hatte von seiner Mutter, einer gescheiten, aber nervösen Frau, die Schwäche geerbt, sich seinen augenblicklichen Stimmungen und Launen zu überlassen, ohne ihnen irgendwelchen Widerstand entgegenzusetzen. Er kannte keine andere Hemmung als Furcht, gab sich wenig Mühe, sich im Zaum zu halten, und war launenhaft wie ein Kind. Daß Stella zum Beispiel seinen wahren Charakter nicht früher erkannt hatte, lag daran, daß er fest davon überzeugt war, ihre Freundschaft werde sich zu gegebener Zeit so entwickeln, wie er es wünschte. Es war ihr entgangen, daß er ihr immer näherzukommen suchte. Früher hatte er nicht die mindeste Andeutung gemacht, daß er in sie verliebt sei, weil er das Geheimnis seines Lebens nicht preisgeben wollte. Er dachte, daß er dadurch ihr gegenüber aufrichtig handelte, wenigstens versuchte er, sich das einzureden. Er glaubte, sie hätte ihm im Verlauf ihres freundschaftlichen Umganges Anlaß gegeben, ihr Verhältnis enger zu gestalten. Als er sich schließlich entschlossen hatte, ihr in sorgsam gewählten Worten seine Absichten zu erklären, kam ihre Weigerung für ihn wie ein Blitz aus heiterem Himmel.

Seine Eitelkeit gestattete ihm nicht, ihre Antwort als endgültig zu betrachten. Er überging ihre Ablehnung, indem er sich sagte, daß Frauen in solchen Augenblicken immer ein wenig sonderbar sind. Nachdem sie ihn auch ein zweites Mal abgewiesen hatte, gefiel er sich in der Rolle des Verzichtenden.

Ob er sie liebte oder haßte, war bedeutungslos. Er liebte sich selbst, und da er den Gegenstand seiner Begierde nicht in seinen Besitz bringen konnte, wurde er ihm so teuer, daß ihm das Leben mit all seinen Schönheiten dagegen wertlos erschien.

Die Ankunft Andy Macleods in Beverley Green, seine häufigen Besuche bei Nelsons und der Klatsch der Dienstboten trieben ihn zur Verzweiflung. Hinzu kamen noch die Aufregung über den Tod seines Onkels und die Gewißheit, daß der Verdacht auf ihn fallen könnte. Außerdem machte er sich Sorgen über seine eigene Zukunft. Sein Onkel hatte ihm Geldmittel gegeben, ein Geschäft in der Stadt zu gründen. Was mochte er in seinem Testament für ihn bestimmt haben? Hatte er überhaupt ein Testament gemacht? Er war sowohl von dem Rechtsanwalt Mr. Merrivans als auch von Polizeiinspektor Dane danach gefragt worden, denn niemand hatte ein solches Dokument entdecken können.

Wenn er Inspektor Dane oder Andy fragte, ob irgend etwas gefunden worden sei, dachte er hauptsächlich daran. Es war merkwürdig, daß Darius Merrivan ihm sein Geheimfach im Schlafzimmer überhaupt gezeigt hatte, denn sie standen nicht gerade auf sehr vertrautem Fuß miteinander. Artur hatte sich oft gewundert, warum sein Onkel ihm in so großzügiger Weise Geld zur Gründung eines Geschäftes zur Verfügung gestellt hatte, ohne nach Einzelheiten zu fragen. Nie hatte er Zinsen von ihm verlangt oder ihn an die Rückzahlung des Geldes gemahnt, und deshalb glaubte er, daß Mr. Merrivan beabsichtigte, ihn bei seinem Tod als Erben seines großen Vermögens einzusetzen.

Sein Onkel hatte ihn einmal gebeten, nicht darüber zu sprechen, daß er verheiratet sei. Aber er hatte ihm das Geld sicher nicht gegeben, um sich dadurch sein Schweigen zu erkaufen. Schon als naher Verwandter war Wilmot zum Schweigen verpflichtet, da die Ehe mit einem solchen Skandal geendet hatte.

Artur Wilmot wartete, bis Andy den Weg zu Nelsons Haus einschlug, dann ging er selbst zur Wohnung seines Onkels.

„Mr. Macleod sagte mir, daß Sie kommen würden", erklärte der Polizeisergeant. „Er wird Ihnen mitgeteilt haben, daß Sie das Arbeitszimmer des Verstorbenen nicht betreten dürfen."

Wilmot nickte und stieg die Treppe hinauf.

Drei von Mr. Merrivans Dienstboten waren entlassen worden. Sie waren alle aus Beverley und konnten leicht als Zeugen bei der Leichenschau verhört werden. Zwei der anderen Dienstboten hatte Artur bei sich aufgenommen. Sie wollten nicht in dem Haus schlafen, in dem der Mord geschehen war, obwohl sie tagsüber dort arbeiteten.

Artur ging direkt in Merrivans Schlafzimmer. Andy konnte ja jeden Augenblick erfahren, daß er sofort von der Erlaubnis Gebrauch gemacht hatte. Es war möglich, daß der Detektiv dann gleich zurückkam, um seine Nachforschungen zu überwachen. Er blieb in der offenen Tür stehen und lauschte, ob der Beamte ihm nicht nach oben gefolgt war. Dann ging er schnell durch das Zimmer, kniete am Fußende des Bettes nieder, ergriff die geschnitzte Rose über dem Wappen und drehte sie nach links. Es knackte, er zog an, und das unter der Rose befindliche Wappen ließ sich wie eine Schublade herausziehen. Verschiedene Papiere und ein Paket Banknoten, das mit einem Gummiring zusammengehalten war, lagen darin. Außerdem befand sich noch eine Mappe mit einem Dokument im Fach. Schnell steckte er alles in seine Seitentasche, schloß die Schublade hastig und drehte die geschnitzte Rose nach der entgegengesetzten Seite. Ob noch ein zweites Geheimfach hinter dem Wappen auf der rechten Seite war? Er ging wieder zur Tür und horchte. Der Sergeant nieste eben unten. Artur wandte sich um. Aber auf dieser Seite waren Rose und Wappen unbeweglich und bildeten einen Teil der massiven Schnitzerei. Er zitterte vor Erregung und wollte so schnell wie möglich in seine eigene Wohnung zurückkommen. Aber er fürchtete, daß seine Erregtheit dem aufmerksamen Polizeibeamten auffallen könnte. Um Zeit zu gewinnen und seine Fassung wiederzuerlangen, ging er auch noch in die anderen Räume. Schließlich stieg er die Treppe hinunter.

Der Polizist hatte sich in der Diele in einem bequemen Sessel niedergelassen und schaute von der Zeitung auf. „Haben Sie etwas gefunden, Sir?"

„Nichts Besonderes. Ich fürchte, es hat mich ein wenig mitgenommen –"

„Das kann ich gut verstehen", sagte der Polizist wohlwollend. „Das ist auch der erste Mord, den ich in meiner zwanzigjährigen Dienstzeit erlebe. Mr. Macleod ist ja an. dergleichen gewöhnt außerdem ist er Arzt –, großer Gott, wie kaltblütig der über all die Sachen sprechen kann!"

Artur verschloß die Tür seines Zimmers, zog die Jalousien herunter und drehte das Licht an. Dann erst legte er den Inhalt seiner Tasche auf den Tisch. Auf den ersten Blick sah er, daß bei den Schriftstücken kein Testament war. Er zog das gefaltete Papier aus der Ledermappe, es war ein Trauschein. Zuerst dachte er, es sei die Heiratsurkunde seines Onkels, aber dann erkannte er, daß sie die Eheschließung einer gewissen Hilda Masters, von Beruf Dienstmädchen, mit John Severn, einem Studenten, bescheinigte. Die Ehe war vor dreißig Jahren geschlossen worden. Artur war erstaunt. Warum hatte sein Onkel die Trauungsurkunde eines Dienstmädchens aufbewahrt? Er las das Dokument sorgsam durch, um vielleicht einen Anhaltspunkt zu finden. Die Hochzeit hatte in der St.-Pauls-Kirche, Kensington, London, stattgefunden. Der Name seines Onkels erschien überhaupt nicht auf dem Schriftstück, er war nicht einmal einer der Trauzeugen. Und doch mußte dieser Schein eine ungewöhnliche Bedeutung für den Toten gehabt haben.

Als Artur die nächsten Papiere prüfte, vergaß er jeden Gedanken an das Testament.

Es waren zwei Wechsel, einer über siebenhundert, der andere über dreihundert Pfund. Sie waren auf Albert Selim ausgestellt und von Kenneth Nelson unterschrieben. Um die Unterschrift des Akzeptanten zu sehen, wandte Artur die Schriftstücke um und fand, wie er erwartet hatte, den Namen seines Onkels. Die beiden Wechsel waren mit einer Stecknadel zusammengeheftet. Außerdem war noch ein Papierstreifen mit der Schrift Merrivans daran befestigt: Diese beiden Wechsel sind Fälschungen. Fällig am 24. Juni.

Fälschungen! Wilmot stutzte. Wußte Stella um diese Sache? War sie deshalb am Abend des Dreiundzwanzigsten zu Merrivan gegangen? Sicher war sie eingeweiht. Das war auch die Handhabe Merrivans gegen sie, deswegen war er so sicher, daß sie ihn heiraten würde. In irgendeinem verrückten Augenblick der Betrunkenheit hatte Kenneth Nelson, der stets in Geldsorgen war, die beiden Wechsel mit den gefälschten Unterschriften Merrivan gegeben.

Artur pfiff leise vor sich hin. Im Augenblick konnte er die ganze Tragweite seiner Entdeckung noch nicht übersehen. Nachlässig prüfte er die Banknoten, es war eine große Summe, und er steckte sie in seine Brieftasche. Hier war wenigstens ein greifbarer Wert, ein nicht unbeträchtliches Legat. Die anderen Schriftstücke waren lange Listen von Sicherheiten. Er schloß die Listen und die Heiratsurkunde in einen kleinen Geldschrank, der in die Wand eingelassen war, und überließ sich seinen Gedanken.

Um halb elf ging er aus. Die Nacht war klar und schön. Aus einem Garten am Ende der Straße hörte er Stimmen herüberschallen.

In Stellas Halle brannte noch Licht. Wenn er zu ihr ging, lief er allerdings Gefahr, Andrew Macleod zu treffen, der ihn ausfragen würde, wenn er die Wechsel zeigte.

Aber Stella war allein.

„Kann ich dich einen Augenblick sprechen, Stella? Ich werde dich nicht lange aufhalten."

„Ja – Sie können mich hier an der Tür sprechen, Mr. Wilmot. Ich hoffe, daß Sie sich kurz fassen."

„Ich kann dir aber doch unmöglich alles hier sagen", erwiderte er und unterdrückte seinen Ärger.

Sie blieb fest.

„Ich kann Sie nicht hereinbitten. Es ist schon sehr entgegenkommend von mir, wenn ich überhaupt noch mit Ihnen spreche."

„Meinst du?" rief er aufgebracht. „Aber vielleicht wirst du sehr bald dahinterkommen, daß es außerordentlich liebenswürdig von mir ist, daß ich noch mit dir rede."

Sie wollte ihm die Tür vor der Nase zuschlagen, doch er war schneller als sie und stellte den Fuß dazwischen.

Sie wurde zornig: „Ich werde meinen Vater rufen!"

„Bitte, tu es doch! Ich hätte gern eine Erklärung von ihm, wie die Unterschrift meines Onkels auf zwei Wechsel zugunsten Selims kommt."

Er war zu aufgeregt, um zu hören, wie schwer sie atmete, aber der Druck gegen die Tür ließ plötzlich nach. Stella war an die Wand getaumelt, ihre Arme hingen schlaff herunter, ihr Köpf war auf die Brust gesunken.

„Kommen Sie herein", sagte sie mit heiserer Stimme.

Artur Wilmot trat mit Siegermiene ein und hängte seinen Hut an den Garderobenständer. Dann folgte er ihr ins Wohnzimmer.

Sie setzte sich und schaute zu ihm hinüber. Eine Leselampe, deren Schirm ihre Augen verdeckte, stand zwischen ihnen. Aber er sah ihre zitternden Lippen und empfand höchste Genugtuung.

„Dein Vater hat den Namen des Akzeptanten gefälscht", begann er ohne weitere Einleitung, obwohl er sich die Sache vorher anders überlegt hatte.

„Kann ich einmal – die – die Wechsel sehen?"

Er entfaltete sie und legte sie auf den Tisch.

„Ja, sie sahen ganz ähnlich aus", sagte sie dann gebrochen. „Ich weiß mit solchen Dingen sehr wenig Bescheid. Aber sie sahen wirklich ganz ähnlich aus, Vermutlich waren die beiden Scheine, die ich fortnahm, Nachahmungen. Er wollte mich damit nur zum besten haben, und ich dachte, sie seien echt –"

„Dann warst du also am Sonntag abend in seiner Wohnung?“ fragte er. „Ich habe dich nämlich hineingehen sehen, und ich beobachtete auch, wie du sein Haus wieder verließest. Du wolltest diese Wechsel von ihm haben, und er hat dir die falschen gegeben. Du hast die Wechsel also gestohlen, aber der Alte hat dich angeführt! Natürlich hat er dich hereingelegt! Was gedenkst du nun in dieser Angelegenheit zu tun?“

Sie antwortete nicht.

„Ich werde dir die einzige Lösung sagen, die dir übrigbleibt. Du wirst vernünftig sein und mich heiraten. Dieser verdammte Detektiv kann dir doch nichts bedeuten. Er ist doch nur ein besserer Polizist. Du mußt etwas auf dich halten! Es ist unter deiner Würde, mit einem solchen Menschen zu verkehren. Ich werde dir die beiden Wechsel als Hochzeitsgeschenk überreichen. Solltest du dich aber weigern, wird es böse werden. Dem Gesetz nach sind die Wechsel in meinen Besitz übergegangen. Ich bin der Erbe meines Onkels, auch alle seine Forderungen gehen auf mich über. Ich werde Mr. Nelson dahin bringen, wohin er gehört. Ich habe ihn jetzt ganz in meiner Gewalt! Sieh hier – mein Onkel hat auf dieses Papier geschrieben: ‘Diese beiden Wechsel sind Fälschungen.’ Dieses Zeugnis genügt, Stella!“

Er ging um den Tisch herum und streckte ihr die Hände entgegen, aber sie hatte sich erhoben und drehte ihm den Rücken zu.

„Nun gut, beschlafe die Sache erst noch einmal und überlege dir alles, ich werde morgen wiederkommen. Du kannst Macleod nichts von dieser Geschichte erzählen, ohne ihm zu gestehen, daß dein Vater ein Betrüger ist, und das würde doch etwas zuviel für ihn sein. Er hat sein Bestes getan, dich vor Unannehmlichkeiten zu bewahren, aber nun wäre es seine Pflicht, gegen deinen Vater vorzugehen. Also sei vernünftig, Stella!“

Er stand an der Tür und schaute noch einmal zurück. Als er sie schloß, lächelte er, und lächelnd öffnete er die Gartenpforte. Aber in diesem Augenblick legte sich plötzlich eine große Hand auf seinen Mund, und er wurde heftig zurückgerissen. Bevor er noch wußte, was geschehen war, hatte ihn jemand mit der einen Hand an der Kehle gepackt und mit der anderen seine Taschen durchsucht. Er schaute in das wütende Gesicht eines Mannes, der eine Brille trug.

„Sie wagen es, ihr zu drohen, und sitzen selbst in der Patsche? Erzählen Sie es doch Macleod! Er wird Ihre Wohnung noch heute abend durchsuchen lassen! Wo haben Sie denn diese Wechsel her?“

„Geben Sie mir die – Papiere zurück", sagte Wilmot mit zitternder Stimme. 'Vieraugen-Scottie' grinste unangenehm.

„Gehen Sie doch hin und melden Sie die Sache der Polizei. Vielleicht kann die Ihnen die Papiere wieder beschaffen!"

Artur Wilmot schlich nach Hause, er war wirklich keine Kämpfernatur.

16

„Eine gute Tat", sagte Scottie, „trägt ihre Belohnung in sich selbst. Und ich fühle, daß ich ganz so handle, wie es in diesen schönen Geschichten steht, die von gebesserten Sträflingen handeln. Als ich zum letztenmal im Gefängnis war, habe ich dort eine ganze Bibliothek von Büchern über die guten Taten ehemaliger Sträflinge gefunden. Oft wurden sie durch das Lächeln eines Kindes von weiterer Schande gerettet. Manchmal war es die Tochter des Gefängnisdirektors, manchmal die Schwester des Geistlichen. Ihr Alter schwankte zwischen neun und neunzehn Jahren. Und die Erinnerung an ihre blauen Augen bewog jeden, seine Verbrecherlaufbahn aufzugeben. Das war das Ende!"

„Sie reden nur soviel, damit ich nicht weinen muß", sagte Stella leise.

Im Kamin rauchte wieder ein Haufen verbrannter Papiere.

„Die Stecknadel hätten Sie nicht verbrennen sollen," Scottie hob sie sorgfältig auf, so heiß sie auch war, und steckte sie unter seinen Rockaufschlag. „Verbranntes Papier ist verbranntes Papier, aber nehmen Sie einmal an, Artur Wilmot rennt wirklich zur Polizei und erzählt die Geschichte von den beiden Wechseln, die mit einer Stecknadel zusammengeheftet waren, und man findet dann die Asche der Papiere und eine angebrannte Stecknadel? Das würde doch seine Aussagen bestätigen, und das wäre mir sehr peinlich."

„Sie haben alles gehört?" fragte sie und trocknete ihre Augen.

„Das meiste", gestand Scottie. „Ich stand gerade im Garten, als er mit Ihnen an der Haustür sprach. Die Tür blieb offen, und ich konnte fast alles hören. Der Mann ist noch lange kein richtiger Erpresser. Der müßte erst noch fünf Jahre in die Lehre gehen, bis er so etwas ordentlich anfängt. Er ist zu nervös, außerdem schwatzt er zuviel. Aber diese Eigenheit besitzen alle Bewohner von Beverley Green. Sie sehen mich so zweifelnd an, Miss Nelson – vielleicht denken Sie, daß ich auch zuviel rede? Das stimmt, aber was ich sage, hat Hand und Fuß. Ich weiß Bescheid. Wenn man, wie ich, die ganze Welt gesehen hat, durch Kanada, die Vereinigten Staaten, Australien, Südafrika und diese Inseln gekommen ist, erweitert man seine Kenntnisse. Und ein gelegentlicher Aufenthalt im Gefängnis vertieft das Wissen."

„Ich gehe jetzt in mein Zimmer, Mr. – Scottie. Ich kann Ihnen nicht genug danken. Ich werde es Mr. Macleod sagen."

Scottie schüttelte heftig den Kopf.

„Das dürfen Sie unter keinen Umständen tun, das bringt ihn nur in große Verlegenheit. Meine lange Erfahrung mit Polizeibeamten hat mich zwei Dinge gelehrt – ich weiß, was sie wissen wollen und was sie nicht wissen wollen. Und es ist ein Fehler, wenn man ihnen etwas erzählt, das sie nicht wissen wollen."

Sicher hatte er recht. Sie war auch nicht in der Verfassung, mit ihm darüber zu streiten. Diese letzte Aufregung hatte sie vollständig die Nerven gekostet, und sie mußte jetzt allein sein, um sich zu beruhigen. An Artur Wilmot dachte sie gar nicht mehr. Er bedeutete für sie nicht mehr als die Asche, die dort im Kamin lag.

„Gute Nacht – und noch vielen herzlichen Dank."

„Träumen Sie etwas Schönes", sagte Scottie und schaute nicht eher von seinem Buch auf, als bis sie gegangen war.

Dann nahm er sorgfältig die ganze Asche aus dem Kamin, trug sie in die Küche und vermischte sie dort in einem Glas mit Wasser. Dieses goß er aus, wusch das Glas wieder ab und trocknete es.

****

Am nächsten Morgen kam ein klug aussehender Journalist mittleren Alters nach Beverley Green. Er war bei keiner bestimmten Zeitung angestellt, aber alle Blätter nahmen seine Artikel gerne, denn er war einer der tüchtigsten Reporter. Er war sehr gewissenhaft. Für ihn hatte sich alles der Wahrheit unterzuordnen. Wer auch immer beleidigt oder verletzt sein mochte und wessen Interessen gefährdet wurden, war ihm gleichgültig. Seine Methoden waren unnachsichtig und erbarmungslos. Er scheute vor nichts zurück, um die volle Wahrheit herauszubringen. Er brach jedes Versprechen mit derselben Leichtigkeit, mit der er sich ein Frühstück bestellte. Feierliche Gelöbnisse, die Quelle nicht zu verraten oder über gewisse Dinge nicht zu sprechen, gehörten bei ihm zum Handwerk. Die Mehrzahl seiner Kollegen, die in diesen Dingen ehrenhafter waren, verachteten ihn, und sie machten auch kein Geheimnis daraus. Aber sie mußten zugeben, daß er immer großen Erfolg hatte, und sie wünschten manchmal insgeheim, daß sie ebenso gewissenlos handeln könnten wie er.

Er war ein untersetzter Mann mit etwas derben Gesichtszügen, trug eine große Brille und rauchte von morgens bis abends Zigarren. Gewöhnlich sah er etwas verdrießlich und unzufrieden aus. Aber er konnte von bezaubernder Liebenswürdigkeit sein, wenn er jemanden aushorchen wollte. Darin lag seine Macht und für sein Opfer die große Gefahr.

Es ist eine Tatsache, daß er mit dem Bischof von Grinstead drei Stunden lang, ohne einen Fehler zu machen, über theologische Spitzfindigkeiten sprach, bis ihm der Bischof, um eine seiner Ansichten zu belegen, die bis dahin streng geheimgehaltene Geschichte des Geistlichen Stoner Jelph erzählte, der sich das Leben genommen hatte. Natürlich hatte der Bischof keinen Namen erwähnt, er nannte den Mann nur Mr. X. Aber Downer – so hieß nämlich dieser Journalist – hatte die Geschichte herausbekommen und veröffentlicht. Er nannte in seinem Bericht auch keinen Namen, aber jeder wußte, um wen es sich handelte.

Andy war der erste, der Downer in Beverley Green ankommen sah. Er hatte ihn schon seit dem Tag des Mordes erwartet. Der Zeitungsmann wandte sich direkt an ihn.

„Guten Morgen, Macleod. Ich hielt es für das beste, Sie aufzusuchen, bevor ich meine eigenen Nachforschungen anstelle. Ich finde immer, daß es nicht fair ist, den betreffenden Beamten nicht davon zu informieren, daß man sich selbst um die Aufdeckung des Verbrechens bemüht. Ein Berichterstatter kann auf diese Weise viel Schaden anrichten. Ich glaube, die wichtigsten Tatsachen weiß ich. Ist in den letzten Tagen noch irgend etwas Neues dazugekommen?"

Andy bot ihm eine Zigarre an.

„Ich freue mich, daß Sie gekommen sind, Downer, aber Sie kommen etwas spät. Neues kann ich Ihnen leider nicht mitteilen."

„Haben Sie wirklich gar keine neuen Anhaltspunkte? Wer ist eigentlich dieser geheimnisvolle Albert Selim, hinter dem Sie her sind? Mir kommt der Name bekannt vor, ich weiß nur nicht, wo ich ihn unterbringen soll."

„Das wäre eigentlich eine Geschichte für Sie, Downer." Andy blies dicke Rauchwolken von sich und sah den Journalisten unter gesenkten Lidern hervor an. „Keiner der anderen Reporter hat die Wichtigkeit seiner Person erkannt. Es ist noch nicht geglückt, Selim zu fassen."

„Gut, Macleod, Sie können sich auf mich verlassen. Ich werde Ihnen nicht in die Arbeit pfuschen.“

Es wäre falsch gewesen zu sagen, daß Downer sich vor Andy gefürchtet hätte. Er hatte vor nichts Angst. Er achtete Andy, aber wenn es möglich war, ging er ihm aus dem Weg. Macleod war der einzige Detektiv, der fähig und willens war, sich an ihm zu rächen, wenn er etwas gegen ihn unternahm. Downer respektierte diese Tatsache.

„Sie haben 'Vieraugen-Scottie' hier, wie ich erfahren habe? Er hat doch neulich ein Alibi gehabt und ist freigesprochen worden?“

„Ja, er ist hier in Beverley Green. Freunde von mir haben ihn aufgenommen.“

„Sie glauben, daß er etwas von der Geschichte weiß?“ fragte Downer. „Das wäre möglich. Er ist ein verflucht gerissener Bursche. Ich will ihn in meinem Bericht nicht weiter erwähnen.“

Andy beobachtete ihn, wie er später langsam und scheinbar ziellos auf Merrivans Haus zuging. Er hatte ihm alles gesagt, was Scottie betraf, weil er wußte, daß Downer es früher oder später doch herausbekommen würde. Darin hatte er auch klug gehandelt, denn Downer war schon am vorigen Abend in Beverley Green gewesen, hatte Scottie gesehen und war ihm bis zu seiner Wohnung gefolgt.

Am Nachmittag war die Leichenschau. Der kleine Saal war bis auf den letzten Platz gefüllt. Mr. Boyd Salter, der in der Nähe des Coroners saß, winkte Andy zu sich heran.

„Ich habe meinen Parkwächter mitgebracht. Vielleicht ist seine Aussage für die genaue Zeitbestimmung des Mordes wertvoll. Außerdem habe ich versucht, weitere Einzelheiten über Albert Selim ausfindig zu machen. Es scheint, daß er vor etwa fünfunddreißig Jahren mit seiner geschäftlichen Tätigkeit begonnen hat. Ein alter Freund von mir, der natürlich nicht genannt sein will, hatte einmal mit ihm zu tun, als er noch Student war. Er hat Selim aber nie gesehen und kannte auch niemand, der den Geldverleiher persönlich getroffen hätte. Vor etwa fünfundzwanzig Jahren ist er dann wohl nach London gekommen und hat glänzende Verbindungen zwischen Reedern, Exporteuren und Schiffsagenten angeknüpft, über deren finanzielle Lage er ungewöhnlich gut informiert war.“

Andy dankte ihm und ging zu seinem Platz zurück.

Reeder und Schiffsagenten! Er war doch neulich einmal in einem solchen Büro gewesen! Plötzlich erinnerte er sich an die Firma – Wentworth & Wentworth, deren Geschäfte nicht mehr gutgingen und deren Räume gleich neben denen Selims lagen. Es mochte Zufall sein, aber man konnte sich noch einmal nach diesen Leuten umsehen.

Als er diesen Entschluß gefaßt hatte, wurde er aufgerufen, um den Eid zu leisten.

Er machte seine Zeugenaussage nach Artur Wilmot, der angegeben hatte, daß der Tote, Mr. Darius Merrivan, sein Onkel sei, und daß er ihn am Abend vor der Tat noch gesehen habe.

Dann folgte der Hausmeister. Er erzählte seine Geschichte, die er schon mindestens einem Dutzend Zeitungsleuten berichtet hatte. Andy kannte sie schon auswendig.

Andy war gespannt, ob Artur Wilmot noch einmal zurückgerufen werden würde, um die Namen der Freundinnen seines Onkels zu nennen. Er war darüber nicht befragt worden, als er seine Aussage machte. Der Coroner, der die Leichenschau leitete, berührte die Tatsache nicht, daß man die Stimme einer Frau im Arbeitszimmer Mr. Merrivans gehört hatte. Er schien sich weit mehr für den aufgefundenen Drohbrief zu interessieren. Der Hausmeister zeigte an Hand einer Skizze genau die Stelle, wo er den Brief gefunden hatte.

„War der Brief zusammengefaltet, oder lag er offen da?"

Der Hausmeister war sich darüber nicht klar. Er glaubte, daß er halb offen war, als er ihn aufhob.

„Hat man einen Briefumschlag gefunden?"

Andy wurde zur Beantwortung dieser Frage wieder in den Zeugenstand gerufen, er konnte aber auch nur angeben, daß man nach einer sehr eingehenden und genauen Untersuchung keinen Briefumschlag entdeckt hatte. Das war Andy selbst schon recht sonderbar erschienen. Der Brief wies kein Datum auf und konnte auch schon früher am Tage Merrivan übergeben worden sein.

„Haben Sie einen Anhaltspunkt gefunden, der zu der Annahme führen könnte, Merrivan habe für sein Leben gefürchtet?"

„Ich fand einen geladenen Revolver", antwortete Andy. „Er lag in einem Schrank hinter dem Schreibtisch, und Mr. Merrivan hätte ihn leicht mit der Hand erreichen können. Keine der Patronen war abgeschossen worden."

Es wurden noch viele Zeugen vernommen, zunächst der Polizist, der den Toten zuerst gesehen hatte, dann Mr. Vetch, der Rechtsanwalt des Toten, der Parkwächter Madding, Merrivans Köchin und das hysterische Dienstmädchen, das wieder zu weinen begann und aus dem Gerichtssaal geführt werden mußte. Als letzter wurde Polizeiinspektor Dane aufgerufen. Die Verhandlung schien schon zu Ende zu sein, als der Coroner, ein nervöser, alter Herr, plötzlich noch einmal Dr. Macleod aufrief.

„Es muß noch die Sache mit der Frau geklärt werden, deren Stimme der Hausmeister hörte."

Andy ging ruhig zum Zeugenstuhl.

„Ich habe hier einen Zeitungsbericht, der besagt, daß Sie um elf Uhr eine Frau Mr. Merrivans Haus verlassen sahen. Sie ging unter Ihrem Fenster am Gästehaus vorbei, scheinbar auf dem Weg nach Beverley. Im allgemeinen kümmere ich mich wenig um Zeitungsberichte, aber das hier ist ausdrücklich in einem Interview festgelegt, das Sie einem der Berichterstatter gewährten, und ich besinne mich nicht darauf, daß dieser Punkt während der Verhandlung erwähnt wurde."

17

Es war neu für Andrew Macleod, vor einem Gericht zu stehen und mit vollem Bewußtsein einen Meineid zu leisten. Er konnte kaum glauben, daß er es selbst war, der so ruhig sprach.

„Ja", sagte er, „es stimmt. Ich sah, wie sich die Tür von Merrivans Haus öffnete und kurz darauf eine Frau über den Rasen kam."

„Wann war das?"

„Um elf Uhr. Die Kirchenuhr von Beverley schlug gerade, als sie vorüberging."

„Haben Sie ihr Gesicht nicht erkennen können?"

„Nein – der Mond war durch Wolken verdeckt."

Hiermit war die Verhandlung zu Ende, und die Geschworenen zogen sich zurück. Eine halbe Stunde später erschienen sie wieder, und ihr Spruch lautete auf Anklage gegen Albert Selim wegen vorsätzlichen Mordes.

Downer war nicht erschienen, Andy hatte sich vergeblich nach ihm umgesehen, der Journalist saß weder bei den Berichterstattern, noch war er unter den Zuschauern zu sehen.

Andy blieb noch einen Augenblick stehen, um sich mit Mr. Salter und einem Vertreter der Staatsanwaltschaft zu unterhalten, dann ging er zurück. Er ging so langsam, daß Mr. Vetch, der Rechtsanwalt Mr. Merrivans, ihn überholte.

„Es ist reiner Unsinn, daß Mr. Merrivan in den Klauen eines Geldverleihers gewesen sein soll“, erklärte er. „Ich weiß, daß er sehr vermögend war.“

„Hinterließ er ein Testament? Sie haben das in Ihrer Zeugenaussage leider nicht erwähnt“, entgegnete Andy.

„Bis jetzt hat man nichts finden können.“ Mr. Vetch schüttelte den Kopf. „Das ganze Vermögen wird in den Besitz Mr. Wilmots übergehen, wenn sich kein näherer Verwandter meldet.“

Andy hätte zu gern erfahren, ob Merrivan wirklich verheiratet gewesen war. Man hatte die Trauungsregister durchsucht, aber man konnte keine Spur davon finden, daß er jemals eine Ehe geschlossen hatte.

„Sie haben Mr. Merrivan einen Kaufmann genannt. Welcher Art waren denn seine Geschäfte?“

„Ich habe nicht die leiseste Ahnung. Über seine geschäftlichen Angelegenheiten sprach er nie. Ich habe seine Vertretung auch erst übernommen, nachdem er sich schon zurückgezogen hatte. Ich glaube aber, daß er früher im Teehandel tätig war.“

„Wie kommen Sie darauf?“ fragte Andy schnell.

„Er kannte sich in Teesorten sehr gut aus. Das war wohl das einzige, wofür er sich in seinem Haushalt interessierte. Wenn ich ihn besuchte und mit ihm Tee trank, fragte er mich öfters, wie mir diese oder jene Sorte schmeckte. Er sprach darüber wie ein Weinkenner, der Sie nach Ihrer Meinung über einen alten Wein fragt.“

Sie waren in die Straße nach Beverley Green eingebogen, als sie einen Mann sahen, der in derselben Richtung wie sie ging.

„Ist das nicht der Zeitungsberichterstatter – ein gewisser Downer? Ich sah ihn heute morgen. Ein sehr kluger Kopf“, bemerkte Vetch. „Ich sprach mit ihm über das letzte Urteil des obersten Berufungsgerichtes. Er scheint in juristischen Dingen sehr beschlagen zu sein.“

„Er ist in allen Dingen beschlagen“, erwiderte Andy grimmig. „Hat er Sie nicht über Mr. Merrivans Privatangelegenheiten ausgefragt?“

„Er hätte keine Antwort bekommen. Dazu bin ich denn doch ein zu alter, ausgepichter Rechtsanwalt, um mit solchen Leuten über die Angelegenheiten meiner Klienten zu reden! Unser Thema war vollständig harmlos – wir sprachen davon, was heute ein Haushalt kostet.“

„Wie kamen Sie denn darauf?“ fragte Andy neugierig.

„Er sagte, es müßte Merrivan doch viel Geld gekostet haben, das große Haus zu unterhalten. Bis jetzt hatte ich seine monatlichen Ausgaben nicht zusammengestellt, und ich machte mir nur eine kurze Aufstellung. Die Rechnungen habe ich ihm natürlich nicht gezeigt.“

„Es genügte, wenn sie auf dem Tisch lagen. War nicht vielleicht irgendeine ganz besondere Rechnung darunter, eine außergewöhnliche Ausgabe?“

„Ja, über hundertdreißig Pfund. Es war keine Rechnung, sondern nur eine Notiz Merrivans, die er selbst geschrieben hatte. ‘Stelling Bros, hundertdreißig Pfund’. Ich selbst weiß nicht, was für eine Ausgabe das gewesen sein kann. Kennen Sie eine Firma Stelling?“ Andy klärte ihn darüber nicht auf.

Stelling war die größte Juwelierfirma in London, und die kurze Notiz, die der gewissenhafte Mr. Merrivan aufgeschrieben hatte, weil ihm wahrscheinlich die Rechnung verlorengegangen war, gab den Preis des großen Brillantringes an. Merrivan hatte ihn gekauft, weil er seiner Sache mit Stella schon sicher war.

Sie waren jetzt in Hörweite von Mr. Downer angekommen, und Andy wechselte deshalb das Thema der Unterhaltung.

„Ich bin nicht zur Leichenschau gegangen“, erklärte Downer. „Solche Verhandlungen langweilen mich. Ich hatte außerdem noch einiges zu erledigen. Es ist doch nichts Besonderes mehr zur Sprache gekommen?“

„Nichts, was nicht schon bekannt wäre“, entgegnete Andy.

Der Rechtsanwalt verabschiedete sich.

„Ist bei der Verhandlung etwas über einen Brillantring gesagt worden, den Merrivan vier oder fünf Tage vor seinem Tod gekauft hat?“ fragte Downer, indem er mit einer Gerte ins Gras schlug und sich für nichts anderes als die Vernichtung von Gänseblümchen zu interessieren schien. „Das ist wahrscheinlich derselbe Ring, der auf dem Rasen gefunden wurde. Es ist doch merkwürdig, daß der alte Merrivan einen solchen Ring kauft und ihn dann fortwirft. Es scheint fast, daß er ihn einer Frau schenkte, die aber den alten Merrivan so haßte, daß sie ihn sofort wegwarf, als sie sein Haus verließ – wir wollen einmal sagen – um elf Uhr nachts. Sie zog ihn vom Finger und schleuderte ihn fort, so weit sie nur konnte.“

„Der Gedanke ist mir auch schon gekommen“, erwiderte Andy. „Die Frau, die unter meinem Fenster vorbeikam, könnte das getan haben.“

Ein Schweigen folgte.

„Aber es war doch ein Streifenbeamter am Ende der Beverley High Street", meinte Downer nach einer Weile. „Er stand dort vor einem Haus. Ein Dienstmädchen hatte ihm eine Tasse Kaffee gebracht, und er plauderte gerade zwischen elf und halb zwölf mit ihr. Während dieser Zeit ist niemand vorbeigekommen."

Er schlug noch immer mit der Gerte nach den Blumen und schaute Andy nicht an.

„Es ist ja möglich, da sie einen anderen Weg gegangen ist es gibt doch eine Abzweigung von der Straße." Wieder folgte eine Pause.

„Eine Fahrradstreife der Polizei fuhr zehn Minuten vor elf von Hylton Gross Road ab", begann Downer wieder in seiner monotonen Art. „Das ist das andere Ende des Weges – sie fuhr nach Beverley. Sie hat niemand gesehen, bis sie zu dem Polizisten kam, der mit dem Dienstmädchen sprach."

„Die ganze Sache ist sehr merkwürdig", gab Andy zu. „Vielleicht ist sie auch wieder umgekehrt. Ich war gleich darauf zu Bett gegangen."

„Sie glauben, sie sei wieder zu Merrivan zurückgegangen?" Downer sah ihm jetzt voll ins Gesicht. „Nachdem sie erst den Ring weggeworfen hatte?"

„Sie kann ihn doch auch verloren haben. Sie kann noch einmal die Straße abgegangen sein, um ihn zu suchen."

„Der Ring wurde aber dicht neben der Straße gefunden", erwiderte Downer hartnäckig. „Entweder hat sie ihn fortgeworfen, oder sie ist nicht quer über den Rasen gegangen, wie Sie gesagt haben. Der Mittelpunkt der Rasenfläche liegt ungefähr achtzig Meter von dem Platz entfernt, wo der Ring gefunden wurde."

„Nein, einundachtzig Meter", sagte Andy ernst, und Downer lachte.

„Ich gebe ja zu, daß an der ganzen Geschichte mit der Frau nicht viel ist. Diese älteren Herren haben gewöhnlich allerhand merkwürdige Freundschaften. Wahrscheinlich war es irgendein Frauenzimmer aus Beverley."

Er sah den Detektiv scharf an, aber Andy zuckte nicht mit der Wimper. Dieser Mann wußte alles. Andy gab sich nicht die Mühe, darüber nachzudenken, woher er es wußte.

„Ich glaube nicht, daß wir schlecht über Mr. Merrivan sprechen sollten. Der Mann lebte sehr vernünftig, soweit man weiß."

„Die Frau beging den Mord jedenfalls nicht", sagte Downer überzeugt, „aber die Angelegenheit muß schließlich aufgeklärt werden. Ist Scottie wieder an der Arbeit?" fragte er plötzlich unvermittelt. Andy mußte lachen.

„Ja, er ist sehr aktiv. Aber augenblicklich hat er sich gebessert. Soviel ich weiß, sitzt er Mr. Nelson zu einem Bild."

„Ich habe auch so etwas gehört, daß Scottie sich bessern will, ich habe einige Erkundigungen darüber eingezogen. Diese Miss Nelson ist ein charmantes Mädchen."

„O ja, sie ist wirklich entzückend."

Downer nickte.

„Der Mord ist ihr sicher sehr nahegegangen. Sie war doch eine Freundin Mr. Merrivans? Er lieh ihr vor etwa neun Monaten dreihundert Pfund. Aber das geht uns natürlich nichts an. Es ist ja kein Unrecht, wenn eine Dame von einem Herrn Geld borgt, der dem Alter nach ohne weiteres ihr Vater sein könnte."

Das war nun etwas Neues für Andy; er war überzeugt, daß Downer es nicht aufs Geratewohl sagte.

„Wie haben Sie das erfahren?"

„Ich habe vergessen, wer es mir erzählte", erklärte Downer gähnend. „Also auf Wiedersehen, ich komme später einmal bei Ihnen vorbei."

****

Ein Beamter von Scotland Yard war nach Beverley Green gekommen, um Andy bei der Abfassung eines Berichtes über das Verbrechen zu helfen. Diesem Mann gab er einen dringenden Auftrag.

„Gehen Sie nach Beverley und versuchen Sie herauszubringen, ob Downer gestern schon hier war und mit wem er gesprochen hat. Wahrscheinlich ist er im Beverley-Hotel abgestiegen."

Andys Vermutung kam der Wirklichkeit sehr nahe. Mr. Downer war mit dem Abendzug angekommen, und er hatte sich zum Abendessen einen Angestellten der Michan Farmer's Bank eingeladen.

„Er ist ein entfernter Verwandter von Downer", berichtete der Beamte durch das Telefon. „Der junge Mann ist erst kurze Zeit in Beverley."

„Und er wird auch nicht mehr lange dort bleiben", sagte Andy.

Dieser Angestellte war offenbar Downers Informationsquelle. Die Tatsache, daß sein Verwandter seine Stellung verlieren würde, wenn er Bankgeheimnisse ausplauderte, bedeutete Mr. Downer nicht mehr, als ob es seinen schlimmsten Feind getroffen hätte.

****

Am Nachmittag unterhielt man sich bei Nelson über Geldangelegenheiten. Der Maler kam in seinem langen, weißen Arbeitskittel aus dem Atelier. Er war schon den ganzen Morgen auffallend ruhig gewesen, hatte beim Mittagessen kaum ein Wort gesprochen, und Stella war etwas beunruhigt, denn diese Anzeichen bedeuteten nichts Gutes. Er schloß die Tür sorgfältig und vergewisserte sich, daß sie auch wirklich geschlossen war.

„Stella, ich bin heute morgen sehr früh aufgewacht und habe über allerhand nachdenken müssen. Erinnerst du dich noch an das Geld, das wir von dem armen Merrivan borgten, oder vielmehr, das du borgtest?"

Sie nickte.

„Haben wir das eigentlich zurückbezahlt?"

Sie nickte wieder.

„Woher hast du denn das Geld dafür genommen? Ich erinnere mich, daß ich damals in der größten Verlegenheit war, als ich dich bat, es zu besorgen."

Sie antwortete nicht.

„Es waren doch dreihundert Pfund?"

„Ja, dreihundert", erwiderte sie ruhig.

„Woher in aller Welt haben wir denn dreihundert Pfund genommen, um sie ihm zurückzugeben? Bist du auch sicher, daß du sie wirklich zurückgezahlt hast?"

„Ja, Vater, ich habe die Quittung."

Er ließ sich am Tisch nieder und schien nachzudenken.

„Ich habe allerdings nur noch eine ganz unbestimmte Vorstellung von der Sache, ich besinne mich nur dunkel darauf – wie auf einen bösen Traum. Aber hast du das Geld damals" – er zögerte – „während jener schrecklichen Woche zurückgegeben?"

Er war während dieser schrecklichen Woche nicht einmal nüchtern nach Hause gekommen.

„Ich hatte doch damals eine Menge Geld – woher hatte ich das nur?"

„Ich weiß es nicht."

Er trommelte nervös mit den Fingern auf die Tischplatte.

„Es ist doch zu merkwürdig. In dieser Zeit muß irgend etwas Schreckliches vorgefallen sein. Aber ich kann nicht sagen, was es war. Du kannst dich wirklich an nichts erinnern?“ Er sah sie scharf an. „Ich hatte sogar damals Augenblicke der Zerknirschung und Reue, und wenn ich etwas getan hätte, würde ich es sicher gesagt haben. Ich möchte nur wissen, woher in aller Welt ich das Geld bekommen habe.“

Sie half ihm nicht, sie hatte die Folgen seines Vergehens tragen müssen und war fast darunter zusammengebrochen. Sie wollte ihm nicht auch noch diese Gewissenslast aufbürden. In der Dämmerung goß Stella ein Blumenbeet, das bei der Hecke lag, die den vorderen Garten von der Straße trennte. Zwei Herren gingen vorbei, und sie hörte einen Teil ihrer Unterhaltung, die allerdings recht einseitig war, denn der eine gab dem anderen nur wenig Gelegenheit, auch einmal ein Wort einzuwerfen.

„Als ich Sie zum erstenmal sah, Mr. Wilmot, dachte ich, daß es schwer sei, Sie näher kennenzulernen. Ruhige, tief veranlagte Naturen wie Sie bleiben uns Zeitungsleuten immer ein Rätsel.“

Mr. Downer sprach mit Mr. Wilmot über ein Thema, das diesen sehr interessierte, nämlich Mr. Wilmot.

18

Andy Macleod hatte alle Morgenzeitungen abonniert, und sie wurden ihm schon gebracht, während er noch im Bett lag. Er griff zuerst nach dem ‘Megaphone’, denn er hatte erfahren, daß Downer im Auftrag dieser Zeitung nach Beverley gekommen war. Er öffnete das Blatt mit einem unangenehmen Gefühl. Es hatte ihn nicht getäuscht. Im allgemeinen ist das ‘Megaphone’ kein Sensationsblatt. Es hat eine neutrale Einstellung und bringt ausgezeichnete Nachrichten aus dem Ausland, außerdem hat es ein recht gutes Feuilleton. Berichte über Verbrechen erschienen gewöhnlich nur auf den hinteren Seiten. Aber diesmal hatte das ‘Megaphone’ eine Ausnahme gemacht und dem Gerichtsbericht das erste Blatt eingeräumt.

Andy betrachtete die Überschrift.

‘Die mitternächtliche Frau’

Aber erst als er die zweite Zeile las, sprang er mit einem Fluch aus dem Bett.

'Die Beziehungen Miss Nelsons zu dem verstorbenen Mr. Merrivan.'

Er konnte den Artikel nicht gleich lesen, er war zu wütend. Er legte die Zeitung wieder aus der Hand. Bestürzt dachte er daran, was Stella durchmachen mußte, wenn sie diese Überschrift sah. Dieser Downer! Andy hatte bisher noch keinen Zeitungsmenschen umgebracht, aber er war jetzt davon überzeugt, daß eine solche Tat unter gewissen Umständen ein besonderes Vergnügen bereiten konnte.

Schließlich nahm er die Zeitung auf. Er las:

'Die Leichenschau in Beverley, die wegen der beiden unter ungewöhnlichen Umständen ermordeten Männer stattfand, war nur eine reine Formalität, wie unser Sonderkorrespondent berichtet. Es kamen dabei keine Tatsachen ans Licht, die die Öffentlichkeit nicht schon vorher gewußt hätte. Auch brachte uns die Verhandlung der Aufklärung des Geheimnisses um keinen Schritt näher.

Aus irgendeinem geheimnisvollen Grund behauptet die Polizei, daß der Name der Frau nicht bekannt sei, die Mr. Merrivans Haus um halb elf aufsuchte und um elf wieder verlassen haben soll. Doktor Andrew Macleod, der nicht nur ein bedeutender Pathologe, sondern auch ein hervorragender Detektiv und der Schrecken aller Übeltäter ist, bestätigte durch seine Zeugenaussage, daß er eine Frau gesehen habe, die das Haus um elf Uhr verließ. Die Nacht aber war sehr dunkel und der Mond hinter Wolken verborgen, so daß es Doktor Macleod unmöglich gewesen sein muß, die Frau über den Rasen gehen zu sehen. Daß eine Frau um diese Zeit in Beverley Green über die Straße ging, konnte festgestellt werden. Es war ein Dienstmädchen, das zum Briefkasten am Ende der Straße ging, um einen Brief einzuwerfen. Der Kasten steht an der Verbindung der Haupt- mit der Seitenstraße. Das war bestimmt die Frau, die Doktor Macleod gesehen hat, und nicht die Frau, die Mr. Merrivans Hausmeister hörte. Diese hatte mit dem Ermordeten einen Streit. Wer war sie? Es ist in Beverley bekannt, daß es Miss Stella Nelson war, die Tochter des bekannten Malers Kenneth, Nelson, der in Beverley Green wohnt.

Es ist kein Geheimnis, daß Mr. Merrivan vor dieser Dame die größte Hochachtung empfand. Ich darf auch hinzufügen, daß er ihr mehr als freundschaftlich zugetan war. Er hatte ihr einen Heiratsantrag gemacht, und sein Angebot scheint nicht ungünstig aufgenommen worden zu sein, denn drei Tage vor seiner Ermordung kaufte er einen Verlobungsring bei der Firma Stelling in London. Am Tag nach dem Mord wurde der Ring ungefähr fünfzig Meter vom Gartentor des Nelsonschen Hauses entfernt auf dem Rasen gefunden. Es ist ferner bekannt, daß Miss Nelson vor einiger Zeit in finanziellen Schwierigkeiten war und von Mr. Merrivan ein Darlehen von dreihundert Pfund erhielt. Dieses Darlehen wurde zurückgezahlt mit einer Summe, die durch zwei Wechsel gedeckt wurde. Albert Selim hat ihr das Geld beschafft – der Mann, der als Mörder Mr. Merrivans gilt.

Diese Wechsel, die sich noch am Tage vor der Tat im Haus des Ermordeten befanden, sind verschwunden. Wie lernte die junge Dame den berüchtigten Albert Selim kennen? Wie wurde sie so gut mit ihm bekannt, daß er ihr eine große Summe vorstreckte, ohne die geringste Sicherheit in der Hand zu haben? Dieser Punkt muß aufgeklärt werden. Es steht aber außer allem Zweifel, daß der Name von Darius Merrivan als Akzeptant auf den Wechseln stand. Die Neuigkeit, daß diese Scheine tatsächlich in den Besitz des Verstorbenen übergegangen waren, kam wie ein Donnerschlag. Man kann sich dies nur dadurch erklären, daß die Unterschriften des Akzeptanten gefälscht waren. Ich will hiermit nicht sagen, daß Miss Nelson dies wußte oder daß sie in irgendeiner Weise an dem Betrug beteiligt war, der wahrscheinlich mit diesen Scheinen vorgenommen wurde. Eine Woche vor der Mordtat hat Mr. Merrivan seinem Neffen, Mr. Artur Wilmot, die Wechsel gezeigt. Er verwahrte sie zusammen mit der Heiratsurkunde eines früheren Dienstboten, die er wahrscheinlich als Erinnerung aufhob, und mit verschiedenen anderen Dokumenten in dem Raum, in dem Mr. Merrivan die letzte Unterredung mit Miss Nelson hatte und wo er ermordet wurde.

Auch diese Dokumente sind verschwunden. Als die Polizei das Haus durchsuchte, fand man im Kamin des Mordzimmers einen Haufen verbrannten Papiers. Es ist klar, daß der Mörder den kleinen Geldschrank im Zimmer plünderte und durchsuchte, um in den Besitz dieser Papiere zu kommen, und sie dann verbrannte, bevor er floh. Wer hätte schon Interesse an ihnen gehabt haben können? Offensichtlich doch nur die Person, die die Unterschrift Mr. Merrivans fälschte!

Was nun den Aufenthalt Miss Nelsons am Abend des Verbrechens angeht, so ist ein Zeuge vorhanden, der sie das Haus Mr. Merrivans betreten sah. Auf der anderen Seite ist es eine untrügliche Tatsache, daß niemand sie wieder herauskommen sah. Doktor Macleods Aussage kann als ein entschuldbarer Irrtum übergangen werden. Er sah eben eine Frau unter seinem Fenster vorbeikommen und bildete sich ein, daß sie aus Mr. Merrivans Haus gekommen sei. Der Schreiber dieser Zeilen ist inzwischen in dem Zimmer gewesen, das Doktor Macleod bewohnte, und von dessen Fenster aus er die Wahrnehmung gemacht haben will. Er hat selbst feststellen können, daß es absolut unmöglich ist, von dort aus die Haustür Mr. Merrivans zu sehen. Doktor Macleods Irrtum hat dazu beigetragen, die Untersuchungen noch zu erschweren.

Die bemerkenswerteste Tatsache ist aber die außerordentliche Vorsicht, mit welcher er diesen Damenbesuch kommentierte. Er sagte zu einem Berichterstatter, es sei wahrscheinlich eine Nachbarin gewesen. Diese Angabe steht in direktem Widerspruch zu seiner Aussage, daß die Frau unter seinem Fenster vorüberging. Einem zweiten Berichterstatter erzählte er noch eine andere Version. Die Entdeckung des Ringes behandelte er als nebensächlich. Nur in einer Beziehung war er konsequent: Er versuchte mit allen Mitteln, den Namen Miss Nelsons aus der Diskussion des Falles herauszuhalten. Er stellte sich zwischen sie und alle, die – wie er selbst – sich bemühten, den Mörder von Darius Merrivan zu entdecken.'

Andy las den Artikel noch einmal. Er war in seiner Art ein Meisterstück: Die Wahrheit war so boshaft mit Verfälschungen gemischt, daß nur ein Eingeweihter wissen konnte, wo sich die wirklichen Tatsachen von den Entstellungen schieden. Es waren natürlich Artur Wilmots Aussagen, die dieser Downer so glänzend verwertet hatte.

Andy zog sich schnell an und eilte zu Stella. Sobald er sie sah, wußte er, daß sie den Artikel gelesen hatte.

„Mr. Scottie hat ihn zuerst gesehen. Er hat meinen Vater auf einen Spaziergang mitgenommen, damit er draußen skizzieren solle. Glücklicherweise hatten sie das schon vor mehreren Tagen verabredet."

„Dein Vater hat also den Artikel nicht gelesen?"

Sie schüttelte den Kopf.

Er war erstaunt über ihre Selbstbeherrschung. Er hatte erwartet, sie vor einem Nervenzusammenbruch zu finden.

„Artur hat es Downer erzählt", erklärte sie, „Nun weißt du die Wahrheit, Andrew."

„Ich wußte sie schon lange. Nur daß du Geld geliehen hattest, war mir neu. Du hast es natürlich für deinen Vater besorgt?"

„Ja", sagte sie ohne Zögern. „Es hat jetzt keinen Zweck mehr, es zu verheimlichen."

In ihrem Blick lag ein sonderbares Leuchten, wie er es noch nie an ihr bemerkt hatte.

„Du hast mich beschützt, aber was wird jetzt geschehen?"

„Ich will dir sagen, was Downer erwartet – er glaubt, daß ich noch heute meinen Abschied einreiche", erwiderte er in sachlichem Ton.

Sie erschrak.

„Dann hat diese Sache also deine Karriere ruiniert, Andy?“

„Ich gebe zu, daß ich mir darüber keine falschen Vorstellungen mache. Aber ich habe meine Pflicht nur insoweit vernachlässigt, als ich mich weigerte, eine Spur aufzunehmen, die mich doch zu keinem positiven Ergebnis geführt hätte. Ich weiß, daß du den Mord nicht begangen hast. Wenn ich meinen Abschied einreiche, dann muß ich die Redaktion des ‘Megaphone’ wegen Verleumdung verklagen, und du würdest zu einem gleichen Schritt gezwungen. Aber wir wollen die Sache nicht vors Gericht bringen, Stella, ich weiß noch einen besseren Weg. Diese verfluchte Frau unter dem Fenster! Ich habe natürlich niemand gesehen“, sagte er ganz offen, „ich wollte nur ein Alibi für dich schaffen. Es war wirklich ein glücklicher Zufall, daß Sheppards Dienstmädchen noch um diese Zeit ausging, damit sie Downer meine Aussage erklären konnte.“

„Ist das Mädchen tatsächlich ausgegangen?“

Er nickte.

„Downer ist in solchen Dingen zuverlässig. Wenn er sagt, daß sie um elf Uhr ausging, dann kannst du dein ganzes Vermögen darauf wetten, daß er recht hat. Wilmot gab ihm die Informationen, er ist natürlich unrechtmäßig in den Besitz der Schriftstücke gekommen. Du hast doch die Wechsel selbst hierhergebracht?“

Sie schwieg eine Weile.

„Andy, ich muß dir ein Geständnis machen“, sagte sie dann. „Ich hätte es dir gleich sagen sollen, aber Scottie riet mir dringend, es nicht zu tun.“

Sie erzählte ihm von dem Besuch Artur Wilmots, wie er ihr die richtigen Wechsel zeigte und wie Scottie sie ihm abgenommen hatte. Andy hörte interessiert zu, und plötzlich wurde ihm alles klar.

„Nun verstehe ich. Dieser erpresserische Schurke! Durch das Ausplaudern suchte er sich auf billige Weise an dir zu rächen. Niemand kann beweisen, daß sein Onkel ihm die Wechsel nicht eine Woche vor seinem Tod gezeigt hat, und ihr Verschwinden sieht natürlich sehr verdächtig aus, wenn man bedenkt, daß in Merrivans Kamin tatsächlich Asche von verbranntem Papier gefunden wurde. Was sollen wir nun tun, Stella?“ Er war im Zimmer auf und ab gegangen. „Ich habe Wilmot die Erlaubnis gegeben, das Haus zu betreten, und dabei hat er diese Dinge gefunden. Was war es doch? Die Heiratsurkunde eines früheren Dienstboten, einige wichtige Dokumente und die Wechsel. Warte einen Moment!“

Er eilte mit großen Schritten davon.

19

Andy hatte Glück, den Sergeanten gleich zu treffen, der zugegen gewesen war, als Artur Wilmot das Haus betreten hatte.

„Nein, Sir, ich glaube, er war fast die ganze Zeit im Schlafzimmer. Er war überhaupt nicht lange hier", erwiderte der Beamte auf seine Frage.

Andy lief die Treppe hinauf, jedesmal zwei Stufen zugleich nehmend. Er hatte Merrivans Schlafzimmer schon drei- oder viermal durchsucht. Rein gefühlsmäßig wußte er, daß das Geheimfach irgendwo in der Nähe des Bettes sein mußte. Das Wappen und die Tudor-Rose zogen seine Aufmerksamkeit auf sich, da er bemerkte, daß das eine flache Ende des Blumenblattes geradestand und mit dem Bettpfosten einen rechten Winkel bildete, während es an dem anderen Pfosten nach der Seite gedreht war. Er zog an der Rose, und als das nichts half, versuchte er, sie zu drehen. Plötzlich knackte es, und eine Schublade öffnete sich.

Sie schien leer zu sein. Als er aber genauer hinschaute, sah er ein Stück Papier, auf dem drei verschiedene Geldbeträge notiert waren. Die erste Zahl war 6700 Pfund, sie war durchgestrichen. Die zweite 6500 Pfund, aber auch dieser Betrag war gestrichen und darunter geschrieben: 6370 Pfund. Die Differenz zwischen den beiden letzten Summen betrug 130 Pfund. Das war der Preis des Brillantringes. Andrew war nun klar, daß in dieser Schublade auch die Wechsel und die Heiratsurkunde jenes ehemaligen Dienstboten verborgen gewesen sein mußten und außerdem bestimmt noch diese 6370 Pfund!

Merrivan war doch ein gewissenhafter Mann gewesen. Er hatte genau Buch geführt über das Geld, das im Geheimfach aufbewahrt wurde. Wenn er etwas davon genommen hatte, strich er die alte Summe aus und schrieb den Betrag darunter, der übrigblieb.

Andy ging zu Stella zurück, er war jetzt viel zuversichtlicher. Sie saß noch genauso da, wie er sie verlassen hatte.

„Andy, du wirst doch nicht wirklich deinen Abschied einreichen?" sagte sie, als er wieder in das Zimmer trat. „Ich werde den ganzen Sachverhalt wahrheitsgetreu aufschreiben und dir dieses Schriftstück übergeben."

„Wie willst du denn Scotties Eingreifen erklären?"

Sie senkte den Kopf.

„Daran habe ich nicht gedacht."

„Nein, meine Liebe, wir sind das beste Beispiel für das nette, alte Sprichwort von den Betrügern, die sich in ihren eigenen Netzen fangen. Wir sind so miteinander verkettet, daß keiner von uns ohne den anderen herauskommen kann. Aber ich werde meinen Abschied trotzdem nicht nehmen. Wir wollen die Sache auf sich beruhen lassen, bis ich höre, wie man in Scotland Yard darüber denkt."

Zwischen dem Yard und der Redaktion des 'Megaphone' herrschte eine alte Spannung. Andy erhielt also lediglich eine Aufforderung, persönlich zum Yard zu kommen. Er sprach dort eine Stunde mit seinem unmittelbaren Vorgesetzten. Das Ergebnis dieser Unterredung war, daß er sich nicht nur vollständig rechtfertigen, sondern sogar seine Stellung festigen konnte. Und als er nach Beverley Green zurückkehrte, fand er ein Schreiben von Downer vor, in dem sich dieser halb und halb entschuldigte. Das war sonst nicht seine Art.

Mr. Nelson hatte inzwischen auch den Artikel gelesen. Er tobte. Glücklicherweise traf er weder Downer noch Artur Wilmot. Scottie versuchte, ihn zu besänftigen.

„Es ist einfach ungeheuerlich, Macleod", rief er wütend. „Ich werde diese Kerle wegen Verleumdung verklagen. Am besten wäre es, diesen Schuften den Schädel einzuschlagen!"

„Bezüglich der Klage können Sie natürlich tun, was Sie wollen", erwiderte Andy. „Immerhin würden Sie mich in eine sehr schwierige Lage bringen, wenn Sie sich jetzt in die Sache einmischen wollten. Ich werde schon etwas unternehmen, um Downers Ausführungen zu entkräften. Er hat wahrscheinlich schon einen neuen, scharfen Artikel für morgen zurechtgebaut, aber wenn ich mich nicht sehr irre, wird er nicht gedruckt werden. Man kann einen Berichterstatter in derselben Weise angreifen wie einen Staatsanwalt. Man muß nur die Glaubwürdigkeit ihrer Zeugen erschüttern. Und ich werde jetzt Artur Wilmot einen Schrecken einjagen, an den er sein Leben lang denken soll."

Wilmot hatte in Downer einen klugen und urteilsfähigen Menschen gefunden. Er versicherte dem Journalisten verschiedene Male, daß er keine schnellen Freundschaften schließe. Downer behauptete natürlich, er habe diesen Eindruck auch gehabt. Sie speisten zusammen im Beverley-Hotel zu Abend.

„Ihr Artikel war ein wenig scharf, Mr. Downer."

„Nein, ich glaube nicht", sagte Downer gleichgültig, „Er bringt allerdings die junge Dame in eine unangenehme Lage, aber wir haben doch zunächst einmal unsere Pflichten als Staatsbürger. Und obgleich ich nicht annehme und niemals angenommen habe, daß sie etwas von dem Mord weiß, hat sie sich doch recht sonderbar benommen."

„Das ist auch meine Meinung. Ich möchte nur betonen, daß ich unter keinen Umständen als derjenige erscheinen möchte, der Ihnen diese Informationen gegeben hat. Als ich Ihnen sagte, daß ich sie in das Haus gehen sah, versprachen Sie mir hoch und heilig, meinen Namen nicht zu erwähnen."

„In Verbindung mit dieser Tatsache", verbesserte Downer. „Sie können versichert sein, daß ich nicht ein Wort über Sie schreibe, das Sie auch nur im leisesten kompromittieren könnte. Sie haben mir eigentlich noch nichts von Ihren Privatangelegenheiten erzählt, Mr. Wilmot. Ich verstehe das; Sie sind eben einer dieser zurückhaltenden Menschen, die ihr Herz nicht auf der Zunge tragen, aber ich vermute, daß diese junge Dame Sie nicht gerade sehr gut behandelt hat."

„Das ist richtig", erwiderte Wilmot kurz. „Aber wir wollen nicht darüber sprechen. Ich habe durchaus nichts gegen sie, und wie Sie vorhin schon bemerkten, haben wir gewisse Pflichten als Bürger dieses Landes."

„Ganz gewiß."

Sie gingen langsam nach Beverley Green zurück und benützten den Weg, der am weitesten von Nelsons Haus entfernt war. Downer wurde ein wenig ungeduldig. Er hatte eine ganze Anzahl von Tatsachen gesammelt, aber gerade dieses eine Mal brauchte er Wilmots Erlaubnis, sie zu veröffentlichen, bevor er seinen Artikel abschicken konnte. Später, wenn er erst alle Fäden in der Hand hatte, würde er sich nicht mehr um seine Genehmigung oder Zustimmung zu kümmern brauchen.

Es war schon spät, aber er nahm Artur Wilmots Einladung an, noch auf ein paar Minuten zu ihm hinaufzukommen. Er wurde in denselben Raum gebeten, in dem Andy den halbfertigen Damenhut auf dem Tisch gesehen hatte.

Es war ein schönes Eckzimmer mit harmonischen Proportionen. Zwei bunte Glasfenster waren in tiefe Nischen eingelassen und von dunkelblauen Samtvorhängen verdeckt. Wilmot hatte die Wahrheit gesagt, als er Andy erklärte, daß kein Dienstbote den Raum betreten durfte, denn er mußte die Tür erst aufschließen, bevor sie hineingehen konnten.

„Nehmen Sie bitte Platz", sagte Artur und drehte das Licht an. „Der Stuhl drüben ist bequemer. Trinken Sie etwas?"

„Nein, danke. Ich habe noch viel vor. Nun erzählen Sie mir mal etwas von der jungen Dame. Ich muß die Fortsetzung meines Artikels von gestern bringen. Haben Sie begründete Ursache zu der Annahme, daß Macleod in das Mädchen verliebt ist?"

„Einen Augenblick", erwiderte Wilmot, stand auf, ging zu den zugezogenen Vorhängen am anderen Ende des Raumes und schob sie beiseite. „Ich wußte es doch, ich habe einen Luftzug gefühlt – das Fenster steht auf! Der Himmel mag wissen, wer es aufgemacht hat." Er schloß es, zog die Vorhänge wieder zu und setzte sich. „Das ist nun gerade die Sache, die ich Sie bitten möchte, nicht zu berühren. Das Mädchen ist eben in dem Alter, in dem man leicht zu beeinflussen ist, und er hat wahrscheinlich großen Eindruck auf sie gemacht."

„Also bestehen zwischen den beiden doch Beziehungen?" fragte Downer schnell.

„Ja, es ist eine Art von" – Wilmot zögerte – „ich weiß nicht recht, wie ich es ausdrücken soll. Er ist bedeutend älter als sie, und er hat alle Tricks gebraucht, um ..."

„Nein, ich glaube kaum, daß man es so bezeichnen kann", entgegnete Mr. Downer. „Sollen wir nicht lieber sagen, daß sich eine Freundschaft zwischen ihnen entwickelt hat? Die Leser verstehen schon, was ich damit sagen will. Ich möchte nämlich die Vorstellung hervorrufen, daß er sich mit dem Mädchen eingelassen hat."

Es klopfte leise an die Tür, und ein Dienstmädchen trat ein.

„Mr. Macleod möchte Sie sprechen."

Die beiden wechselten einen schnellen Blick, und Downer nickte.

„Bitten Sie ihn herein", sagte Wilmot, dem es plötzlich sehr unbehaglich wurde.

„Guten Abend, Downer – guten Abend, Mr. Wilmot."

Andy blieb an der Tür stehen und betrachtete sie.

„Wollen Sie nicht Platz nehmen?" fragte Wilmot nervös. „Sie kennen Mr. Downer?"

„Sehr gut sogar", erwiderte Andy gelassen.

„Sie sind doch nicht etwa über meinen Artikel ärgerlich?" fragte Downer mit gutgeheucheltem Erstaunen. „Sie sind schon zu lange im Fach, um sich darum zu kümmern, was die Zeitungen sagen."

„Dieser Herr ist also die Quelle Ihrer Informationen?“ Andy wies mit dem Kopf zu Wilmot hinüber.

„Das möchte ich nicht behaupten.“

„Downer, Sie halten sich in Ihren Artikeln gewöhnlich so eng wie möglich an die Wahrheit. Aber diesmal haben Sie einen Bericht losgelassen, der dazu bestimmt war“ – Downer lächelte – „die Ziele der Justiz zu durchkreuzen. Unterbrechen Sie mich nicht. Ich habe Ihnen so etwas noch nie sagen müssen, und ich hoffe, daß ich es nicht wieder tun muß. Miss Nelson mag eine Klage gegen Ihre Zeitung erheben, oder nicht, das steht in ihrem Ermessen. Wenn sie es aber tut, dann wird es Ihre Zeitung zwanzigtausend Pfund kosten.“

„Mein Bericht geht auf eine zuverlässige Quelle zurück.“

„Sie meinen damit doch nicht etwa diesen Mann?“ Andy zeigte auf den düster dreinschauenden Wilmot. „Ich werde Ihnen gleich zeigen, wie sehr Sie sich auf ihn verlassen können.“ Er trat auf Arthur Wilmot zu und schaute verächtlich auf ihn hinunter. „Ich bin gekommen, um mich nach dem Verbleib einer Summe von 6370 Pfund zu erkundigen, die aus einem Geheimfach in Mr. Merrivans Bett entwendet wurden.“

Wilmot sprang auf, als ob er einen Schlag bekommen hätte.

„Was – was?“ stammelte er.

„Außerdem sind noch verschiedene Dokumente von Ihnen gestohlen worden!“

„Gestohlen?“ wiederholte Wilmot mit schriller Stimme. „Wie dürfen Sie das sagen? Ich bin der Erbe meines Onkels!“

„Sie wurden von Ihnen gestohlen, ich sage es noch einmal mit allem Nachdruck. Ob Sie der Erbe Ihres Onkels sind, wird das Gericht entscheiden. Es lag eine gewisse Heiratsurkunde dabei“ – er schaute Wilmot scharf an, als er sprach, und er bemerkte seine Verwirrung. „Ich glaube, daß Sie noch in ernste Schwierigkeiten kommen werden. Was haben Sie mir darüber mitzuteilen?“

Artur Wilmot atmete schwer, er war unfähig zu sprechen.

Andy wandte sich an den Journalisten.

„Wird es Ihnen nun klar, daß dieser Mann unter einem schweren Verdacht steht und daß auch Sie eine Anzeige zu gewärtigen haben, da Sie mit ihm unter einer Decke stecken, um eine unschuldige Frau zu verdächtigen?“

„Ich habe mit der ganzen Sache nichts zu tun", antwortete Downer. „Ich berichte nur die Tatsachen, die ich vorfinde."

„Sie erfinden aber noch ein wenig dazu, Sie sind weit davon entfernt, objektiv zu sein, Downer. Im Gegenteil, Sie nehmen Partei. Ich muß hieraus den Schluß ziehen, daß Sie von dem Diebstahl wußten."

„Ich würde mich doch an Ihrer Stelle hüten, von einem Diebstahl zu reden", unterbrach ihn Mr. Wilmot, der seine Fassung wiedergefunden hatte. „Ich gebe zu, daß ich verschiedene Dinge aus jener Schublade genommen habe, aber das war der Wunsch meines Onkels."

„Haben Sie denn die Sache seinem Rechtsanwalt gemeldet?" fragte Andy trocken.

„Das war nicht nötig."

„Das war sehr nötig", verbesserte Andy.

„Ich nahm diese Dinge, weil ich fürchtete, sie könnten in die Hände der Dienstboten fallen."

„Was lag denn noch in der Schublade?"

„Wenn Sie früher gekommen wären, hätte ich Ihnen alles übergeben", lenkte Wilmot ein.

„Ich möchte wissen, was Sie genommen haben."

„Einen Trauschein, eine Geldsumme – es kann der Betrag gewesen sein, den Sie nannten, obgleich ich ihn nicht nachgezählt habe –, dann noch eine Liste von Sicherheiten und –", er machte eine Pause und sprach dann mit besonderem Nachdruck weiter – „zwei gefälschte Wechsel von Mr. Nelson zugunsten Albert Selims, die von meinem Onkel akzeptiert waren. Aber die Unterschriften Mr. Merrivans waren gefälscht. Diese Wechsel sind mir von einem Verbrecher gestohlen worden, der in Ihren Diensten steht. Wahrscheinlich sind sie vernichtet worden."

„Wann war das?" fragte Andy.

„Vor zwei Tagen."

„Haben Sie die Sache angezeigt?"

„Nein, Sie wissen sehr gut, daß ich das nicht getan habe."

„Warum denn nicht?" fragte Andy kühl. „Das Gesetz schützt Sie ebensogut wie jeden anderen. Sie erwarten doch nicht etwa, daß ich Ihnen glaube, Sie hätten sich ruhig zwei wertvolle Dokumente stehlen lassen und kein Wort davon gesagt, obwohl der ganze Ort von Polizeibeamten wimmelt?“

Wilmot schwieg.

„Auf alle Fälle will ich die Sachen jetzt sehen. Wo sind sie?“

„Dort im Wandschrank“, sagte Wilmot mürrisch.

Er nahm einen Schlüsselbund aus der Tasche und begann daran zu suchen.

„Wo zum Teufel ist denn der Schlüssel zum Safe?“

Wilmots Bestürzung war echt. Hastig ließ er einen Schlüssel nach dem anderen durch die Finger gleiten.

„Der Schlüssel war heute nachmittag noch an dem Bund, als ich zum Baden ging. Ich habe ihn nur einen Augenblick aus der Hand gelegt.“

Er schob das Paneel beiseite, das den Geldschrank verdeckte.

„Die Tür ist ja gar nicht geschlossen“, sagte Andy.

Mit einem überraschten Ausruf öffnete Wilmot die Tür ganz und faßte hinein.

„Großer Gott!“ rief er erleichtert. „Ich dachte, jemand habe sie gestohlen!“

Er warf die Brieftasche auf den Tisch.

„Und die anderen Dokumente?“

„Hier ist die Liste der Sicherheiten und hier …“ er suchte und tastete noch einmal. Andy sah, daß er verstört war. „Aber ich kann einen Eid darauf leisten, daß ich ihn hierhergelegt habe.“

„Was denn?“

„Der Trauschein ist verschwunden!“

Andys Blick fiel in diesem Moment zufällig auf die Tür. Zwischen dem Türrahmen und den dunkelblauen Samtvorhängen, welche da ein Fenster verdeckten, war der Lichtschalter angebracht. Andy sah, wie eine Hand hinter dem Vorhang hervorkam und sich zum Schalter hinbewegte. Er war starr vor Erstaunen. Plötzlich hörte man ein Knacken, und der Raum lag vollkommen im Dunkeln. Im nächsten Augenblick blitzte eine Taschenlampe auf.

„Rühren Sie sich nicht von der Stelle!“ rief eine heisere Stimme. „Wenn Sie es tun, schieße ich Sie sofort nieder, wer es auch gerade sein mag!“

„Wer sind Sie?“ fragte Andy.

„Mein Name ist Albert Selim."

Schon hatte sich die Tür geöffnet und wieder geschlossen. Sie hörten, wie der Schlüssel umgedreht und gleich darauf die Haustür zugeschlagen wurde.

Andy sprang zu dem Fenster, das nach der Straße zu lag, und riß den Vorhang beiseite. Aber durch die bunten Glasfenster hätte man auch am hellen Tag nichts erkennen können. Er riß das Fenster auf und sah hinaus. Von dem Einbrecher war nichts mehr zu sehen.

„Das ist wieder so ein Abenteuer Ihres Freundes Scottie", sagte Wilmot zähneknirschend.

Andy wandte sich ihm zu.

„Mein Freund Scottie, wie Sie ihn zu nennen belieben, hätte kaum sechstausend Pfund in Ihrem Geldschrank gelassen. Außerdem hat er nicht so gepflegte Hände wie der Mann, der das Licht ausschaltete."

Auf Andys schrillen Pfiff stürzte ein Polizist herbei.

„Schicken Sie den Sergeanten zu mir und rufen Sie Ihre Station an, daß alle Leute zu einer Durchsuchung des Geländes ausgeschickt werden. Sehen Sie zu, daß Sie jede mögliche Unterstützung bekommen – aber machen Sie schnell!"

20

Um diese Zeit hätte Scottie ausgegangen sein können, aber zufällig hatte er Stella geholfen, Kenneth Nelsons neues Gemälde einzupacken. Er habe das Haus den ganzen Abend nicht verlassen, erzählte Stella. Der Detektiv ging zu Wilmot zurück. Downer war inzwischen gegangen.

„Ich will das Geld an mich nehmen", sagte Andy und hob die Brieftasche auf. „Und nun sagen Sie mir alles, was Sie von dem Trauschein noch wissen."

„Glauben Sie wirklich, daß es Albert Selim war?"

„Ich bin sicher, daß es der Mann war, der Mr. Merrivan tötete", erwiderte Andy kurz. „Er bedrohte uns mit derselben Waffe, mit der er den Mord beging."

Mr. Wilmot schauderte.

„Der Trauschein beurkundete eine Heirat zwischen einem gewissen John Severn und einem Dienstmädchen namens Hilda Masters. Die Ehe wurde vor etwa dreißig Jahren geschlossen und in der St.-Pauls-Kirche, Kensington, eingesegnet."

Andy notierte sich diese Einzelheiten.

„Erschien der Name Ihres Onkels in irgendeiner Weise auf der Urkunde?"

Wilmot schüttelte den Kopf.

„Sie kennen John Severn nicht? Hat Ihr Onkel Ihnen gegenüber nie den Namen erwähnt?"

„Nein. Ich möchte Ihnen aber noch etwas wegen des Geldes sagen, Macleod. Ich will nicht in Ungelegenheiten kommen, wenn es sich vermeiden läßt. Ich habe es wirklich nur genommen, um es in Sicherheit zu bringen. Wie sind Sie denn dahintergekommen?"

„Sie kennen meine Methoden, Wilmot", erwiderte Andy sarkastisch. „Die ganze Sache kann für Sie sehr übel werden. Ich gebe Ihnen den guten Rat, um Downer einen weiten Bogen zu machen. Der hat mit Ihnen kein Erbarmen und wird Sie ebenso verraten, wie er Albert Selim verraten würde, wenn er ihn fangen könnte."

Ein ähnlicher Gedanke war Wilmot auch schon gekommen.

„Wegen der Verleumdungsklage ist auch Downer nicht ganz wohl", meinte er. „Ich glaube, in seinem nächsten Artikel wird er zahmer sein. Außerdem wird ihm ja auch Selim genügend Stoff dafür geben."

Andy war derselben Ansicht. Er sprach noch einmal bei Stella vor, ehe er ins Gästehaus ging. Scottie hatte sich schon zur Ruhe gelegt, er war direkt musterhaft geworden.

„Alle Leute in Beverley sind über den Artikel sehr aufgebracht und haben mir ihre Anteilnahme ausgedrückt", sagte Stella. „Ich habe noch nie soviel Besuch gehabt wie heute. Sheppards waren hier, Masons, sogar die Gibbs, die doch so ruhige Leute sind. Alle sind sehr ungehalten über Artur Wilmot. Was wird die Zeitung wohl morgen bringen?"

„Sehr wenig. Downer wird über den Einbruch in Wilmots Wohnung berichten und den Besuch dieses geheimnisvollen Albert Selim mit allen Einzelheiten schildern. Er wird auch die Gelegenheit wahrnehmen, sich zu verteidigen. Man droht in ähnlichen Fällen den Zeitungen häufig mit Verleumdungsklagen. Downer wußte, daß er den Bogen überspannt hatte. Ich habe schon gemerkt, daß er etwas nervös war, als ich heute seinen Brief erhielt. Es gehört schon viel dazu, ihn nervös zu machen, aber wahrscheinlich waren ihm schon selbst Zweifel an der Glaubwürdigkeit Wilmots gekommen."

Die Schleier, die über dem geheimnisvollen Mord von Beverley Green lagen, wurden immer dichter und undurchdringlicher. Auch Albert Selims Erscheinen brachte Andy der Lösung keinen Schritt näher. Warum hatte der Mann sich einer so großen Gefahr ausgesetzt, nur um einen offensichtlich wertlosen Trauschein in seinen Besitz zu bringen? Wer war dieser John Severn, und wer war das Dienstmädchen Hilda Masters?

Ins Gästehaus zurückgekommen, erhielt er von Zeit zu Zeit telefonische Berichte von den Polizeibeamten, die die Gegend nach dem Fremden absuchten. Die Polizei der Nachbarorte unterstützte sie. Die Hauptstraßen wurden abpatrouilliert und die Nebenwege überwacht. Mit der kleinen Mannschaft konnte man allerdings das offene Land nicht absperren, damit mußte bis zum Tagesanbruch gewartet werden.

Um ein Uhr nachts trat er kurz vor die Tür, um ein wenig frische Luft zu schöpfen. Das Zimmer bedrückte ihn, und er hatte Kopfschmerzen bekommen.

In Beverley Green war um diese Zeit jedes Haus dunkel, auch aus Stellas Zimmer drang kein Lichtschein.

Inspektor Dane kam eben mit dem Rad an, um ihm den letzten Bericht persönlich zu überbringen.

„Wir haben jedes Auto zwischen hier und Cranford Corner angehalten. Glauben Sie, daß es ratsam wäre, eine Durchsuchung sämtlicher Häuser von Beverley Green vorzunehmen?"

„Ich wüßte nicht, warum. Sollte Selim tatsächlich ein Bewohner des Ortes sein, so könnten wir das durch eine Haussuchung auch nicht feststellen. Außerdem wäre es gesetzwidrig, wenn wir nicht die nötigen Befehle aus London haben. Vielleicht ..."

Andy wurde plötzlich unterbrochen, denn durch die Stille der Nacht tönte ein Schuß. Gleich darauf fielen ein zweiter, ein dritter und nach kurzer Zeit noch ein vierter. Sie kamen aus der Richtung der Hügel jenseits des Ortes.

„Wilddiebe können es nicht gut sein", meinte Inspektor Dane.

„Wilddiebe benützen gewöhnlich keine Pistolen."

Das Telefon im Gästehaus klingelte stürmisch. Die Haustür war offen geblieben, und sie hörten es schon, bevor Johnston herausgestürzt kam, um Andy zu rufen.

„Mr. Salter ist am Apparat. Er möchte Sie dringend sprechen!" Andy lief hinein und nahm den Hörer auf.

„Sind Sie es, Mr. Macleod? Haben Sie die Schüsse gehört?"

„Jawohl."

„Ich habe geschossen. Es ist ein Raubüberfall auf Beverley Hall gemacht worden. Jemand versuchte einzubrechen. Er ist in Richtung Spring Covert entflohen. Können Sie herkommen?“

Andy holte seinen Wagen aus der Garage und fuhr mit Inspektor Dane in schnellstem Tempo die Hauptstraße entlang.

Mr. Salter sah blaß und angegriffen aus. Er trug einen Schlafrock über dem Pyjama und erwartete die Beamten in seiner Bibliothek.

„Es tut mir leid, daß ich Sie stören mußte, Macleod“, begann er.

„Haben Sie den Mann zu Gesicht bekommen?“ fragte Andy schnell.

„Ich konnte ihn nur von hinten sehen. Er muß mindestens schon eine halbe Stunde im Haus gewesen sein, bevor ich ihn hörte. Ich hätte ihn wahrscheinlich gar nicht bemerkt, wenn er nicht die Frechheit besessen hätte, in mein Schlafzimmer zu kommen.“

Salter zeigte ihnen das Fenster, das aufgebrochen worden war. Es gehörte zu dem kleinen Arbeitszimmer neben der Bibliothek.

„Er war auch in der Bibliothek. Sehen Sie, diese Schubladen sind gewaltsam geöffnet worden.“

Die Fächer waren ganz herausgezogen, ihr Inhalt auf den Boden verstreut.

„Vielleicht glaubte er, hier Geld zu finden. Aber ich bewahre hier nichts Wertvolles auf.“

„Ist er auch in anderen Räumen gewesen?“

„Ich glaube, er war auch im Zimmer meines Sohnes – er ist augenblicklich nicht hier, er studiert in Cambridge –, aber das kann ich nicht genau sagen.“

Er führte sie ins obere Stockwerk, aber hier war alles in bester Ordnung, obgleich die Tür zum Zimmer des jungen Salter offenstand.

„Es ist sehr leicht möglich, daß er zuerst diesen Raum mit dem meinen verwechselte. Mein Schlafzimmer liegt direkt gegenüber. Ich weiß nicht, wovon ich aufwachte. Vielleicht quietschte die Tür, obwohl sie regelmäßig geölt wird. Ich setzte mich im Bett aufrecht und hörte noch das Geräusch seiner Schritte, dann war er fort. Als ich aus der Tür herauskam, sah ich ihn noch einen kurzen Augenblick am anderen Ende des Ganges. Ich lief die Treppe hinunter und rief nach Tilling. Ich habe ihn dann noch einmal gesehen, als er durch das Bibliotheksfenster stieg.

Ich habe stets eine Pistole in meinem Zimmer, und ich schoß hinter ihm her, als er die Stufen der Terrasse hinunterlief und im Dunkeln verschwand."

„Hörten Sie ihn nicht sprechen?"

Mr. Salter schüttelte den Kopf.

Es war das Werk eines erfahrenen Einbrechers, das erkannte Andy sofort. Und wenn er nicht absolut sicher gewesen wäre, daß Scottie in diesem Augenblick den Schlaf des Gerechten schlief, hätte er schwören mögen, daß er den Einbruch verübt hatte.

Aber dieser Einbrecher hatte offenbar keinen festen Plan gehabt. Scottie hätte auch keine Papiere aus den Schubladen herausgeworfen und obendrein noch Salter in seinem Schlafzimmer gestört. Man ging wieder in die Bibliothek zurück.

„Das ist der zweite Raubüberfall heute abend in Beverley Green", sagte Andy und erzählte von dem Vorfall bei Wilmot.

„Albert Selim?" meinte Mr. Salter nachdenklich. „Ich möchte mich Ihrer Theorie fast anschließen, Mr. Macleod."

„Vermissen Sie etwas?"

„Ich glaube kaum, es befand sich nichts in der Bibliothek, das sich zu stehlen lohnte, höchstens ein paar Pachtverträge, die ihn aber schwerlich interessiert haben können."

„Was ist denn das?"

Andy ging zum Kamin. Er war leer, da das Wetter ungewöhnlich warm war, aber auf der Feuerstelle lag die Asche von verbranntem Papier! Wieder eine Parallele zu der Ermordung Merrivans!

„Haben Sie etwas verbrannt?"

„Nein. Ist die Schrift noch erkennbar – manchmal ist das ja der Fall."

Andy kniete nieder und beleuchtete die Asche mit seiner Taschenlampe.

„Nein, es ist leider fast nichts mehr zu erkennen." Vorsichtig nahm er ein größeres Stückchen verbrannten Papiers heraus und brachte es zum Tisch.

„Es sieht aus wie 'RYL', meinte er. „Eine sonderbare Kombination von Buchstaben."

„Es könnte Orylbridge geheißen haben", erwiderte Boyd Salter. „Ich habe dort Grundeigentum."

Bei diesen Worten hob er einige Papiere vom Fußboden auf.

„Es ist mir jetzt unmöglich, alle Dokumente zu ordnen und zu sehen, was fehlt. Vielleicht kommen Sie morgen früh noch einmal, Doktor."

Andy wartete noch, um den Bericht zweier Parkwächter entgegenzunehmen, die aufgestanden waren und die Gegend abgesucht hatten.

„Dieser Fall geht mir langsam auf die Nerven, Dane", sagte er, als der Wagen den Hügel hinunter zum Parktor fuhr. „Eins ist sicher: In diesem Tal verbirgt sich irgendwo ein Mörder, mag er nun Albert Selim oder sonstwie heißen. Offenbar ist er von hier. Es gibt keine andere Erklärung für seine Schnelligkeit und Sicherheit. Er kennt hier jeden Zoll Boden, und er sucht nach irgend etwas. Er tötete Merrivan, um es zu finden, er tötete Sweeny, weil ihm der zufällig im Obstgarten über den Weg lief. Er brach in Beverley Hall ein, um auch dort zu suchen. Aber warum hat er in beiden Fällen Papiere im Kamin verbrannt?"

„Wo hätte er sie sonst verbrennen sollen?" fragte Inspektor Dane. „Der Kamin war doch in beiden Fällen ganz in der Nähe."

Andy erwiderte nichts darauf.

Er erinnerte sich jetzt daran, daß er auch ein drittes Mal verbranntes Papier gesehen hatte. Stella hatte sich in derselben Weise der Dinge entledigt, die sie vernichten wollte.

Um halb drei verabschiedete er sich von dem Polizeiinspektor. Im Osten dämmerte schon der neue Tag, als er in sein Zimmer kam. Er warf noch einen Blick zu dem Haus Nelsons hinüber und blieb erschrocken stehen. Stella mußte wach sein, denn er sah Licht durch ihre Jalousien schimmern. Er wartete fast eine volle Stunde. Erst als es ganz hell geworden war, wurde drüben das Licht ausgemacht.

Andrew seufzte und ging zu Bett.

21

Scottie kam am Morgen, noch bevor Andy aufgestanden war. Er hatte die Hände in den Hosentaschen und sah sehr unzufrieden aus.

„Hallo, Scottie", sagte Andy und stützte sich auf den Ellenbogen. „Was gibt's?"

„Nichts, nur die allgemeine Moral gefällt mir hier nicht." Scottie setzte sich. „Ich gehe wieder in die Stadt, Macleod. Hier ist es mir zu aufregend. Sie machen sich hier auch nur einen schlechten Namen. Ich habe diesen Federfuchser, diesen Downer, heute morgen getroffen. Er sagte, das sei der schlechteste und undankbarste Fall, der ihm je untergekommen ist, und er habe einen guten und aussichtsreichen Mord dafür weggegeben."

„Haben Sie seinen Artikel in der Zeitung gesehen?"

Scottie nickte.

„Er ist sehr zahm, Macleod. Er sah, in welche Gefahr er sich gebracht hatte, und außerdem sprang doch dieser maskierte Mann hinter dem Vorhang hervor und bedrohte ihn mit der Waffe."

„Ob er maskiert war oder nicht, weiß niemand. Ich glaube es nicht. Was hat er über Miss Nelson geschrieben?"

„Er hat sie freigesprochen. Es sei alles zufriedenstellend aufgeklärt worden. Er entschuldigte sich fast in dem Artikel."

„Dann geht er also fort?" fragte Andy befriedigt.

Scottie schüttelte den Kopf. „Das sagt er bloß. Er wird sicher noch eine Woche hierbleiben!" Er ging zur Tür. „Vielleicht komme ich noch mal zurück, Macleod. Auf Wiedersehen."

Er war gegangen, bevor Andy ihn fragen konnte, ob Stella Nelson schon zu sprechen sei.

Andy war nun auf dem toten Punkt angekommen, er war in eine Sackgasse geraten. Er würde bald nach London zurück müssen, und der Mord würde dann unter die 'unaufgeklärten Fälle' eingereiht werden.

Das eigentliche Geheimnis lag in der Verkettung, die Darius Merrivan, Albert Selim und den Mörder miteinander verband.

Andy wollte gerade Stella aufsuchen, als ein Telegramm von Scotland Yard eintraf.

'Kommen Sie sofort zurück. Wentworth verschwunden. Geschäftsmann Ashlar Building. Nachforschungen bei Bank ergaben hohes Konto. Grund zu Annahme, daß Selim und Verschwinden Wentworth in Zusammenhang.'

Andy hatte schon verschiedenes über den Stand der Firma erfahren, bevor er die Stenotypistin befragte.

„Am letzten Freitag war er zum letztenmal hier", sagte sie niedergeschlagen, „er hat mir mein Gehalt ausgezahlt und Geld für die Portokasse und andere Kleinigkeiten gegeben. Er sagte, daß er am Montag oder Dienstag wiederkommen werde. Ich sprach mit ihm über das Geschäft, denn wir tun eigentlich überhaupt nichts. Ich fragte ihn, wie lange dieser Zustand noch anhalten könne, bevor er das Büro ganz schließen würde. Aber er war guter Laune und erwiderte, daß er mir bald etwas Angenehmes mitteilen könne. Er sagte das in der scherzhaften Art, in der er stets mit mir zu sprechen pflegte."

„Sie wissen, wo er wohnt?"

„Nein. Ich vermute nur, daß er sich häufig in Hotels aufhält. Er schrieb ein paarmal, wenn er abwesend war, und gab als Absender immer ein Hotel an, obwohl ich ihm nie Briefe nachsandte. Ich erinnere mich noch an eine andere Bemerkung, die er machte, als ich ihn das letztemal sah. Er sagte, es sei doch merkwürdig, daß man nie etwas von Mr. Selim zu sehen bekäme."

„Erinnern Sie sich an ein Hotel, von dem aus er Ihnen schrieb, und wissen Sie, an welchem Datum er den letzten Brief absandte?"

„Ich habe die Korrespondenz aufbewahrt. Ich dachte schon, daß Sie danach fragen würden."

Andy durchblätterte kurz die Briefe. Es waren bekannte Hotels in den verschiedensten Teilen Englands. Er notierte die Namen.

„Haben Sie eine Fotografie von Mr. Wentworth?"

Sie schüttelte den Kopf.

„Wie sah er denn aus?"

In diesem Punkt war sie sehr unsicher, sie war selbst erst neunzehn Jahre und hielt jeden Mann über Fünfunddreißig für 'alt'.

Er ging etwas gebeugt, erinnerte sie sich, und trug eine große Hornbrille. Von seinen Geschäften wußte sie fast gar nichts, sie war auch erst seit einem Jahr bei ihm angestellt. Sie kannte auch keine anderen Firmen, mit denen er irgendwelche Geschäfte getätigt hatte. Sie schickte nie Rechnungen aus, und offenbar war ihre einzige Aufgabe, Besucher zu empfangen, die nicht erschienen und Auszüge aus der Tagespresse über die Lebensmittelbörse zu machen. Sie zeigte eine Menge Blätter, die sie im Lauf der Zeit zusammengestellt hatte. Jeden Freitagnachmittag erhielt sie pünktlich ihr Gehalt.

Andy suchte die beiden Londoner Hotels auf, die auf seiner Liste standen. Die Fremdenbücher wurden nachgeschlagen, und man fand tatsächlich, daß Mr. Wentworth an den betreffenden Daten dort gewohnt hatte. Aber die Hotelangestellten wußten auch nichts Näheres über ihn, für sie war er nur eine Nummer.

Andy ging zu Scotland Yard zurück und berichtete.

„Wentworth und Albert Selim sind ein und dieselbe Person", sagte er. „Wentworth & Wentworth ist eine Schwindelfirma und hat nur den Zweck, Selim Zutritt zum Gebäude zu verschaffen. Erinnern Sie sich daran, daß Selims einziger Angestellter nur zwischen elf und ein Uhr im Büro sein durfte? Wentworth selbst erschien im Ashiar Building nie vor zwei und auch nur an bestimmten Tagen. Der Sekretär Selims hatte dann frei. Für Wentworth war es eine leichte Sache, in Selims Büro zu gehen, die Briefe zu holen und dann wieder in den Räumen der Firma Wentworth & Wentworth zu erscheinen. Wentworths Bankier hat mir gesagt, daß er etwa ein Dutzend große Kästen voll Dokumente hat. Die werden es uns vielleicht möglich machen, die Identität endgültig festzustellen."

„Hat Wentworth Geld von der Bank abgehoben, seitdem er verschwunden ist?"

„Dieselbe Frage habe ich auf seiner Bank auch gestellt, und man sagte mir, daß das nicht der Fall ist. Das ist sehr leicht erklärbar. Albert Selim wußte, daß wir sofort in sein Büro gehen würden. Er vermutete vielleicht auch, daß wir den Zusammenhang zwischen ihm und Wentworth durchschauten. Wenn er nun als Wentworth einen Scheck von der Bank zog, setzte er sich der Gefahr aus, gefaßt zu werden."

Andy erhielt die notwendige Vollmacht, um zu den Depots von Wentworth Zutritt zu erhalten. Er saß den ganzen Nachmittag bis in die Nacht hinein im Privatbüro des Bankdirektors und prüfte den Inhalt von sechs übervollen Stahlkassetten.

Seine Tätigkeit wurde erleichtert, als er entdeckte, daß zwei Kästen die Akten der eigentlichen Firma Wentworth enthielten. Offenbar hatte Selim das Geschäft vor einigen Jahren aufgekauft, das schon damals nicht gut ging. Aber unter seiner Leitung waren die Verhältnisse immer schlimmer geworden. Er hatte ja auch keine Veranlassung, Geld durch legitimen Handel zu verdienen, wenn er einen viel leichteren Weg gefunden hatte, zu Reichtum zu kommen. Dieser Weg brachte zwar einige Gefahren mit sich, aber er warf ungeheure Verdienste ab.

Die anderen Stahlkassetten waren gefüllt mit Besitzurkunden und alten Verträgen, die alle zugunsten Albert Selims lauteten.

Dieser Mann schien in allen Teilen des Landes Besitzungen zu haben, hier eine Farm, dort ein Haus, an einer anderen Stelle eine Kohlenmine. Andy fand auch Einzelheiten über erworbene Schürfrechte, Details über eine Zuckerplantage in Westindien und viele andere Dokumente, die den ungeheuren Reichtum Selims bekundeten.

Es war beinahe Mitternacht, als der letzte Stapel Akten auseinandergenommen und durchgesehen wurde. Andy entdeckte plötzlich einen bekannten Namen auf einem alten Vertrag.

'John Aldayn Severn.'

Severn!

Der Vertrag war zwischen Albert Selim auf der einen Seite, 'hierin später der Verleiher genannt', und John Aldayn Severn auf der anderen Seite geschlossen. Als Andy las, staunte er mehr und mehr über die ungewöhnlichen Bedingungen, die hier festgelegt waren. Die Abmachung besagte, daß der Verleiher dem ihm unbekannten Severn lebenslänglich eine Summe von fünftausend Pfund jährlich zur Verfügung stellte. Severn beurkundete, daß er an Selim regelmäßig die Hälfte seiner Einkünfte zahlen werde, falls er einen Besitz erbte, aus dem er Einnahmen habe, und zwar würde er diese Zahlungen 'für ihm erwiesene besondere Dienste' leisten. Auf die Erbschaft selbst war nicht näher eingegangen.

Andy schaute das Dokument nachdenklich an. Es war fünf Jahre nach Severns Heirat datiert, wenn Artur Wilmots Angaben richtig waren. Hatte Severn wohl jemals eine Summe erhalten? Und, wenn ja, hatte er den Vertrag erfüllt? Der Bankdirektor hatte zwei Angestellte zurückgelassen, die Andy bei seinen Arbeiten behilflich waren. Alle Unterlagen, die Selims Konto betrafen, standen zu seiner Verfügung, aber es war schwer, die Herkunft aller Eingänge festzustellen.

Andy las den Vertrag noch einmal genau durch. Die Zahlungen sollten jeweils am 1. März und 1. September geleistet werden. Er ging wieder die Eingänge während der letzten zwanzig Jahre durch. Am 1. März und 1. September jeden Jahres waren auf Selims Konto Summen eingezahlt worden, die zwischen sieben- und neuntausendfünfhundert Pfund schwankten. Also hatte Severn tatsächlich seine jährlichen Zahlungen bekommen und selbst vereinbarungsgemäß gewisse Summen an Selim abgeführt.

Das ist der Mann, den ich suche, sagte sich Andy. Wenn ich Severn habe, werde ich auch Selim finden.

Am nächsten Morgen durchsuchte er sorgfältig alle Adreßbücher von Grundbesitzern, die er finden konnte. Der Name Severn erschien dreimal, aber in jedem

Fall handelte es sich nur um kleinen Besitz, und Andys telegrafische Anfragen waren ergebnislos. Er konnte über die Person von John Aldayn Severn, der in dem Vertrag erwähnt war, nichts ermitteln. Der Name war in der Gegend von Beverley vollkommen unbekannt. Aber Andy besann sich, daß es ja einen Mann gab, der ihm Auskunft geben konnte. Mr. Boyd Salter war so etwas wie eine Autorität auf diesem Gebiet, er kannte sehr viele Gutsbesitzer. Andy machte ihm an dem Morgen, als er nach Beverley zurückkam, sofort einen Besuch.

„Ich glaube, daß der Severn, den Sie suchen, vor einigen Jahren nach Australien ausgewandert ist. Ich sagte Ihnen schon, daß es einem meiner Freunde einmal sehr schlecht erging, als er sich in den Klauen des Wucherers Selim befand. Der Mann, den ich damals erwähnte, war Severn. Ich kannte ihn sehr gut, und ich wußte auch, daß er von dem Geldverleiher ausgesogen wurde."

„Warum hat Merrivan aber Severns Trauschein aufbewahrt?"

„Keine Ahnung! Da wir gerade von Merrivan sprechen, ich habe den Einbrecher tatsächlich verwundet."

„Das interessiert mich sehr – woher wissen Sie das?"

„Wir fanden am nächsten Morgen einige Blutspuren an einem Blatt. Während Ihrer Abwesenheit habe ich mir erlaubt, Inspektor Dane davon in Kenntnis zu setzen; soviel ich weiß, sind seine Anfragen bei den Ärzten der Umgegend erfolglos gewesen."

Andy fuhr nicht im Auto nach Beverley Green zurück, sondern ging zu Fuß. Er ließ seinen Wagen durch den Chauffeur Salters zum Gästehaus bringen und folgte selbst der vermutlichen Spur des Diebes. Madding, der Parkwächter, zeigte ihm die Stelle, wo die Blutspuren gefunden worden waren. Er betrachtete das rote Baumblatt; auch die Zweige der Sträucher in der Nähe waren mit Blut befleckt.

Andy ging auf dem Waldweg nach Beverley Green zurück. Er kam durch den Obstgarten, in dem Sweeny gefunden worden war. Sein Weg führte ihn am Tennisplatz vorbei, und er gelangte schließlich auf dem Umweg über Merrivans Grundstück zur Hauptstraße.

Er läutete an Stellas Tür, ein Dienstmädchen öffnete ihm.

„Miss Nelson ist nicht zu Hause, Sir."

„Wo ist sie denn hingegangen?" fragte Andy erstaunt.

„Würden Sie nicht lieber mit Mr. Nelson sprechen? Er ist im Atelier. Sie kennen ja den Weg."

Andy fand den Maler, der ganz verstört vor seiner Arbeit saß. Nelson begrüßte seinen Gast herzlich.

„Sie wissen gar nicht, wie froh ich bin, daß Sie wieder zurück sind, Macleod. Ich bin in großer Sorge."

„Wo ist Stella?"

„Sie sollte eigentlich bei ihren Tanten sein", erwiderte Nelson.

„Wie – sie sollte sein – ist sie denn nicht dort?"

„Ich schickte ein Telegramm und fragte an, wann sie zurückkommen würde, und meine Schwester antwortete, daß sich Stella nur einen Nachmittag dort auf gehalten, habe und in Geschäften nach dem Norden weitergereist sei."

„Das wird auch stimmen", meinte Andy erleichtert.

Er hätte nicht sagen können, was er eigentlich erwartet hatte, aber die Nachricht klang nicht beunruhigend. Er verstand, daß Stella ihren Vater nicht ins Vertrauen zog, selbst wenn es sich um sein eigenes Wohl handelte.

„Das würde mich ja auch nicht bedrücken", sagte Nelson, als ob er Andys Gedanken erraten hätte. „Ich werde Ihnen zeigen, warum ich so besorgt bin."

Er ging mit dem verwunderten Andy die Treppe hinauf und öffnete die Tür zu einem hübschen, kleinen Schlafzimmer.

„Dies ist Stellas Zimmer", erklärte Nelson überflüssigerweise, denn Andy kannte die Lage ja ganz genau.

„Ich ging an dem Tage, als sie abreiste, herauf – Sie fuhren übrigens an demselben Tag in die Stadt. Ich wollte ein paar weiche Lappen holen – Stella verwahrt immer einige für mich. Aber der Schrank war zugeschlossen. Glücklicherweise hatte ich einen passenden Schlüssel. Das erste, was ich sah, als ich die Tür öffnete, war das."

Er reichte zu einem Wandbrett hinauf und nahm ein kleines Bündel Leinen- und Mullstücke herab, die voll braunroter Flecken waren.

„Und sehen Sie einmal hier."

Er zeigte auf den Fußboden, wo man deutlich Blutspuren sehen konnte.

„Und dort am Rand der Waschschüssel waren auch Flecke. Sie muß sich geschnitten haben, ohne mir etwas davon zu erzählen. Wahrscheinlich hat sie sich an der Hand verletzt. Sie kann sich selbst verbinden, denn sie hat während des

Krieges einen Krankenschwesterkurs mitgemacht. Sie hat sich damals sehr dafür interessiert."

Andy starrte auf die Bandagen, ohne sie zu sehen. Er erinnerte sich plötzlich an das Licht, das er nach dem Raub in Beverley Hall in Stellas Zimmer gesehen hatte. An die Blutspuren, die im Park gefunden worden waren. Es war doch unmöglich, daß Stella diesen Einbruch begangen hatte! Aber ihr plötzliches Verschwinden bestätigte fast seinen Verdacht. Warum war sie so unerwartet abgereist?

„Haben Sie Stellas Hand gesehen, als sie fortging?"

„Nein, sie hatte sie im Muff. Es war schon sonderbar, daß sie an einem so warmen Tag überhaupt einen Muff trug. Ich erinnerte mich sofort daran, als ich das blutige Verbandzeug hier oben fand. Sie schien auch sehr nervös zu sein, was doch sonst nicht ihre Art ist."

„Ich gebe mich geschlagen", sagte Andy verzweifelt.

Noch am selben Nachmittag packte er seinen Koffer. Er warf noch einen letzten Blick auf das Tal zurück, bevor er die Richtung nach London einschlug.

22

Mr. Downer kam aus dem Presseklub. Er trug seinen Regenschirm unter dem Arm und hatte eine lange Zigarre im Mundwinkel.

Der Tag war heiß; nicht der leiseste Wind regte sich. Der Schirm schien völlig überflüssig zu sein, aber Mr. Downer wäre ebensowenig ohne seinen Regenschirm ausgegangen wie ein anderer ohne Kragen und Krawatte. Er freute sich auf das Wochenende in seinem kleinen Häuschen an der Küste.

Unangenehm war dagegen das Bewußtsein, einen Mißerfolg gehabt zu haben. Die Zeitungen brachten auf den hinteren Seiten nur noch ein paar Zeilen über den Verlauf der Nachforschungen. Downer wußte, daß Andrew Macleod in die

Stadt zurückgekehrt war, er hatte zweimal wegen anderer Dinge mit ihm zu tun gehabt.

Es war bei der zuständigen Behörde darum nachgesucht worden, Artur Wilmot als Erben des Merrivanschen Nachlasses zu bestätigen, und der junge Mann hatte die Absicht geäußert, Merrivans Haus zu verkaufen, sobald er ein passendes Angebot dafür bekommen würde.

Downer war auf dem Weg, ein Manuskript bei der Redaktion eines Magazins abzugeben. Die Redaktion lag in einer wenig vornehmen Stadtgegend, und er kam durch viele kleine Straßen. Er machte gerade an einer Straßenecke halt, an der ein kleines Warenhaus stand, als eine junge Dame, die ein Paket unter dem Arm trug, aus der Tür trat und schnell davonging. Ihre Gestalt kam ihm bekannt vor, und anstatt weiterzugehen, folgte er ihr. Sie bog um eine andere Straßenecke, und bei dieser Gelegenheit konnte er ihr Gesicht einen Augenblick sehen. Es war Stella Nelson. Was mochte sie hier, in dieser Gegend, zu tun haben? Er ging ihr vorsichtig nach.

Vor der Tür eines kleinen Hauses blieb sie stehen, schloß auf und ging hinein. Es war ein sehr kleines Gebäude. Downer merkte sich die Hausnummer und schlenderte die Straße entlang, bis er eine Frau müßig an ihrer Tür stehen sah. Sie hatte die Arme verschränkt und schien nur auf jemand zu warten, der Zeit hatte, mit ihr zu klatschen.

„Nein, Sir, sie wohnt nicht hier“, sagte sie, als Downer fragte und einen falschen Namen nannte.

„Ich bin seit Jahren nicht mehr in dieser Straße gewesen“, bemerkte Downer lächelnd, „es hat sich nicht viel verändert.“

„Hier verändert sich überhaupt nichts“, erwiderte die Frau redselig. „In hundert Jahren wird die Gegend noch genauso aussehen.“

„Und nun glaube ich, die junge Dame zu kennen, die in Nummer 73 wohnt. Es ging ihr sonst immer recht gut.“

„Sie wohnt nicht wirklich hier; sie kommt jeden Morgen und geht abends wieder fort. Sie ist eine vornehme Dame, und doch macht sie die ganze Hausarbeit selbst. Ich habe sogar gesehen, wie sie die Straße gekehrt hat.“

„Wer wohnt denn dort?“

„Ach, ein Seemann, soviel ich weiß. Vielleicht ihr Vater.“

„Ein Seemann? Ein Matrose?“

„So etwas Ähnliches muß er sein. Manchmal ist er monatelang fort, aber sie habe ich früher nie hier gesehen."

Mr. Downer sog an seiner kalten Zigarre. Er witterte einen neuen Skandal.

„Er ist wohl ein hübscher Kerl – groß und schlank?"

Sie schüttelte den Kopf.

„Man kann nicht gerade behaupten, daß er sehr gut aussieht. Obendrein ist er jetzt krank, und ich glaube, daß sie gekommen ist, um ihn zu pflegen. Sie hat es zu etwas gebracht in der Welt, hat aber ihren alten Vater nicht vergessen. Das finde ich nett von ihr."

Die Frau war nun im besten Fahrwasser und wollte einen längeren Vortrag über junge Mädchen im allgemeinen halten, doch Mr. Downer wußte genug. Er zog den Hut tiefer ins Gesicht, nahm den Schirm von einem Arm unter den anderen und ging den Weg zurück, den er gekommen war.

Es war bezeichnend für ihn, daß er die Frau mitten in ihrer Erzählung einfach stehenließ, ohne sich zu entschuldigen. Er hatte erfahren, was er wissen wollte, das genügte. Er gab sich zwar die größte Mühe, neue Bekanntschaften zu machen, aber er verschwendete keinen Augenblick damit, nutzlose Bekanntschaften fortzusetzen.

Nach seinem Besuch auf der Redaktion kam er auf seinem Weg zum Bahnhof an Scotland Yard vorbei. Er blieb ein wenig stehen und überlegte. Nachdem er einen Entschluß gefaßt hatte, ging er auf das düstere Gebäude zu.

„Doktor Macleod ist im Laboratorium, Mr. Downer." Der Sergeant in der Portierloge schüttelte den Kopf. „Ich glaube nicht, daß er Besuch empfängt." Er dämpfte seine Stimme. „Er ist mit dem Giftmord beschäftigt – Sie wissen doch, die Frau, die von ihrem Mann umgebracht wurde – Fall Sweitzer. Inspektor Reeder bearbeitet die Sache. Aber der Doktor hat die ärztliche Untersuchung zu machen. Heute nachmittag hat er den berühmten Spezialisten Tensey zugezogen. Das wäre eine Geschichte für Sie."

Downer nickte. Er hatte selbst schon die Absicht gehabt, diesen Fall aufzugreifen. Der 'Daily Globe Herald' hatte ihn dazu aufgefordert, aber diese Zeitung zahlte bekanntermaßen etwas schlecht.

„Sehen Sie einmal zu, ob er sich sprechen läßt, und wenn es möglich ist, geben Sie ihm meine Karte."

Der Beamte verschwand. Es dauerte einige Zeit, bis er wieder erschien und mit der Visitenkarte winkte: „Kommen Sie, Mr. Downer."

Andy trug noch seinen weißen Arbeitskittel. Er wusch sich gerade die Hände, als Downer eintrat.

„Nehmen Sie Platz. Ich kann Ihnen nicht viel über diesen Fall mitteilen. Die Obduktion der Leiche ist noch nicht beendet, aber Sie können schreiben, daß Sweitzer heute morgen verhaftet wurde, als er an Bord eines französischen Passagierdampfers ging."

Andy trug Downer nichts nach. Der Mann mußte ja schließlich auch leben. Zweifellos war er sonst sehr gewissenhaft in seinen Berichten und hatte die Polizei bei ihren Nachforschungen früher wirksam unterstützt. Das würde auch in Zukunft der Fall sein.

„Ich bin nicht deswegen hergekommen. Die Nachricht von seiner Verhaftung wird ja sowieso in den Abendzeitungen erscheinen." Downer warf seinen Zigarrenstummel in den Papierkorb. „Ich kam, um mit Ihnen über Miss Nelson zu sprechen."

Andy hatte sich die Hände abgetrocknet und hängte das Handtuch auf.

„Ich dachte, Ihr Interesse an Miss Nelson hätte sich inzwischen verflüchtigt. Was haben Sie denn schon wieder entdeckt?"

„Sie ist hier in London."

„Hier?"

Andys Überraschung war nicht geheuchelt.

„Wohnt sie hier – oder haben Sie sie nur auf der Straße gesehen?"

„Ich weiß nicht, wo sie wohnt, aber seit zwei Wochen besucht sie regelmäßig einen kranken Matrosen in der Castle Street Nummer 73."

„Castle Street Nummer 73?"

Downer hatte den Eindruck, daß diese Nachricht Andy irgendwie beunruhigte.

„Das ist doch eine ziemlich armselige Gegend, nicht wahr?"

Downer nickte. „Ich dachte, es würde Sie interessieren."

„Ich wüßte nicht, warum sie nicht einen kranken Matrosen pflegen sollte."

„Nein, da ist nichts dabei."

„Sie wissen doch wahrscheinlich, daß Miss Nelson eine ausgebildete Krankenpflegerin ist – im Krieg war sie lange in Lazaretten tätig."

„Das wußte ich allerdings nicht." Downer nahm sein Etui heraus und nahm sich eine neue Zigarre. „Vielleicht setzt sie jetzt ihre guten Werke fort."

„Sehr wahrscheinlich."

Downer erhob sich.

„Ich dachte schon daran, nächste Woche einmal wieder nach Beverley zu gehen, vielleicht kann man dort einen neuen Anhaltspunkt finden."

„Auf Ihren alten Gewährsmann können Sie wohl nicht mehr rechnen", sagte Andy lächelnd.

„Sie meinen Wilmot?"

Andy nickte.

„Das ist ein merkwürdiger Mensch." Downer steckte seine Zigarre an. „Was treibt der denn eigentlich? Er muß doch irgend ein Büro hier in der Stadt haben?"

„Ich weiß es nicht, ich habe mich noch nie darum gekümmert."

„Könnte er vielleicht mit Albert Selim identisch sein?"

„Der Gedanke ist mir auch schon gekommen, aber ich habe ihn nicht weiter verfolgt. Warum versuchen Sie sich nicht an dieser Aufgabe? Ich glaube, Sie würden eine glänzende Geschichte daraus machen."

23

Andy atmete erleichtert auf, als Downer gegangen war, der ihm eine so überraschende Nachricht gebracht hatte. Er hatte von Stella weder etwas gesehen noch gehört, seitdem er Beverley verlassen hatte. Es war nur ein Brief von ihrem Vater gekommen, in dem er ihm mitteilte, daß sie sich einen Monat bei Verwandten aufhalten wollte. Kenneth Nelson hatte sich offenbar damit zufriedengegeben. Es wäre Andy nicht schwergefallen, die Personalien des kranken Matrosen feststellen zu lassen, aber er wollte Stella nicht nachspionieren, welches Geheimnis sie auch haben mochte. Noch mehr allerdings haßte er die Unruhe, die ihn befallen hatte, als er in die Stadt zurückgekehrt war. Das Leben hatte viel von seinem Reiz für ihn verloren, seitdem er das Mädchen nicht mehr sah. War er gekränkt? Ja, er war ein wenig verletzt, weil sie mit ihren Sorgen nicht zu ihm gekommen war. Er wünschte, er hätte Downer gefragt, ob sie noch einen Verband trug. Warum hatte sie ihm nicht alles erzählt? Er hatte es erst von anderer Seite hören müssen – und das verletzte ihn.

Der kranke Matrose –? Er zuckte die Schultern. Stella hatte niemandem Rechenschaft abzulegen. Wenn es ihr gefiel, ihre Zeit einem armen Kranken zu widmen, so war das ihre Sache. Und doch war er neugierig, wer dieser Kranke wohl sein mochte. Das redete er sich aber nur ein, denn in Wirklichkeit wollte er Stella wiedersehen.

Er setzte sich hin, um einen Brief an sie zu schreiben. Aber nach drei vergeblichen Versuchen faßte er einen anderen Entschluß. Sie kannte ihn gut genug, daß sie nicht glauben würde, er wolle sie bespitzeln oder etwas gegen sie unternehmen.

Er nahm seinen Hut und machte sich auf den Weg nach der Castle Street. Er wollte zu Fuß gehen. Unterwegs überlegte er, ob er in das Haus gehen solle oder nicht; aber als er vor Nr. 73 angekommen war, zögerte er keinen Augenblick zu klopfen.

Er hörte Stimmen flüstern und Treppen knacken. Nach kurzer Zeit öffnete sich die Tür. Stella wurde verlegen, als sie ihn sah.

„Ach!“ Zum erstenmal sah er sie verwirrt. „Das ist aber eine Überraschung, Andrew! Wie hast du denn erfahren, daß ich hier bin? Ich machte hier nur einen Besuch.“

Sie war sichtlich nervös. Aber noch seltsamer war es, daß sie mitten in der Türöffnung stand und keine Anstalten machte, ihn hereinzubitten.

„Ich wollte mich einmal nach dir umsehen“, erwiderte Andy ruhig. „Ich habe gehört, daß du hier jemand pflegst.“

„Wer hat dir das gesagt? Vater weiß es doch nicht?“ fragte sie schnell.

Sie war rot geworden. Es schien ihr entsetzlich peinlich zu sein, daß er sie in dieser Lage antraf. Niedergeschlagen wandte er sich wieder zum Gehen, aber sie hielt ihn zurück.

„Willst du nicht einen Augenblick warten?“

Sie ging den Gang entlang, trat in ein Zimmer und kam gleich wieder heraus.

„Komm bitte herein. Ich möchte dir meinen Patienten vorstellen.“

Andy zögerte einen Augenblick, dann folgte er ihr. Sie stand im Zimmer und hielt die Tür für ihn offen. Vom Gang aus konnte er nur das Fußende eines Bettes sehen.

„Komm nur herein“, sagte sie noch einmal.

Andy trat näher und wollte seinen Augen nicht trauen, als er den Kranken sah – es war Scottie.

„Donnerwetter!“ Andys Staunen war begreiflich.

Scottie sah nicht sehr krank aus und war vollständig angezogen, obwohl er unter einer leichten Decke lag.

„Was ist denn mit Ihnen los, Scottie?“

„Ich habe eine böse Malaria mit allerhand Nebenerscheinungen“, erwiderte Scottie prompt.

„Was fehlt ihm?“ wandte sich Andy an Stella.

Sie sah zu Scottie hinüber, dann schaute sie wieder Andy an.

„Ich muß es wohl sagen. Scottie hat sich verletzt und wollte zu keinem Arzt gehen. Ich bin ja Krankenpflegerin. Obwohl es eine schreckliche Wunde war, ist sie doch recht gut geheilt.“

Scottie nickte.

„Stimmt auffallend, Macleod. Bei allem Respekt vor Ihrer Kunst muß ich doch sagen, daß sie der einzige mir bekannte Mensch ist, der ein Wunder getan hat.“

„Sie haben sich also verletzt – doch nicht etwa an der Hand?“

Scottie nickte wieder.

„Vielleicht durch einen Schuß, den ein wütender Hausbesitzer abgab, in dessen Haus eingebrochen wurde?“

„Er hat schon wieder alles herausgebracht“, sagte Scottie ärgerlich. „Ich war zufällig im Park und lief ihm gerade in die Schußlinie.“

„Ich verstehe.“ Andy war erleichtert. „Dann waren Sie es also, dessen Hand verletzt wurde. Und Miss Nelson nahm Sie mit auf ihr Zimmer, um Sie zu verbinden. Ich bemerkte aber nichts von Ihrer Verletzung, als Sie damals von Beverley fortgingen.“

„Ich hatte doch meine Hände in die Hosentaschen gesteckt. Ich hatte verdammte Schmerzen, das können Sie mir glauben.“

Stella legte ihre Hand auf seinen Arm.

„Mr. Scottie war schwer verletzt, und wenn er zu einem Arzt gegangen wäre, hätte das doch allerhand unangenehme Folgen gehabt. Die Polizei suchte doch gerade einen Mann mit einer verletzten Hand."

„Sie also brachen in Beverley Hall ein?" Andy setzte sich. Er schaute Scottie düster an, der sich aber nicht im mindesten einschüchtern ließ. „Wozu dann all dies Gerede von Ihrer Umkehr?"

„Sie schreitet dauernd fort", erwiderte Scottie vergnügt. „Ich brauche mich ja jetzt nicht länger zu verstellen. Sie sollen die Wahrheit erfahren, Macleod", sagte er dann mit überzeugender Offenheit. „Ich hatte die Vermutung, daß der Mann, der Sie und Wilmot damals bedrohte, ein Diener von Beverley Hall war, und ich bin dort hingegangen, um Nachforschungen anzustellen. Ich wollte vor allen Dingen diesen Trauschein wieder zurückholen."

„Welcher Diener soll es denn gewesen sein?"

„Ich wußte nichts Genaues und weiß auch heute noch nicht, welcher es gewesen ist. Vielleicht wäre es auch besser gewesen, ich hätte mit Ihnen darüber gesprochen, und Sie wären mit Salter der Sache nachgegangen. Ich bin überzeugt, daß es ein Diener von Beverley Hall war. Ich habe ihn nämlich gesehen. Nachdem Sie mir erzählt hatten, was in Wilmots Wohnung passierte, bin ich heimlich aus dem Haus geschlichen und kam auf Salters Gelände. Ich dachte mir schon immer, daß Merrivans Mörder auf diesem Weg entkommen ist. Ich vermutete längst, daß es einer der Parkwächter sein müßte, und das stimmt auch ganz sicher."

„Was!"

Scottie nickte.

„Sehen Sie, die Parkwächter waren die einzigen, die in der Nacht draußen waren und berechtigt sind, den Park und das Gelände von Mr. Salter zu betreten. Ich erzählte Ihnen doch schon von dem Mann, den ich damals im Obstgarten sah. Ich sagte Ihnen allerdings nicht, daß er wie ein Parkwächter gekleidet war – er trug einen braunen Manchesteranzug und Gamaschen –"

„Warum haben Sie mir denn das nicht gleich gesagt?"

„Weil ich auch einmal ein wenig Detektiv spielen wollte. Es hätte mir einen Heidenspaß gemacht, zu Ihnen zu kommen und zu sagen: 'Macleod, darf ich Ihnen den Mörder Merrivans und Sweenys vorstellen?' Das war natürlich verrückt, das gebe ich zu. Aber schließlich war es doch begreiflich."

„Was hat sich denn in jener Nacht zugetragen?“

„Ich kam in den Park und ging geradenwegs auf das Haus zu. Wenn sich der Bursche, der in Wilmots Wohnung gewesen war, nicht sehr beeilte, mußte ich ihn noch einholen, wenn meine Vermutung richtig war. Und ich habe ihn tatsächlich gesehen! Ich lag hinter einem Gebüsch, als er vorbeikam. Ich hätte meine Hand ausstrecken und ihn berühren können. Aber ich tat es nicht. Er ging direkt ins Haus.“

„Auf welchem Weg?“

„Er kletterte durch ein Fenster, durch dasselbe Fenster, das ich später öffnete, obwohl es nicht so einfach war. Es war kein Licht in dem Raum, als er das Fenster hinter sich schloß. Ich dachte schon, ich hätte seine Spur verloren, aber dann wurde es drinnen hell – die kleine Lampe auf Mr. Salters Schreibtisch brannte.“

„War das in der Bibliothek?“

Scottie nickte.

„Er kehrte mir den Rücken zu und beugte sich über den Tisch, als ob er etwas betrachtete.“

„War es ein Parkwächter?“

„Ja. Aber welcher, hätte ich nicht sagen können. Ich war früher noch nie auf dem Gut, obwohl ich ein paar Kollegen kenne, die schon dort waren.“

Andy starrte ihn an.

„Sind Sie Ihrer Sache auch ganz sicher?“

„Vollkommen. Ich sah ihn nur ein paar Sekunden, er zog eine Schublade auf, dann noch eine andere, und dann drehte er plötzlich das Licht wieder aus. Zuerst verstand ich nicht warum, aber später wurde es mir klar. Ich hatte kaum Zeit, mich zu bücken, als er zum Fenster trat und die Jalousie herunterließ. Gleich darauf brannte das Licht wieder, und es blieb vier bis fünf Minuten hell. Dann wurde es aufs neue dunkel, und ich wartete lange, bevor ich mich rührte. Ich dachte nämlich, daß er aus der Vordertür herauskommen würde. Aber ich irrte mich. Erst nach einer Stunde sah ich, wie er den hinteren Ausgang benützte. Ich schlich Jim das Haus herum und überlegte, was ich nun tun sollte, als sich eine Tür nach dem Hof zu öffnete und ein Mann heraustrat. Aus seiner Kleidung schloß ich, daß es derselbe war wie vorher. Ich beobachtete ihn, bis er außer Sicht kam.“

„Haben Sie denn sein Gesicht nicht gesehen?“

„Dazu war es zu dunkel. Es war aber ein Parkwächter und bestimmt derjenige, den ich vorher schon gesehen hatte – darauf könnte ich schwören. Nachdem er verschwunden war, ging ich wieder zur Hauptfront und versuchte das Fenster zu öffnen, wo er eingestiegen war. Aber er hatte den Riegel von innen vorgeschoben, und es dauerte eine Viertelstunde, bis ich es öffnen konnte. Ich kletterte dann in die Bibliothek. Ich gebe zu, daß ich dort etwas Unordnung gemacht habe, aber ich schwöre Ihnen, Macleod, daß ich keine Wertsachen stehlen wollte. Es ist nicht meine Gewohnheit, in ein Haus einzubrechen, ohne zu wissen, wo die Wertsachen liegen."

„Das dachte ich mir auch, Scottie, aber ich verstehe nicht, warum Sie in der Bibliothek alles durchwühlt haben?"

„Ich weiß es selbst nicht. Ich habe nur die Vorstellung gehabt, daß der Parkwächter eingebrochen war, um Privatpapiere zu lesen, und ich hätte zu gern herausgebracht, wonach er gesucht hatte."

„Haben Sie etwas verbrannt?"

„Verbrannt?" fragte Scottie erstaunt. „Nein – wie kommen Sie denn darauf?"

„Erzählen Sie nur weiter."

„Es ist nicht mehr viel zu erzählen. Ich war töricht genug, im Haus herumzulaufen, und geriet dabei in Salters Schlafzimmer. Ich wünschte, ich hätte die Dummheit nicht begangen", sagte Scottie reuevoll und betrachtete seine verbundene Hand. Stella hatte keinen Blick von Andy gewandt. Sie hatte diese Geschichte wieder und wieder gehört und ergänzte nun Scotties Mitteilungen.

„Als Scottie zurückkam und mir alles erzählte, war ich sehr bestürzt. Zuerst dachte ich, er habe selbst eingebrochen, aber als er mir dann erklärte, daß er auf der Spur des Mörders gewesen war, tat ich alles, was in meinen Kräften stand, um ihm zu helfen. Er meinte, man würde ihn verhaften, da sicher alle Ärzte der Umgegend benachrichtigt würden, auf einen Mann mit einer Schußwunde in der Hand zu achten. Mr. Scottie erzählte, daß er ein kleines Haus in London habe, und ich versprach ihm, jeden Tag zu kommen und seine Hand zu verbinden." Andy atmete erleichtert auf.

„Nach meiner beruflichen Erfahrung müßte ich Scottie eigentlich für einen Lügner halten, aber ein Gefühl sagt mir, daß er die Wahrheit spricht. Sie beide machen mir fast ebenso viele Schwierigkeiten wie Albert Selim. Können Sie Ihre Hand noch gebrauchen, Scottie?"

„O ja", entgegnete Scottie mit Genugtuung, „es tut mir leid, daß ich Sie enttäuschen muß, Macleod, aber meine Hand ist vollständig in Ordnung. Ich bin beinahe wiederhergestellt. Wenn Sie heute nicht gekommen wären, hätten Sie mich nicht mehr gesehen. Und ich wünschte wirklich, Sie hätten von der ganzen Geschichte nichts erfahren."

„Ich mußte aber kommen", sagte Andy langsam. „Downer hat Sie hier aufgestöbert, das heißt, er war auf der Spur von Miss Nelson. Wer wohnt übrigens oben?"

Scottie sah einen Augenblick schuldbewußt aus.

„Ein alter Freund von mir", erwiderte er dann möglichst gleichgültig. „Ein ehemaliger Kollege."

„Haben Sie ihn in Dartmoor kennengelernt?" fragte Andy ironisch. Scottie lächelte nachsichtig.

„Er ist wirklich nur ein alter Freund von mir. Sie kennen ihn nicht, lassen wir ihn in Ruhe", fügte er hastig hinzu, „er ist so scheu."

Andy war taktvoll und fragte nicht weiter.

24

Andy wartete, während Stella Scottie beschwor, seine Hand mindestens zweimal am Tag zu verbinden, und ihn in der Anwendung der verschiedenen Salben und Puder unterwies.

Andy begleitete sie. Er war unendlich glücklich, sie wiederzusehen, selbst unter diesen etwas sonderbaren Umständen. Und weil er so glücklich war, schwieg er. Aber sie dachte, er sei böse auf sie.

„Andrew, ich tat es nur, weil ich dachte, es sei in deinem Sinn." Es waren ihre ersten Worte, seit sie das Haus verlassen hatten.

„Wovon sprichst du?“ fragte er schnell und fuhr aus seinen Gedanken auf. „Daß du dich um Scottie gekümmert hast? Das war sehr lieb von dir. Es ist doch eigentlich eine Schwäche von mir, alles zu glauben, was Scottie sagt. In neunundneunzig von hundert Fällen wäre die Geschichte von dem Parkwächter auch Unsinn gewesen. Aber ich bin überzeugt, daß er hier die Wahrheit sagt. Ich werde wieder nach Beverley Green gehen. Dieser Parkwächter gibt mir einen Grund.“

„Brauchst du denn überhaupt einen Grund“, fragte sie. „Komm doch gleich heute abend.“

„Ich habe auch schon daran gedacht, aber ... es würde besser aussehen ...“

Sie wurde rot. „Du meinst, die Leute würden reden, wenn wir zusammen zurückkommen, nachdem wir am gleichen Tag verschwunden sind?“ fragte sie ruhig. „Es ist doch merkwürdig, daß solche Dinge den Männern eher auffallen als uns Frauen. Jetzt mußt du aber warten, bis ich meinen Koffer gepackt habe. Du kannst ihn nachher tragen.“

Er ging vor dem kleinen Haus, in dem sie ein Zimmer gemietet hatte, auf und ab. Er war mit sich und der Welt zufrieden und so glücklich wie noch nie. In derselben Stimmung war auch Stella, als sie eilig ihren Koffer fertig machte, da sie fürchtete, ihn zu lange aufzuhalten. Sie mußte aber noch ihre Miete bezahlen und stand wie auf Kohlen, während die Wirtin fortging, um Geld zu wechseln. Erst nach fünf Minuten kam sie wieder. Stella nahm das Geld, griff nach ihrem Koffer und trat schnell aus dem Haus. Enttäuscht schaute sie die Straße hinauf und hinunter. Andy war verschwunden. Sie wartete noch zehn Minuten, bevor sie einen kleinen Jungen nach einem Auto schickte. Als der Wagen kam und sie einstieg, hätte sie weinen mögen.

Andy war so in Gedanken vertieft, daß er kaum auf seine Umgebung achtete. Auf der gegenüberliegenden Seite der Straße erhob sich eine hohe Mauer, hinter der sich das Glasdach einer Werkstatt zeigte. Offensichtlich gehörte diese zu einem der großen Läden in der High Street, deren Rückfront er von hier aus sehen konnte. In der Mauer war eine kleine Tür. Er sah gerade zerstreut hin, als sich diese öffnete und ein Mann heraustrat, dem eine elegant gekleidete Frau ohne Hut folgte. Sie sprachen einen Augenblick miteinander, dann verabschiedete sie sich mit einem Nicken und ging wieder hinein. Der Herr ging mit schnellen Schritten der Hauptstraße zu.

****

Andys Interesse an dem Vorgang war gering, erst als der Herr an der Straßenecke angekommen war und sich umwandte, um einem Auto zu winken, wurde er aufmerksam. Es war Artur Wilmot! Andy hatte den jungen Mann noch nie in der Stadt gesehen, und obwohl er Nachforschungen hatte anstellen lassen, war er doch nicht hinter seinen geheimnisvollen Beruf gekommen. Er schaute sich um und hoffte, Stella aus der Tür kommen zu sehen, dann wurde ihm klar, daß sie mit dem Packen noch nicht fertig sein konnte. Aber diese Gelegenheit durfte er sich nicht entgehen lassen, und obwohl es eine Ungehörigkeit sondergleichen war, ging er, wenn auch widerstrebend, doch rasch über die Straße, als Wilmot in das Auto stieg. Stella würde es verstehen, er konnte ihr ja morgen alles erklären. Diese Chance würde sich ihm wahrscheinlich nicht wieder bieten, dachte er. Trotzdem verwünschte er Artur Wilmot und hätte ihn am liebsten am Ende der Welt gewußt.

Er rief ein vorüberfahrendes Taxi an.

„Folgen Sie dem Wagen dort", sagte er dem Chauffeur.

****

Trotz der Enttäuschung war Stella froh, wieder nach Beverley Green zu kommen, und ebenso freute sich Kenneth Nelson über ihre Rückkehr. Er nahm sie mit in das Atelier und zeigte ihr dort ein neues Gemälde und erzählte ihr, wie sparsam die neue Köchin sei. Trotzdem war sie sehr niedergeschlagen. Gleichgültig las sie einen Brief von Artur Wilmot, ohne zunächst zu wissen, wer der Schreiber war.

****

„Nun erzähle einmal, was du inzwischen alles getan und erlebt hast", sagte ihr Vater strahlend. „Die Leute haben viel nach dir gefragt, ich sagte ihnen, du hättest noch einen Spezialkursus in Krankenpflege genommen, wie du mir ja auch geschrieben hast. Wie bist du denn eigentlich darauf gekommen, Liebling? Ich kann mir ja denken, daß die Ereignisse dich von hier fortgetrieben haben, ich wundere mich nicht darüber. Hast du unseren Freund Macleod einmal wiedergesehen?"

„Ja, ich habe ihn kurz gesprochen."

„Die Leute reden jetzt nicht mehr über den armen Merrivan", fuhr Nelson fort. „Und ich muß sagen, man ist ordentlich erlöst. Artur Wilmot will das Haus verkaufen – denke dir, man hat kein Testament gefunden. Ein merkwürdiger Mensch, dieser Wilmot! Er starrt mich immer an, als ob er beleidigt sei. Dabei hat er Glück gehabt, daß ich ihn an jenem Abend nicht getroffen habe, nachdem ich den Artikel dieses verdammten Zeitungsreporters gelesen hatte."

Sie hörte kaum zu. Beverley Green ohne Andy hatte keinen Reiz mehr für sie. Sie konnte sich nicht vorstellen, daß sie ohne ihn hier leben sollte, und doch hatte sie schon drei Jahre da gewohnt, bevor sie ihn kennenlernte. Freilich war sie damals noch ein halbes Kind gewesen.

Ob Andy je zurückkommen würde? Sicher hatte er sich alles überlegt, während sie ihre Sachen packte, und sich entschlossen, die Freundschaft mit ihr abzubrechen. Es war grausam von ihm, sie ohne ein Wort des Abschieds zu verlassen – außerdem war es feige.

„Ich gehe jetzt zu Sheppards zu einer Bridge-Partie. Willst du mitkommen? Sie würden sich bestimmt freuen."

„Nein, danke Vater, bitte geh ohne mich."

Sie war froh, daß sie allein sein konnte. Natürlich hatte Andy Scotties Erzählung nicht geglaubt. Schon während er auf der Straße so liebenswürdig mit ihr sprach, war er im geheimen böse auf sie und hatte nur auf eine günstige Gelegenheit gewartet, davonlaufen zu können. Sie wünschte, sie hätte Andy wieder hassen können. Sie hatte Scottie doch nur geholfen, weil sie dachte, damit ihm zu helfen! Ihre Freundschaft konnte doch nicht so enden! Sie würde ihm schreiben.

Sie hatte eben 'Lieber Doktor Macleod' geschrieben, als sie das Mädchen die Haustür öffnen hörte. Sie war in Gedanken so mit dem Brief beschäftigt, daß sie das schwache Klingeln nicht gehört hatte, und als sie nun aufschaute, sah sie in das lächelnde Gesicht Andys. Ohne darauf zu achten, daß das Mädchen dabeistand, lief sie ihm entgegen und ergriff seine Hände.

„Bist du doch gekommen? Das war aber nicht nett von dir, Andy! Warum hast du mich im Stich gelassen?"

„Ja, es war recht unhöflich. Aber ich werde dir jetzt auch die lustigste Geschichte erzählen – du wirst lachen, Stella."

Sie schien ihn selbst köstlich zu amüsieren, denn er lachte laut auf.

„Ich will aber gar nicht lachen", erwiderte sie eigensinnig. „Ich wollte dir eben einen schrecklich bösen Brief schreiben. Nein, du darfst ihn nicht sehen!"

Aber er hatte den Bogen schon genommen.

„Lieber Doktor Macleod!" Er lächelte vergnügt. „Ich würde noch etwas förmlicher geschrieben haben."

„Nun erzähl deine amüsante Geschichte. Ich bin ja so froh, daß du wieder da bist. Warum bist du denn fortgelaufen, Andy?“

„Weil ich gerade Artur Wilmot die Straße entlangkommen sah. Er war so geheimnisvoll. Ich wollte seinen Beruf ergründen. Kennst du die Firma Flora?“

„Flora?“ fragte sie erstaunt.

„Hast du nie etwas von Flora gehört? Ich dachte, dieser Name wäre allen Frauen geläufig.“

„Ich kenne ein Hutgeschäft Flora.“

Er nickte.

„Flora, die berühmte Modistin, ist Artur Wilmot!“ sagte er feierlich.

Sie war sprachlos.

„Artur Wilmot! Aber das ist doch lächerlich! Artur versteht doch gar nichts von Hüten.“

„Im Gegenteil, er ist eine Autorität auf diesem Gebiet“, erwiderte Andy lachend. „Als ich vor einiger Zeit zu ihm kam, sah ich einen halbfertigen Damenhut auf dem Tisch liegen. Ich habe damals recht böse Schlüsse daraus gezogen. Das also ist Arturs Geheimnis. Er ist Damenhutfabrikant! Und er ist wirklich die berühmte Flora. Er besitzt drei Geschäfte in der Stadt, ich bin ihm von einem zum anderen gefolgt. Anscheinend fährt er immer abends herum, um die Geldeingänge in Empfang zu nehmen. Aber warum sollte er denn auch kein Hutmacher sein?“

„Warte einmal.“ Sie ging zu ihrem Schreibtisch und kam mit einem Brief zurück.

„Dieses Schreiben fand ich vor, als ich zurückkam.“

Es war eine formelle, kurze Nachricht, in der Mr. Artur Wilmot Miss Stella Nelson bat, seinem Rechtsanwalt alle Einzelheiten über ihre Finanzgeschäfte mit dem verstorbenen Mr. Darius Merrivan mitzuteilen. Andy las das Schreiben durch. Sie begegneten Artur Wilmot am nächsten Morgen im Golfklub. Er grüßte sehr kühl mit einer kleinen Verbeugung.

„Guten Morgen, Artur“, sagte Stella liebenswürdig. „Ich habe Ihren Brief erhalten.“ Er wurde rot.

„Vielleicht besprechen Sie die Angelegenheit mit Mr. Vetch“, erwiderte er etwas hochmütig und ging zur Abschlagstelle.

„O Flora“, sagte sie halblaut, aber Artur Wilmot hatte es doch gehört. Er war an dem Tag ein schlechter Golfspieler.

25

Downer kam auf dem Weg zu seinem Haus an der Polizeistation in Sea Beach vorbei und wurde auf ein Plakat aufmerksam, das draußen angeschlagen war.

Es war gut sichtbar unter anderen Bekanntmachungen über unaufgeklärte Leichenfunde, durchgebrannte Kassierer und steckbrieflich gesuchte Personen angebracht. Er hatte aber kaum die ersten Worte gelesen, als ihm einfiel, daß er diesen Anschlag schon in der Stadt gesehen hatte.

'Es werden genaue Angaben gesucht über Albert Selim (mit anderem Namen Jos. Wentworth). Der Betreffende wird gesucht in Verbindung mit den Morden an Darius Merrivan und John Albert Sweeny, die in der Nacht zum 24. Juni begangen wurden.

Selim ist ein Geldverleiher im Alter von etwa fünfundfünfzig Jahren. Er geht etwas gebückt, trägt eine goldgeränderte Brille und ist glattrasiert. Er wird wahrscheinlich versuchen, Schecks mit der Unterschrift „Jos. Wentworth“ einzuwechseln. Vermutlich ist er im Besitz großer Barsummen. Jede Angabe, die zu seiner Ergreifung führt, wird belohnt. Alle Informationen sind zu richten an Dr. A. Macleod, Scotland Yard, oder an die nächste Polizeistation.'

Downer war ärgerlich. Alles, was ihn an Beverley Green erinnerte, verstimmte ihn. Er hatte zuversichtlich geglaubt, die Lösung gefunden zu haben, als Artur Wilmot ihm damals im Vertrauen mitgeteilt hatte, daß Stella Nelson in der Mondnacht bei Merrivan gewesen war. Wenn sich die Dinge so entwickelt hätten, wie Downer gehofft hatte, so wäre er restlos glücklich gewesen, soweit ihm das überhaupt möglich war. Er stand Stella nicht feindselig gegenüber, in gewisser Hinsicht bewunderte er sie sogar. Er wußte ebensogut, was man an Frauen wie an Architektur zu schätzen hatte. Es hätte ihm auch keinerlei persönliche Genugtuung bereitet, Andrew Macleod zu ruinieren, denn er achtete ihn wirklich. Nur kannte er in beruflichen Dingen keine Freunde. Wenn Downers Braut – vorausgesetzt, er hätte eine gehabt, von seinem besten Freund ermordet worden wäre, hätte er zuerst den Nachrichtenwert dieses Ereignisses abgeschätzt. Er wäre zwar sehr unglücklich gewesen, aber er hätte dennoch das Begräbnis des Opfers und die Hinrichtung des Mörders wirkungsvoll schildern können. Er war der ideale Berichterstatter und ein Vorbild für alle jüngeren Kollegen.

Sein Häuschen lag an der Küste und bestand aus einem Wohnzimmer, einem Schlafzimmer, Bad und Küche. Er hatte noch eine große Holzveranda mit Haken für eine Hängematte und einen winzigen 'Garten', in dem im Herbst wilde Chrysanthemen wuchsen. Wenigstens wurde ihm so erzählt. Er selbst kam nur im Sommer her, also wußte er es nicht. Er öffnete die Fenster und entzündete eine Gasflamme unter einem Wasserkessel. Die Zimmer waren einfach und behaglich möbliert. Zweimal in der Woche kam die Witwe eines Fischers und brachte die Wohnung in Ordnung.

Mr. Downer nahm Papiere aus seiner Tasche, unter denen sich auch Fahnenabzüge befanden. Er war gerade dabei, sein neues Buch zu vollenden. 'Einige theoretische Lösungen unaufgeklärter Kriminalfälle' hatte er es genannt. Sein Verleger, der eine große Familie hatte und natürlich ängstlich darauf bedacht war, aus dem Buch Geld zu schlagen, hatte aber den Titel geändert in 'Enthüllung geheimnisvoller Morde'.

Bei dem Manuskript lag ein Brief des Verlegers, den Downer am Morgen erhalten hatte.

'Wenn Sie die Beverley-Morde in Ihrem Buch noch behandeln könnten, würde es einen ungeheuren Erfolg haben. Wir brauchen etwas Sensationelles, Zugkräftiges. Das Publikum würde eine Stellungnahme zu diesen Verbrechen geradezu verschlingen.'

„Diese verdammten Beverley-Morde!" brummte Downer ärgerlich.

Aber wenn er auch ärgerlich davon sprach, konnte er doch nicht verhindern, daß sich sein Geist fortwährend mit diesem Verbrechen beschäftigte. Wenn er auf seinem geflochtenen Stuhl saß und auf das Meer schaute, wenn er an der Küste entlangging und die Spitze seines Schirms bei jedem zweiten Schritt in den Boden bohrte, oder wenn er im Bett lag und auf den Spruch über der Tür starrte, den sein Vorgänger dort angebracht hatte, so durchbrach der Gedanke an die Morde in Beverley Green immer wieder alle anderen Betrachtungen.

Zwei Männer waren ermordet worden. Wahrscheinlich war Albert Selim der Täter, über den man so gut wie nichts wußte. Albert oder X – man konnte ihn nur als eine unbekannte Größe bezeichnen – konnte nicht gefunden werden, weil er praktisch nicht existierte. Downer hatte alle Gedanken an Stellas Schuld fahrenlassen. Er erkannte, daß der Verdacht nur auf sie gefallen war, weil Andy sie beschützen wollte.

Und hier war er nun und dachte wieder über diesen verteufelten Fall nach. Er legte sich auf die andere Seite, um noch eine Stunde zu schlafen, obwohl die Sonne schon am Himmel stand und die Wand mit leuchtenden Streifen vergoldete, die größer oder kleiner wurden, wenn die Brise die Jalousien bewegte.

Schließlich erhob er sich, ging in die Küche und machte sich daran, sein Frühstück vorzubereiten. Nachdem er ein Bad genommen hatte, brodelte das Wasser, und der Schinken war knusperig geworden.

Er betrat das Wohnzimmer und zog die Jalousien hoch.

„Großer Gott!" entfuhr es Downer.

Im Korbstuhl auf der Veranda saß ein Mann, der ihm dem Rücken zukehrte. Er war gut gekleidet. Der eine Schuh, den Downer sehen konnte, war von einer weißen Gamasche bedeckt, eine behandschuhte Hand lag auf dem goldenen Knopf eines Malakkastocks. Downer zog den Riegel zurück, schloß die Tür auf und ging hinaus. Er hatte ziemlich strenge Begriffe über Eigentum und über widerrechtliches Betreten fremden Grund und Bodens.

„Entschuldigen Sie", sagte er in einem Ton, der keinen Zweifel darüber zuließ, wer sich zu entschuldigen hatte. „Sie haben sich wohl geirrt ... aber das ist ja Mr. Salter!"

Salter erhob sich mit liebenswürdigem Lächeln und streckte ihm die Hand hin.

„Werden Sie mir diesen Überfall vergeben, Mr. Downer? Er ist unverzeihlich, ich weiß. Aber ich erinnere mich, daß Sie mir bei Ihrem Besuch in Beverley Hall erzählten, Sie hätten ein Häuschen in Sea Beach. Ich fürchte, ich ließ Sie damals lange warten, aber es war einer meiner schlechten Tage." Er folgte Downer ins Haus.

„Sie wissen nicht, wie ich mich freue, Sie zu sehen", erwiderte der Journalist herzlich. „Ich muß mich nur wegen meiner Kleidung entschuldigen. Ich bin eben erst aufgestanden."

„Aber ich bitte Sie!" Mr. Salter hob abwehrend die Hand. „Ich habe mich zu entschuldigen. Ihr grüner Pyjama harmoniert vollkommen mit diesem entzückenden kleinen Zimmer. Ich fürchtete, daß ich zu früh kommen würde, aber – es ist elf Uhr, und Sea Beach liegt nur eine Stunde von Beverley entfernt."

Während sich Downer anzog, sah sich sein Gast im Raum um.

„Erst gestern dachte ich", sagte Mr. Downer durch die halbgeöffnete Tür seines Schlafzimmers, „wie schade es sei, daß ich keinen Vorwand hatte, Sie noch einmal aufzusuchen. In meinem Beruf lerne ich viele Menschen kennen, aber nur wenige machen Eindruck auf mich. Das klingt, als ob ich Ihnen ein Kompliment machen möchte. Aber ich wäre nicht so töricht, einem Mann wie Ihnen, und, wenn ich so sagen darf, von Ihrem Alter, Schmeicheleien zu sagen."

„Und ich versichere Ihnen, daß ich Sie in Ihrem reizenden Heim nicht gestört hätte …“

„Es ist ja eigentlich nur ein Kaninchenstall“, meinte Downer bescheiden. „Aber ich bin ein Freund des einfachen Lebensstils.“

„Ich wäre wirklich nicht gekommen, wenn mir nicht Ihre liebenswürdige Art bekannt wäre, Mr. Downer.“

Downer hatte in seinem Leben selten Schmeicheleien gehört. Das war etwas ganz Neues für ihn. Sein Beruf war es, in möglichst ausdrucksvollen Worten die Taten anderer zu beschreiben. Es war ihm fremd, daß sich nun jemand gewissermaßen um seine Gunst bewarb, und er war um so mehr interessiert, als dieser Besuch einen geschäftlichen Hintergrund hatte. Mr. Salter war trotz all seiner Liebenswürdigkeit nicht der Mann, der so früh am Tag nur zu seinem Vergnügen einen Besuch machte, um sich mit ihm unterhalten zu können.

„Sie sind sicher gespannt, warum ich gekommen bin?“

Mr. Downer nickte.

„In gewisser Weise ja. Hoffentlich kann ich Ihnen einen kleinen Dienst erweisen. Wenn das der Fall sein sollte, sind Sie mir doppelt willkommen.“

„Es ist kein Dienst, um den ich Sie bitten möchte, im Gegenteil. Ich fürchte nur, meine Bitte könnte Sie beleidigen.“

Mr. Downer lächelte verbindlich.

„Es dürfte Ihnen schwerfallen, mich zu kränken.“

Boyd Salter lehnte sich in den Stuhl zurück.

„Es handelt sich um folgendes“, sagte er schließlich. „Ich möchte Sie fragen, ob Sie einen Auftrag übernehmen würden, den man eigentlich einer Detektivagentur übertragen müßte. Nun habe ich Sie aber doch verletzt.“

„Nein, das haben Sie nicht. Bedenken Sie doch, daß meine berufliche Arbeit der Tätigkeit eines Privatdetektivs sehr ähnlich ist. Er berichtet seinem Auftraggeber, und ich berichte, vielleicht in etwas besserem Englisch und mit etwas mehr Ausführlichkeit der breiten Öffentlichkeit.“

„Und mit größerer Genauigkeit, möchte ich noch hinzufügen. Und deswegen habe ich Sie einem dieser vielen Detektive vorgezogen. Auch Sie waren seinerzeit damit beschäftigt, die Morde in Beverley Green aufzuklären. Aus beruflichen Gründen haben Sie Ihre Arbeit abgebrochen, als sich die Sache in die Länge zog.

Wahrscheinlich hat sie sich nicht mehr genügend bezahlt gemacht. Verzeihen Sie, wenn ich Ihnen derartig materielle Motive unterschiebe. Sie leben von Ihrer Arbeit, und ich nehme an, daß sich Ihr Aufenthalt und Ihre Tätigkeit nach den jeweiligen Wünschen Ihrer Auftraggeber richten."

Mr. Downer nickte.

„Was würden Sie dazu sagen, wenn ich Sie bäte, wieder nach Beverley Green zu kommen und Ihre Nachforschungen fortzusetzen? Ich möchte gerne mehr erfahren, als ich augenblicklich weiß. Besonders möchte ich entdecken, was hinter dem Einbruch in Beverley Hall steckt. Was wollte der Mann in meinem Haus? War unser Freund, Doktor Macleod, eingeweiht in ... in dieses ... Verbrechen? Und was weiß Doktor Macleod? Hat er Anhaltspunkte über Albert Selim, die er seiner vorgesetzten Behörde noch nicht mitgeteilt hat? Wo ist Miss Stella Nelson geblieben?"

„Ich glaube, ich kann mit den Antworten gleich beginnen."

Mr. Downer erzählte ihm von dem Haus in der Castle Street und von Stellas geheimnisvollem Besuch dort.

„Wer ist denn der Kranke?" fragte Boyd Salter, aber hierüber konnte Downer auch keine Auskunft geben.

„Ich glaube, Sie werden entdecken, daß es der Mann ist, der bei mir einbrach."

Downer sah ihn erstaunt an.

„Natürlich! Warum habe ich nicht gleich daran gedacht?"

„Stellen Sie fest, ob es sich wirklich so verhält. Meine Vermutung könnte ja auch falsch sein, aber bei derlei Dingen habe ich gewöhnlich recht, Mr. Downer. Ich weiß, daß Miss Nelson und der Mann – ich glaube, er heißt Scottie – am selben Tag aus Beverley Green verschwanden. Wahrscheinlich ist Scottie der Einbrecher. Sollte er es gewesen sein, so ist er verwundet worden. Aber bitte, denken Sie daran: Doktor Macleod soll unter keinen Umständen erfahren, daß Sie Ihre Nachforschungen wieder aufgenommen haben. Ich weiß nicht, wie Sie das einrichten können, und ich kann Ihnen in dieser Beziehung auch keine Vorschläge machen."

„Verlassen Sie sich da nur auf mich."

Boyd Salter nahm eine Banknote aus der Brieftasche und legte sie auf den Tisch. Es war eine beträchtliche Summe.

„Sie werden Ausgaben haben. Bitte betrachten Sie das als eine Anzahlung."

Mr. Downer stand auf seiner Veranda und beobachtete, wie sein Besucher den Wagen bestieg, der draußen auf ihn gewartet hatte. Dann ging er schmunzelnd in sein Zimmer zurück.

Ich werde sofort in die Stadt zurückfahren, dachte er und schaltete das Bügeleisen ein. Er bügelte sich seine Hosen immer selbst auf.

26

„Mit dem Handwerk mache ich Schluß!“ sagte Scottie entschieden.

„Du bist doch nicht etwa plötzlich fromm geworden?“ fragte Big Martin ängstlich.

Scottie saß auf seinem Bett in dem kleinen Haus in der Castle Street. Big Martin war derselbe, der damals nach oben geeilt war, als Andy an die Haustür geklopft hatte.

Er hieß Big Martin, weil er ungewöhnlich klein war. Es hatte eine Zeit gegeben, in der in ganz London kein geeigneterer Mann zu finden war, wenn es galt, durch ein unglaublich kleines Kellerfenster zu schlüpfen.

Aber später hatte er zu gut gelebt, immer mehr zugenommen und war nun durchaus nicht mehr in der Lage, seinen Spezialberuf irgendwie auszuüben.

Scottie war er schon in vielfacher Hinsicht nützlich gewesen. Er war ein unermüdlicher Zeitungsleser, wußte alles und ersetzte ihm ein ganzes Auskunftsbüro. Er hatte eine unglaubliche Fertigkeit, ein Haus auszukundschaften. Scottie hatte während seines abwechslungsreichen Daseins noch keinen Mann kennengelernt, der dazu geeigneter gewesen wäre.

Gewöhnlich erschien Big Martin als Hausierer an Küchentüren, unterhielt sich mit den Dienstboten und wußte ihnen so interessante Geschichten zu erzählen, daß er immer gern gesehen war. Auf diese Weise konnte er sich viele Informationen verschaffen, die für seine Auftraggeber wertvoll waren.

Scottie war über eine solche Tätigkeit erhaben. Sein Spezialgebiet waren Juwelen, denn um hier auf der Höhe zu sein, mußte man mehr Verstand und Erfahrung besitzen als Big Martin. Trotzdem war ihm der Kleine von großem Nutzen. Er hielt das Haus in der Castle Street während seiner Abwesenheit in Ordnung, erledigte kleine Aufträge, machte die Betten und konnte zur Not auch ein einfaches Essen kochen.

„Nein, fromm bin ich nicht geworden, aber vorsichtig“, brummte Scottie, hauchte seine Brillengläser an und wischte sie mit einem Bettuchzipfel ab. „Hast du schon einmal etwas von dem Wasserkrug und dem Brunnen gehört?“

„Nein“, sagte Big Martin argwöhnisch. „Was ist denn los?“

„Ich habe jetzt genug Geld gemacht, um ein anständiges Leben führen zu können.“

Big Martin legte die Stirn nachdenklich in Falten.

„Wenn du das Ding nicht drehen willst, macht es ein anderer. Sie fordert es ja direkt heraus, sie läuft herum wie ein geschmückter Christbaum.“

Es ist mein Schicksal, dachte Scottie. „Du brauchst mir nichts von ihr zu erzählen“, unterbrach er sein Nachrichtenbüro. „Ich habe sie bereits kennengelernt. Sie heißt Mrs. Crafton-Bonsor, ist aus Amerika und wohnt jetzt in Zimmer 907 im ‘Great Metropolitan Hotel’.“

„Eine Bank hätte nicht genug Geld, um ihre Perlen zu kaufen“, drängte Big Martin. „Sie sind so groß“ – er zeigte die Größe mit Daumen und Zeigefinger. „Und Brillanten! So etwas hast du noch nie gesehen.“

„Ich weiß, aber sie hat sie im Hotel-Safe einschließen lassen“, meinte Scottie.

„Nein“, sagte Big Martin, „das hat sie nicht getan. Meine Kusine ist dort in der Küche beschäftigt, die weiß es. Sie schält dort nämlich Kartoffeln.“

„Wer? Mrs. Bonsor?“

„Nein, meine Kusine.“

Scottie war nachdenklich geworden. Er trommelte mit den Fingern einen Marsch auf seinen Knien und schaute abwesend ins Leere.

„Nein, ich glaube, es geht nicht, Martin“, sagte er schließlich. „Macleod würde doch gleich wissen, daß ich es war, und außerdem…“ Er vollendete den Satz nicht.

Big Martin hätte es doch nicht verstanden, wenn er ihm erzählt hätte, daß er es Stella Nelsons wegen nicht tun könnte. Es wäre nicht richtig gewesen zu sagen, daß Scottie sich gebessert hätte und ein ganz neuer Mensch geworden wäre oder daß er seine früheren Missetaten bereut hätte. Der einzige Beweggrund, sich zu ändern, lag in seiner persönlichen Sicherheit. Er hatte auch wirklich keinen Grund mehr, seine Haut weiter zu Markte zu tragen. Es ging ihm gut; die große Beute aus der Regent Street hatte er gut untergebracht – einer der Käufer war obendrein ein Zeuge, der ihm bei seinem Alibi geholfen hatte. Außerdem hatte er noch größere Reserven versteckt, so daß er verhältnismäßig gut und bequem bis an sein Ende leben konnte.

„Ich werde Mrs. Bonsor einmal besuchen", sagte er. Big Martin rieb sich vergnügt die Hände. „Ich glaube nicht, daß sie so dumm ist, wie du sie dir vorstellst. Sie kommt aus Santa Barbara – vielleicht kennt sie einige meiner Freunde an der Westküste. Da wir gerade von Freunden reden, Martin, ich habe dich gestern abend mit einem fein gekleideten Herrn aus Finnagins Lokal herauskommen sehen."

Big Martin machte ein dummes Gesicht.

„Es war ein Zeitungsmensch."

„Welch eine Neuigkeit", sagte Scottie ironisch. „Als ob ich nicht wüßte, wer es war. Was wollte er denn von dir?"

„Er fragte mich über eine Sache aus, die schon vier Jahre zurückliegt", erwiderte Big Martin. „Ich bekam damals achtzehn Monate, du weißt doch – die Geschichte mit Harry Weston."

„Wenn er sich nicht mehr darauf besinnen konnte, hätte er es doch leicht herausbringen können. Jeder Polizist hätte es gewußt."

„Er war sehr nett und wollte wissen, was aus Harry geworden ist."

Scottie runzelte die Stirn.

„Als ob er das nicht wüßte, daß Harry seine sieben Jahre in Parkhurst absitzt! Na, du altes Klatschweib, was hast du denn wieder ausposaunt?"

Big Martin wurde unruhig. Was hatte er eigentlich alles gesagt?

„Und wenn ich auf der Stelle sterben sollte, ich habe nichts von dir erzählt. Er wußte, daß du hier bist und fragte, wie es deiner Hand ginge." Scottie brummte böse. „Aber ich habe es ihm nicht gesagt. Er mag dich gut leiden, Scottie. Er sagte, wenn du jemals in der Patsche säßest, so sollten wir nur nach ihm schicken. Das hat er wirklich gesagt – genau mit den Worten!"

„Du hast ihm doch nicht etwa erzählt, daß Macleod von der Sache weiß?"

„Das brauchte ich gar nicht, das wußte er schon"; erwiderte Big Martin mit Genugtuung.

„Du kannst aber auch nichts für dich behalten", sagte Scottie resigniert.

Er zog sich sorgfältig an, nahm aus einem Kästchen ein Päckchen Visitenkarten heraus, wählte eine davon aus und steckte sie in seine Brieftasche. Die Karte nannte ihn Professor Bellingham und als Adresse war Pantagalla, Alberta, angegeben. Eine solche Stadt gab es natürlich auf der Landkarte nicht, aber er hatte früher einmal in einer Vorstadt in einer kleinen Pension gewohnt, die diesen Namen führte. Er hatte ihm sehr kanadisch geklungen.

Im 'Great Metropolitan Hotel' erfuhr er, daß Mrs. Crafton-Bonsor auf ihrem Zimmer sei, und ein Boy brachte ihr seine Karte. Während Scottie es sich in einem Klubsessel in der Halle bequem machte und scheinbar in Gedanken vertieft war, beobachtete er genau alle Leute, die durch das Vestibül kamen. Den Hoteldetektiv hatte er sofort erkannt.

Der Boy kam zurück und führte ihn zu einer Flucht komfortabler Räume im dritten Stock. Scottie wußte, daß diese Wohnung täglich ein kleines Vermögen kostete.

Die Dame am Fenster drehte sich um, als Scottie eintrat.

„Guten Morgen", sagte sie kurz, „Mr. ..."

„Professor Bellingham", erwiderte Scottie. „Ich hatte bereits das Vergnügen –. Sie entsinnen sich?"

„Gewiß – ich konnte nur Ihre Karte nicht lesen, weil ich meine Brille nicht zur Hand hatte. Nehmen Sie bitte Platz, Professor. Es ist sehr freundlich von Ihnen, mich zu besuchen."

Scottie hatte die Erfahrung gemacht, daß die Menschen sich im allgemeinen bei einer zweiten Begegnung von einer anderen Seite zeigten als bei der ersten, und er war auf einen so liebenswürdigen Empfang nicht vorbereitet. Mrs. Crafton-Bonsor trug noch kostbareren Schmuck als damals. Diese Steine waren wirklich herrlich. Wenn sie die Hand hob, glitzerte es wie im Schaufenster eines Juwelierladens. Sie hatte an jedem Finger mindestens einen Ring und an jedem Handgelenk drei Brillantarmbänder, die allein ein Vermögen wert waren.

Scotties Instinkte erwachten wieder. Es war eine Schande, daß diese Frau all die wunderbaren Dinge besitzen sollte, während er sich verhältnismäßig mühselig durchs Leben schlagen mußte.

„Es ist mir ein Vergnügen, Sie zu besuchen. Ich bin aus Pantagalla, und da Sie aus Santa Barbara sind, dachte ich, es sei doch nett, einmal vorbeizukommen ..."

„Es ist wirklich sehr freundlich von Ihnen, Professor ..."

„Bellingham", ergänzte er.

„Es ist zu dumm, das Mädchen hat meine Brille verlegt, und ich kann absolut nichts lesen ohne sie. London ist eine trostlose Stadt. Ich war vor einigen Jahren schon hier, aber jetzt ist alles neu und fremd, und ich bin froh, wenn ich wieder nach Hause komme."

„Halten Sie sich schon lange hier auf?"

„Vierzehn Tage. Aber ich habe noch keinen einzigen netten Menschen getroffen. Die Leute hier sind so hochmütig. Und dabei haben sie vermutlich trotz ihrer hochtrabenden Titel keinen Pfennig Geld. Ich besuchte eine Dame, die ich in San Franzisko kennengelernt hatte. Mein Mann, der Senator, war damals wirklich sehr liebenswürdig zu ihr. Und jetzt hat sie mich nicht einmal zum Tee eingeladen."

Sie unterhielten sich über Santa Barbara und über Leute in San Franzisko, deren Namen Scottie glücklicherweise kannte, dann kehrte Mrs. Crafton-Bonsor wieder zu ihrem Lieblingsthema zurück, sprach über den ungastlichen und unfreundlichen Charakter der Menschen in fremden Ländern und klagte über die Dienstboten, die in der letzten Zeit so unzuverlässig geworden seien.

„In diesen Zimmern hätte doch zum Beispiel heute morgen abgestaubt werden müssen", sagte sie und nahm ein Stäubchen von dem Stuhl, auf dem sie saß. „Sehen Sie her – nicht einmal einen Staublappen haben die Leute hier in Bewegung gesetzt!"

Scottie schwieg. Mrs. Crafton-Bonsor konnte seine Karte nicht lesen, weil sie ihre Brille nicht zur Hand hatte, aber sie konnte ohne Mühe ein winziges Stäubchen entdecken? Ein merkwürdiges Augenübel! Aber er dachte nicht weiter darüber nach.

Scottie zeigte sich als ein so angenehmer Gesellschafter, daß sie ihn zum Abendessen einlud.

„Ich speise gewöhnlich auf meinem Zimmer. Was in den Hotels gekocht wird, ist gerade gut genug für meine Katze."

Als er, äußerst zufrieden mit dem Resultat seines ersten Besuches, das Hotel wieder verlassen wollte, klopfte ihm jemand auf den Arm, und er schaute in ein ihm bekanntes Gesicht.

„Andy würde Sie gern einmal sprechen", sagte der Detektiv. „Ich soll Ihnen bestellen, daß Sie ihn im Büro aufsuchen möchten."

Scottie war unangenehm berührt, nickte aber nur.

****

„Hallo, Scottie! Geht es Ihnen besser? Nehmen Sie Platz. Einer meiner Leute sagte, daß Sie Mrs. Crafton-Bonsor besuchten, die reiche Amerikanerin im 'Great Metropolitan Hotel'. Was haben Sie denn da wieder vor?"

„Darf man sich denn nicht auch einmal ein wenig zerstreuen?" fragte Scottie gekränkt.

„Soviel Sie wollen", erwiderte Andy vergnügt, „aber ich handle in Ihrem eigensten Interesse, wenn ich Sie ein wenig im Zaum halte. Diese Frau ist eine wandelnde Kimberley-Diamantmine. Und ich sehe es nicht gerne, daß Sie wieder in Versuchung geraten. Ich bin eben aus Beverley Green zurückgekommen", fügte er scheinbar gleichgültig hinzu. „Miss Nelson hat sich sehr nach Ihnen erkundigt."

Scottie schluckte.

„Das ist sehr liebenswürdig von Miss Nelson", entgegnete er langsam. „Ich habe wirklich keine bösen Absichten mit den Brillanten dieser Frau, Macleod. Wenn Sie wüßten, was es für mich bedeutet, auch einmal mit so reichen Leuten zu verkehren, würden Sie mir diese kleine Abwechslung gönnen."

„Ich gönne sie Ihnen ja. Wir haben diese Dame beobachtet, seit sie in London ist, und wir haben auch schon zwei Ihrer ehemaligen Freunde gewarnt, Harry Murton und John Dutch. Und es wäre nicht fair, wenn ich Ihnen nicht mitteilte, daß Ihre Schritte sozusagen von Schutzengeln überwacht werden."

„Soll das heißen, daß ich sie nicht wieder besuchen darf?"

„Sie können die Dame besuchen, sooft Sie wollen. Aber wenn sie hierherkommt und sich darüber beklagt, daß ihr Brillantdiadem auf geheimnisvolle Weise verschwunden ist, das Sie einige Minuten vorher so sehr bewundert hatten, dann geht es Ihnen schlecht, Scottie!"

Scottie lächelte.

„Hat Ihnen denn nicht jemand gesagt, daß ich mit meinem früheren Leben gebrochen habe?" fragte er mit einem unschuldigen Grinsen.

„Ich habe davon gehört", antwortete Andy lachend. „Aber, Scottie, ich meine es ernst. Ich möchte nicht, daß Sie wieder in Unannehmlichkeiten geraten, und ich glaube, daß diese Mrs. Bonsor eine gefährliche Bekanntschaft für Sie ist. Ich tue es doch nur Ihretwegen. Sicher, Sie können sie sehen, aber es ist doch etwas riskant, nicht wahr? Nehmen wir einmal an, ein anderer macht sich auch an sie heran, und plötzlich vermißt sie etwas von ihrem Schmuck ..."

„Ich danke Ihnen, Macleod." Scottie nahm seinen Hut und erhob sich. „Ich glaube, daß ich trotzdem wieder hingehen werde. Sie interessiert mich wirklich sehr, ganz abgesehen von ihren Brillanten. Kennen Sie sie schon?"

„Nein, ich habe nichts damit zu tun. Ich vertrete Steel nur, weil er augenblicklich auf Urlaub ist. Das ist ein Glück für Sie, denn Steel wäre Ihnen gegenüber nicht so rücksichtsvoll gewesen."

„Also besten Dank. Wissen Sie übrigens, Macleod, daß dieser Downer wieder an der Arbeit ist?"

Das war keine Neuigkeit für Andy.

„Ja, er ist wieder in Beverley oder vielmehr in einem Dorf, das ein oder zwei Meilen davon entfernt liegt. Ist er hinter Ihnen hergewesen?"

Scottie nickte.

„Er hat einen meiner Freunde ausgeholt. Er wußte übrigens, daß Miss Nelson mich in der Castle Street besucht hatte. Auf Wiedersehen!"

Am Abend ging er wieder ins 'Great Metropolitan Hotel', obwohl er wußte, daß er beobachtet wurde. Es wurde ein vergnügter Abend, denn Mrs. Bonsor hatte sich vorgenommen, ihren Professor gut zu bewirten. Nebenbei erfuhr er, daß ihr verstorbener Mann, der 'Senator', überhaupt kein Senator gewesen war. Wahrscheinlich hatten ihm Mitbürger diesen Spitznamen gegeben. Nach diesem Geständnis verstanden sich die beiden noch viel besser. Scottie hatte sich auch schon gewundert, daß ein gebildeter Mann in so hoher Stellung eine solche Frau geheiratet haben sollte. Sie sprach von ihrem palastartigen Heim in Santa Barbara, von ihren Autos, ihren Dienstboten, ihren Gesellschaften. Und bei jeder Bewegung funkelte sie in allen Regenbogenfarben.

****

„Scottie hat diese Mrs. Bonsor nun schon zum drittenmal besucht", berichtete ein Detektiv. „Er speist jeden Abend mit ihr, und heute nachmittag hat er sie auf einem Ausflug begleitet."

„Lassen Sie auch Big Martin beobachten, damit wir herausbringen, ob die beiden tatsächlich etwas planen."

Er hatte Scottie persönlich gern, aber als Beamter durfte er ihm nicht trauen. Eines Nachmittags erhielt Mrs. Bonsor Besuch von einem Polizeibeamten, und als Scottie im Glanz eines neuen Fracks zum Abendessen erschien, war sie sehr kühl und ablehnend gegen ihn.

„Ich hätte Sie beinahe überhaupt nicht heraufkommen lassen, mein Herr", sagte sie. Diese Anrede war schon von böser Vorbedeutung. „Aber ich dachte, ich müßte Ihnen doch eine Erklärung geben. Die Polizei ist hinter Ihnen her."

„Hinter mir?"

Er war verstimmt, aber nicht gekränkt. Es war ja die Pflicht dieser Leute, Mrs. Bonsor vor ihm zu warnen. Und er hatte sich schon gewundert, daß Andy ihn so lange frei gewähren ließ, ohne einzugreifen.

„Man hat mir mitgeteilt, daß Sie ein Verbrecher, ein gewisser Scottie sind." Sie schüttelte vorwurfsvoll den Kopf. „Ich kann Ihnen nur sagen, daß mich das sehr getroffen hat."

„Warum?" fragte Scottie ruhig. „Ich habe Ihnen doch nichts gestohlen, und ich würde nicht einmal eine Haarnadel von Ihrem schönen Kopf nehmen." Scottie meinte es ehrlich. „Ich gebe zu, daß ich Scottie genannt werde. Ich heiße eigentlich nicht so, aber unter diesem Namen kennt man mich in zwei oder drei verschiedenen Ländern. Ich gebe auch zu, daß meine Vergangenheit nicht ganz einwandfrei ist, aber wissen Sie, Mrs. Crafton-Bonsor" – seine Stimme zitterte ein wenig – „was es für einen Mann wie mich bedeutet, eine Frau wie Sie zu treffen, eine Dame von Welt, gleichsam in der Blüte ihrer Jahre, die Interesse an einem Abenteurer nimmt? Nicht Ihr Geld und Ihre Juwelen haben mich fasziniert. Ich hätte sie schon bei meinem ersten Besuch stehlen können", fuhr er rücksichtslos fort. „Ich kam damals, um mir Ihre Steine genauer anzusehen, von denen alle Welt sprach. Und ich bin tatsächlich ein Spezialist in Juwelen. Aber als ich Sie gesehen und mit Ihnen gesprochen hatte – erschien mir alles wie ein Traum. Ein Mann in meiner Stellung trifft nicht oft eine Dame wie Sie."

„Sie übertreiben", warf Mrs. Crafton-Bonsor ein. Sie unterbrach nicht gern Scotties Redestrom, der so viele Liebenswürdigkeiten und Schmeicheleien enthielt, aber sie hatte doch das Gefühl, daß sie aus Bescheidenheit jetzt in irgendeiner Form etwas dagegen einwenden mußte.

„Ich hatte nicht vermutet, daß Sie Amerikanerin sind, als ich das erstemal mit Ihnen sprach. Leute mit einem gütigen Charakter wie Sie sind drüben sehr selten. Und als ich Sie erst einmal besucht hatte, wußte ich, daß ich Sie wiedersehen müßte. Ich machte mir wegen meiner Torheit Vorwürfe, aber jeden Tag bezauberten Sie mich aufs neue."

„Das war nicht meine Absicht", murmelte sie.

„Es wird mir sehr schwer werden, die Besuche bei Ihnen aufzugeben", sagte Scottie traurig, als er sich erhob und ihr die Hand reichte. „Leben Sie wohl, Mrs. Bonsor – es war für mich wie ein Leben in einer anderen Welt."

Sie nahm seine Hand, und es tat ihr eigentlich leid, daß diese Bekanntschaft, die ihr so angenehm gewesen war, schon enden sollte.

„Leben Sie wohl, Mr. Scottie. Ich würde mich freuen, Sie wiederzusehen, aber –"

„Ich verstehe vollkommen", erwiderte Scottie höflich. „Was würde man von Ihnen denken, – was würden all diese feingeschniegelten Leute im Hotel dazu sagen."

Mrs. Crafton-Bonsor warf den Kopf zurück.

„Wenn Sie glauben, daß ich mich im mindesten um die Meinung anderer Menschen kümmere", entgegnete sie empört, „sind Sie im Irrtum. Sie kommen morgen zum Abendessen wieder zu mir."

Ihre Worte klangen wie ein Befehl, und ihre Miene war ein wenig hoheitsvoll. Scottie sagte nichts, er verabschiedete sich nur durch eine Verbeugung und entfernte sich schnell. Am Ende hätte sie ihre Absicht wieder geändert, wenn er noch geblieben wäre. Als er die Treppe hinunterging, versuchte er, sich die ganze Unterhaltung mit allen Einzelheiten ins Gedächtnis zurückzurufen.

Er kannte viele Bücher, die man Gefangenen zum Lesen gab und die geschrieben waren, um sie wieder einem besseren Leben zugänglich zu machen. In diesen Bänden wurde jedesmal davon erzählt, daß der ehemalige Sträfling der Dame, deren wohlwollender Einfluß ihn bekehrt hatte, eine Art Dankrede hielt. Also ging er in die nächste Buchhandlung.

„Haben Sie nicht irgendein Buch mit dem Titel 'Gerettet durch ein Kind' oder 'Nur ein Verbrecher'?"

„Nein", sagte der junge Mann, „wir führen keine Kinderbücher."

„Das ist das richtige Wort", erwiderte 'Vieraugen-Scottie'.

27

Andy erzählte Stella bei seinem nächsten Besuch, was er mit Scottie und Mrs. Crafton-Bonsor erlebt hatte. Er hatte seine Pflicht getan, Mrs. Crafton-Bonsor konnte jetzt nicht mehr im Zweifel, über den wahren Charakter ihres Freundes sein. Aber diese Warnung schien eine unerwartete Wirkung auf die Dame gehabt zu haben.

„Vielleicht versucht sie, ihn zu bekehren", meinte Stella und zwinkerte mit den Augen. „Schlechte Leute haben immer eine unwiderstehliche Anziehungskraft für romantische Damen. Ich will damit nicht sagen, daß Scottie ein schlechter Mensch oder Mrs. Bonsor besonders phantasievoll ist. Ich kann mich an sie erinnern. Sie kam mit ihrem großen Wagen und fuhr hier zwei schöne Fliederbüsche um. Scottie hat mir später ihren Namen genannt. Es ist doch schließlich auch nichts dabei, wenn er einmal mit ihr zusammen speist."

„Er ist mittags, zum Tee und zum Abendessen bei ihr", protestierte Andy. „Soviel ich weiß, frühstückt er auch dort! Ich kümmere mich nicht um Scotties Abenteuer. Die Dame ist gewarnt, und damit ist meine Verantwortung zu Ende. Aber trotzdem ..."

„Vielleicht liebt er sie", sagte sie lächelnd. „Sei nicht böse, aber Scottie ist mir schon immer ein wenig romantisch vorgekommen."

„Das kann ich nicht leugnen. Wenn ich nur an sein Alibi denke –"

„Aber Andy! Übrigens wirst du mit der Dame zusammenkommen."

„Ich werde mit ihr zusammenkommen?" fragte Andy überrascht.

Stella nickte feierlich.

„Scottie hat mir geschrieben und angefragt, ob er sie einmal zum Essen mitbringen dürfe, und ich habe zugestimmt. Ich beschrieb sie meinem Vater, und er schüttelte sich vor Entsetzen. Ich glaube, er wird heute abend irgendeine Verabredung vorschützen. Deshalb ist es um so wichtiger, daß du hier bist."

„Soll das heißen, daß Scottie die Frechheit hatte, sich mit seiner Juwelendame hier zum Abendessen einzuladen?" fragte er entsetzt.

Es mußte wohl so sein, denn am Abend machte Andrew Macleod die Bekanntschaft der Frau, die er vor Scottie hatte warnen lassen.

Mrs. Crafton-Bonsor trug ein enganliegendes, pflaumenfarbenes Samtkleid, das gefährlich tief ausgeschnitten war. Andy war sehr erstaunt bei ihrem Anblick.

Noch nie hatte er so viel kostbaren Schmuck an einer einzigen Frau gesehen. Von dem Diadem in ihren roten Haaren bis zu den Agraffen ihrer Schuhe war sie einfach überwältigend. Wenn ein Radscha in seiner vollen Staatskleidung mit all seinen Juwelen neben ihr gestanden hätte, wäre er von ihr ohne Schwierigkeiten in den Schatten gestellt worden.

Scottie war sehr guter Laune. Sein Stolz war so aufrichtig und echt, daß Andy lächeln mußte.

„Darf ich Sie meiner Freundin, Mrs. Crafton-Bonsor, vorstellen? Dies ist Doktor Macleod, Mirabel." – 'Mirabel!' wiederholte Andy für sich. Er war sprachlos. – „Doktor Macleod und ich haben manchen Streit, ich möchte fast sagen – Kampf, miteinander ausgefochten. Auf seine Veranlassung hin wurden Sie vor mir gewarnt. Das war ja auch ganz in der Ordnung."

Er nahm Andys Hand und schüttelte sie kräftig.

Mrs. Bonsor aber sah Andy nur kühl an.

„Darf ich Sie auch mit Miss Nelson bekannt machen, Mirabel?"

„Sehr erfreut", sagte Mrs. Bonsor ohne große Begeisterung. „Jeder Freund des Professors ist auch mein Freund." Dabei schaute sie Andy an.

Es war ein etwas steifer und förmlicher Anfang, und Stella hatte doch gehofft, daß es ein vergnügter Abend werden würde. Während des Essens kam ihr plötzlich zum Bewußtsein, daß Mrs. Crafton-Bonsor eifersüchtig auf sie war. Inzwischen hatte diese Dame ihren früheren Argwohn und Widerwillen gegen Andy überwunden und plauderte liebenswürdig mit ihm. Dadurch wiederum wurde Scottie von Eifersucht geplagt. Der sonst so nüchterne Mann, dessen Bescheidenheit sein größter Vorzug war, trug heute zwei große Brillantringe. Andy sah nicht zu genau hin, er wußte, daß Scottie keine gestohlenen Juwelen trug, die in der Presse genau beschrieben worden waren.

„Jawohl, nächste Woche werde ich wieder in meine Heimat zurückfahren", sagte Mrs. Crafton-Bonsor und sah dabei Scottie an. „Es war netter, als ich vermuten konnte, aber ich muß mich doch auch einmal wieder in meinem Heim in Santa Barbara umsehen. Die Rasenflächen sind allein so groß wie der ganze Ort hier. Ich habe dem Professor eine Fotografie gezeigt, er war ganz begeistert davon. Wenn man ein so herrliches Besitztum hat, muß man es natürlich auch ausnützen." Wieder schaute sie Scottie an, doch der betrachtete das Tischtuch und sah in dem Augenblick so bescheiden aus, daß Andy beinahe laut aufgelacht hätte.

„Ich hoffe, daß Ihnen die Reise nicht zu einsam wird“, meinte Andy. „Sie werden unseren Freund, den Professor, sicher sehr vermissen?“

„O ja.“ Mrs. Bonsor räusperte sich.

Scottie sah auf.

„Ich habe eigentlich daran gedacht, auch einmal wieder nach Amerika zu gehen und mich dort umzusehen“, sagte er, und diesmal schaute Mrs. Bonsor bescheiden lächelnd vor sich hin.

„Stanhope und ich ...“ begann sie.

„Stanhope – wer ist denn Stanhope?“ fragte Andy erstaunt. Aber es war nicht mehr nötig, auf Antwort zu warten, er begegnete den bittenden Blicken Scotties.

„Stanhope und ich sind sehr gute Freunde geworden. Ich dachte, Sie hätten den Ring schon gesehen.“

Bei diesen Worten hielt sie ihre dicke Hand hoch.

Andy zählte ungefähr zehn verschiedene Ringe daran.

„Darf ich Ihnen meine besten Glückwünsche aussprechen? Das ist eine große Überraschung, Mrs. Crafton-Bonsor.“

„Niemand war mehr überrascht als ich selbst“, erwiderte sie glücklich, „aber Sie werden eine Frau in meiner Lage verstehen. Außerdem soll Stanhope ein neues Leben beginnen. Es gibt eine Gegend in der Nähe, wo er ... wie heißt doch gleich das Wort, Stan?“

„Geologie treiben kann“, murmelte Scottie.

„Ja, das meine ich.“

„Sie werden uns also verlassen?“ fragte Andy lächelnd. „Und vermutlich haben Sie in einem Monat ganz Beverley Green und Wilmot und diesen fürchterlichen Albert Selim vergessen und –“

Plötzlich sank Mrs. Crafton-Bonsor ohnmächtig vom Stuhl.

****

„Es war die Hitze hier im Zimmer“, sagte sie matt, als sie wieder zu sich kam. Ihre Frisur war in Unordnung geraten, und ihre Brosche saß schief. „Ich glaube, es ist das Beste, daß ich jetzt zurückfahre. Stanhope“ – es war rührend, zu sehen, wie sehr sie sich auf ihn verließ –, „würdest du bitte den Wagen bestellen?“

Sie sah alt aus, und ihre geschminkten Lippen bildeten einen sonderbaren Gegensatz zu ihrem Gesicht, Andy erwartete jeden Augenblick, daß sie wieder zusammenbrechen würde. Er war erleichtert, als sie sich mehr und mehr erholte, so daß sie mit seiner und Scotties Hilfe zum Wagen gehen konnte.

„Die Fahrt wird mir guttun", meinte sie und sah sich mit einem nervösen Lachen um. „Es tut mir sehr leid, daß ich Sie so in Aufregung versetzte. Ich hätte ja gern noch etwas über den Mord erfahren. Wer wurde denn eigentlich getötet? Albert Selim?"

„Nein, ein gewisser Merrivan. Ich hätte diese schreckliche Geschichte überhaupt nicht erwähnen sollen!" sagte Andy.

„Ach, es hat mir nichts ausgemacht. Gute Nacht."

Andy ging mit Stella ins Haus zurück.

„Albert Selim", sagte er in Gedanken vor sich hin.

Sie sah ihn nachdenklich an.

„Glaubst du, daß die Erwähnung seines Namens an ihrer Ohnmacht schuld war?"

„Ich zweifle nicht im mindesten daran. Aber warum sollte der Name von Merrivans Mörder eine solche Wirkung auf sie haben?"

Er starrte, in Gedanken versunken, lange vor sich hin, und Stella störte ihn nicht.

„Ich werde Mrs. Crafton-Bonsor aufsuchen und mit ihr sprechen müssen. Wenn ich mich nicht sehr täusche, kann sie uns über den Mord und seine Vorgeschichte mehr erzählen, als der Mörder selbst."

28

Andy blieb noch da, bis Mr. Nelson zurückkam, dann ging er quer über den Rasen zum Gästehaus, wo er sein altes Zimmer wieder bezog.

Er war der einzige Gast, und Johnston begrüßte ihn mit großer Freude.

„Gott sei Dank, daß Sie wieder da sind – ich fürchtete schon, daß Sie nicht mehr wiederkommen würden."

Andy sah den Mann forschend an, dessen Gesicht ganz eingefallen war.

„Was ist denn mit Ihnen los, Johnston? Sind Sie krank?"

„Ich bin sehr nervös geworden. Ich bin seit dem Mord so unruhig, daß ich fast keinen Augenblick stillsitzen kann, und vor drei Uhr morgens komme ich nicht ins Bett."

„Warum denn nicht?"

Der Hausmeister lachte hysterisch.

„Wenn ich Ihnen alles erzähle, werden Sie wahrscheinlich glauben, ich sei nicht mehr bei Verstand. Und es gibt Augenblicke, in denen ich wirklich fürchte, verrückt zu werden. Von Natur aus bin ich gar nicht nervös und war es auch früher nie. Ihnen kann ich es ja sagen, daß ich in meinen jüngeren Tagen auf allen Gütern in der Umgegend wilderte, aber ..."

„Aber?" fragte Andy nach einem Schweigen.

„Ich bin zu einem gewissen Grad ein frommer Mann", fuhr Johnston fort. „Ich gehe jeden Sonntag vor- und nachmittags in die Kirche, und ich glaube nicht an Gespenster, Spiritismus und solchen Unsinn."

„Sie haben wohl Gespenster gesehen? Johnston, Sie sind gesundheitlich vollkommen herunter. Ich werde morgen Mr. Nelson aufsuchen und ihn bitten, daß er dem Komitee empfiehlt, Ihnen einen Urlaub zu bewilligen."

„Vielleicht haben Sie recht, aber ... ich habe in Beverley Green Dinge gesehen, die mir das Blut erstarren ließen. Es ist wirklich ein Gespenstertal, ich habe es immer gesagt – und das stimmt.

„Haben Sie denn ein Gespenst zu Gesicht bekommen?"

Johnston schluckte.

„Ich habe Mr. Merrivan gesehen", sagte er schließlich.

Andy, der nach oben gegangen war, wandte sich plötzlich um.

„Was, Sie haben Mr. Merrivan gesehen – wo?"

„Ich habe ihn so deutlich gesehen, wie ich ihn früher Dutzende von Malen sah, als er in seinem Schlafrock an seiner Gartentür stand. Früher pflegte er immer am Morgen herauszukommen, bevor andere Leute wach waren. Er trug dann immer seinen langen gelbbraunen Schlafrock."

„So?" fragte Andy freundlich. „Und Sie haben ihn nach seinem Tod beobachtet?"

Der Mann nickte.

„In der vorletzten Nacht – ich habe niemand etwas davon gesagt, aber ich habe seitdem kaum noch schlafen können, und dabei gehe ich doch immer noch spazieren, bevor ich mich zu Bett lege. Ich gehe mindestens zwanzigmal hier in den Anlagen hin und her. Vor zwei Nächten ging ich also auch auf und ab und überlegte, wer wohl das Haus kaufen würde. Mr. Wilmot hat alle Möbel herausschaffen lassen, nur noch die Vorhänge sind an den Fenstern. Ich schlenderte gerade in einiger Entfernung vorbei und dachte, daß es jetzt doch sehr verlassen aussehe, als ich plötzlich Licht im Haus bemerkte." Seine Stimme zitterte. „Es war in dem Raum, in dem die Leiche gefunden wurde."

„Was für ein Licht war es denn?"

„Es schien eine Kerze zu sein, es war nicht so hell wie elektrisches Licht. Mr. Wilmot hat ja auch den Zähler abnehmen lassen."

„Und was geschah dann?" fragte Andy.

„Ich sah nur den Lichtschimmer zwischen den Jalousien und dachte zuerst, daß es Einbildung sei – aber die Jalousie wurde langsam hochgezogen –"

Andy wartete, bis der Mann seine Erregung etwas überwunden hatte.

„Ich konnte ihn nicht deutlich sehen, aber er trug einen Schlafrock und schaute in den Garten hinaus. Ich war wie gelähmt vor Entsetzen, ich stand still und konnte mich nicht bewegen. Dann ließ er die Jalousie wieder herunter, und das Licht ging aus.

Einige Minuten darauf war der Flur erleuchtet. Über der Haustür ist ein Glasfenster. Ich weiß nicht, wie lang ich dort stand, vielleicht zehn Minuten, vielleicht auch nur zehn Sekunden – ich kann mich nicht besinnen. Als ich mich gerade ein wenig erholt hatte, öffnete sich die Haustür. Es war nur ein schwaches Licht im Korridor zu sehen – er kam heraus."

„Merrivan?"

Der Mann nickte.

„Auf alle Fälle ein Mann in einem Schlafrock?" fragte Andy.

„Jawohl, Sir."

„Haben Sie ihn noch einmal gesehen?"

„In der letzten Nacht – ich zwang mich, wieder hinüberzugehen. Er stand vor der Haustür und hatte die Hände in den Taschen."

„Haben Sie denn sein Gesicht gesehen?"

„Nein, so lange habe ich nicht gewartet – ich schlich schnell weg."

„Haben Sie das Mr. Wilmot erzählt?"

„Nein, ich wollte es ihm nicht sagen, Mr. Merrivan war doch sein Onkel."

Andy überlegte und sagte dann: „Sie leiden wahrscheinlich an Halluzinationen. Sie sind mit Ihren Nerven vollkommen fertig. Ich werde Sie morgen einmal untersuchen, Johnston."

Es war elf Uhr, als Andy das Licht ausschaltete und zu Bett ging. Er fiel in einen unruhigen Schlaf. Ein heiserer Angstschrei weckte ihn. Er sprang aus dem Bett und machte Licht. Eine Sekunde später hörte er eilige Schritte auf dem Gang. Er öffnete die Tür und sah Johnston vor sich, der totenbleich war und vor Entsetzen nicht mehr zusammenhängend sprechen konnte. Er zeigte nur auf das Fenster. Andy lief hin und riß es auf, konnte aber nichts sehen.

„Machen Sie das Licht aus, Johnston!"

Gleich darauf lag der Raum im Dunkeln, aber auch jetzt war draußen nichts zu erkennen.

„Ich habe ihn wieder gesehen!" keuchte Johnston atemlos. „Er war dort auf dem Rasen, unter meinem Fenster. Er ging in seinem Schlafrock auf und ab. Ich öffnete das Fenster und schaute hinaus, um mich zu vergewissern – und da hat er mit mir gesprochen! O mein Gott!"

„Was hat er denn gesagt?" Andy rüttelte den zitternden Mann an den Schultern. „So reden Sie doch endlich! Was hat er denn gesagt?"

„Er fragte nach dem Schlüssel", jammerte Johnston. „Er nannte mich sogar beim Namen."

Andy zog seinen Mantel an und lief ins Freie. Aber er konnte niemand entdecken. Er spähte nach allen Seiten aus, aber seine Bemühungen waren vergeblich.

Als er zu Johnston zurückkam, fand er ihn dem Zusammenbruch nahe. Es gelang ihm, ihn wenigstens einigermaßen zu beruhigen.

„Warum sollte er denn Sie nach dem Schlüssel gefragt haben?"

„Weil ich ihn aufbewahre, hier ist er."

Er nahm den Schlüssel von einem Wandbrett in seinem Zimmer.

„Mr. Wilmot hat ihn mir gegeben. Ich sollte das Haus zeigen, falls Käufer kämen."

„Geben Sie ihn lieber mir“, sagte Andy und steckte ihn in seine Tasche.

Er wußte, daß er in dieser Nacht doch nicht mehr schlafen würde, zog sich an und machte sich auf den Weg zu Merrivans Haus. Es begegnete ihm weder ein Mensch noch ein Geist, aber als er durch das Gartentor trat, packte ihn doch ein unheimliches Gefühl. Mit Hilfe seiner Taschenlampe fand er das Schlüsselloch und schloß auf.

Er zögerte einen Augenblick, bevor er die Tür zum Arbeitszimmer Mr. Merrivans öffnete. Die Möbel waren weg, auch der Teppich war fortgenommen worden. Einige lose herabhängende Drähte zeigten die Stelle, wo früher die Radierungen gehangen hatten. Er blieb einen Augenblick stehen und betrachtete auf dem Fußboden den dunklen Flecken, wo der Eigentümer des Hauses den Tod gefunden hatte. Dann beleuchtete er das Fenster. In dem Augenblick sah er etwas und ein kalter Schauer überlief ihn. Er hatte im Schein seiner Lampe im Garten eine Gestalt gesehen. Im nächsten Moment war sie aber verschwunden. Hatte er sich getäuscht? Er sprang zum Fenster und versuchte, es zu öffnen. Es war zugeschraubt, und es dauerte einige Zeit, bis er in den Garten kam und auf dem mit Asche bestreuten Weg zum Obstgarten laufen konnte. Aber es war nichts von einem Mann oder einem Geist zu sehen. Andy wischte sich den kalten Schweiß von der Stirn, ging zum Haus zurück, schloß die Tür ab und machte sich auf den Heimweg. Plötzlich blieb er stehen, als er zu Stellas Fenster hinaufschaute. Wieder einmal brannte Licht in ihrem Zimmer.

29

Diesmal wollte Andy nicht wieder bis zum Morgen auf eine Erklärung warten, die wahrscheinlich sehr einfach sein würde. Er ging auf das Haus zu. In der Eingangshalle wurde gerade Licht gemacht. Er klopfte leise an die Haustür, und Stella antwortete sofort: „Wer ist dort?“ Ihre Stimme klang ängstlich.

„Ich bin es – Andy.“

„Ach, du!“ Er hörte, wie sie die Sicherheitskette löste und den Riegel zurückschob. „Ach, Andy!“ rief sie, als er ihr entgegentrat, und fiel ihm schluchzend in die Arme. „Ich fürchte mich so, ich bin außer mir vor Angst!“

„Heute nacht scheinen sich alle Leute zu fürchten und den Verstand zu verlieren.“ Andy strich über ihr braunes Haar. „Was hast du denn gesehen?“

„Hast du denn nichts gesehen?“ fragte sie und schaute ihn an.

Von oben hörte man die Stimme Mr. Nelsons.

„Es ist Andy, Vater. Willst du nicht herunterkommen?“

„Ist etwas nicht in Ordnung?“ Nelson knöpfte seinen Schlafrock zu, als er die Treppe herabkam.

„Das eben will ich gerade ausfindig machen“, erwiderte Andy. „Halb Beverley Green scheint diese Nacht in Aufruhr zu sein.“

Mr. Nelsons Schlafrock hatte eine dunkelrote Farbe. Der Maler schien eben aufgewacht zu sein.

„Haben Sie vorhin geklopft? Ich könnte schwören, daß jemand geklopft hat.“

„Nein, Vater, das war nicht Andy“, sagte Stella zitternd.

„Hat denn jemand geklopft?“ fragte Andy. Sie nickte.

„Ich habe einen sehr leichten Schlaf und habe das Klopfen sofort gehört. Ich dachte, du seiest es und öffnete das Fenster, um hinunterzusehen. Und ich sah auch jemand unten auf dem Weg stehen, er war deutlich zu sehen.“

„Wie war er denn gekleidet? Trug er einen Schlafrock?“

„Hast du ihn gesehen? Wer war es, Andy?“

„Erzähl doch weiter, Liebling – was geschah dann?“

„Ich rief hinunter: ‘Wer ist dort?’ Er antwortete zuerst nicht, aber dann fragte er mit einer tiefen Stimme: ‘Haben Sie Ihren Schal bekommen?’ Ich wußte nicht gleich, was er meinte, aber plötzlich erinnerte ich mich an den Schal, der im Obstgarten gefunden wurde. ‘Ja’, sagte ich, ‘wer sind Sie denn?’ Aber er sagte nichts mehr, und ich sah, wie er fortging. Ich saß lange im Dunkeln und überlegte, wer es gewesen sein konnte. Es war nicht deine Stimme, es war auch nicht die Stimme eines anderen Bekannten, wenn nicht – aber das ist unmöglich!“

„Glaubst du, es war Merrivans Stimme?“ fragte Andy ruhig.

„Natürlich nicht, aber sie war genauso tief wie die seine, und je länger ich darüber nachdachte, desto ängstlicher wurde ich. Ja, ich dachte, es wäre Mr. Merrivans Stimme gewesen, aber ich konnte es nicht glauben. Dann drehte ich das Licht in meinem Zimmer an und ging hinunter. Ich wollte mir ein Glas Milch holen und meinen Vater wecken. Und dann kamst du, Andy.“

„Das ist sehr merkwürdig.“ Andy erzählte ihnen, was er gesehen und gehört hatte. „Johnston ist vollkommen fertig, Sie müssen dafür sorgen, daß er Urlaub bekommt, Mr. Nelson.“

„Aber wer könnte denn das gewesen sein? Glauben Sie, daß uns jemand einen Schrecken einjagen wollte?"

„Das wäre ihm ja vollkommen gelungen", meinte Andy.

„Ich nehme an", sagte Nelson, der nie um eine Theorie verlegen war, „daß Sie beide durch den Zusammenbruch dieser geschmacklosen Frau nervös geworden sind. Ich sah sofort, wie aufgeregt Sie waren, als ich zurückkam."

„Aber Johnston war doch gar nicht da, der kann doch davon nicht nervös geworden sein! Außerdem glaube ich, daß meine Nerven in bester Ordnung sind." Er nahm den Schlüssel aus der Tasche. „Gehen Sie doch hin und sehen Sie sich Merrivans Haus einmal an", schlug er lächelnd vor.

„Und wenn Sie mir tausend Pfund gäben, täte ich es nicht. Geh zu Bett, Stella, sonst bist du morgen krank."

„Es ist schon Morgen geworden", sagte sie und zog die Vorhänge beiseite. „Ich wüßte gern, ob Artur Wilmot auch wach ist."

Andy war derselbe Gedanke gekommen. Nachdem Stella ihm das feierliche Versprechen gegeben hatte, sich sofort hinzulegen, verabschiedete er sich und machte sich auf den Weg zu Wilmots Häuschen.

Es dauerte nicht lange, bis er ihn geweckt hatte. Artur Wilmot hörte sich die Neuigkeiten mit merkwürdiger Ruhe an.

„Es ist sonderbar", sagte er. „Ich war gestern noch in dem Haus. Ich bin es auch gewesen, der das hintere Fenster verriegelt hat. Es war nach dem Mord nicht wieder geschlossen worden."

„Haben Sie denn nichts gesehen?" fragte Andy.

„Nichts. Wenn Sie eine Minute warten, bis ich mich angezogen habe, können wir zusammen hinübergehen. Es wird bis dahin hell genug sein, um Fußspuren im Garten erkennen zu können."

„Damit brauchen Sie gar nicht zu rechnen. Ein mit Asche bestreuter Weg und ein asphaltierter Hof sind nicht das beste Material, um Fußabdrücke zu bewahren."

Trotzdem begleitete er Artur; sie durchsuchten alle Räume und begannen beim Eingangsflur.

„Hier ist etwas."

Wilmot zeigte auf den Boden.

„Tropfen von einer Kerze!“ rief Andy interessiert. „War jemand mit Kerzen hier?“

Wilmot schüttelte den Kopf.

Sie fanden noch weitere Kerzenspuren in Merrivans Arbeitszimmer und entdeckten im Kamin auch einen Kerzenstumpf.

„Es war nicht einmal dieser Beweis nötig, um zu erkennen, daß ein Mensch von Fleisch und Blut und kein Gespenst hier sein Wesen getrieben hat“, sagte Andy. „Ohne eine Autorität auf dem Gebiet zu sein, weiß ich doch, daß sie keine Kerzen brauchen.“

Er wickelte den Stumpf sorgfältig in ein Stück Papier.

„Was wollen Sie damit anfangen?“ fragte Wilmot erstaunt.

Andy lächelte.

„Für einen Mann, der mir noch eben vorschlug, mich nach Fußspuren auf dem Asphalt umzusehen, sind Sie eigentlich sehr schwerfällig, Wilmot. Dieser Kerzenstumpf ist doch mit Fingerabdrücken bedeckt. Der Mörder, ob er nun bei klarem Verstand oder wahnsinnig war, fühlte sich zu dem Ort der Tat hingezogen, wahrscheinlich war er schon häufig hier.“

****

Andy sagte Wilmot und Nelson nichts von seinen Plänen. Zuerst mußte er Mrs. Crafton-Bonsor aufsuchen. Aber sie ließ sich nicht sprechen, und als Andy die Dringlichkeit seines Besuches betonte, weigerte sie sich noch hartnäckiger, ihn zu empfangen. Scottie war ihr Bote.

„Das sind so Weiberlaunen“, sagte er halblaut. „Es hat keinen Zweck, Macleod, sie ist in dieser Beziehung unnachgiebig und hart wie ein neolithisches Fossil. Ich habe mein Bestes getan, aber sie will Sie nicht sehen.“

„Scottie, ich habe Sie immer gut behandelt, Sie müssen mir jetzt helfen. In welchen Beziehungen stand Albert Selim zu ihr?“

Scottie zuckte die Schultern.

„Man soll die Vergangenheit einer Frau nie erforschen wollen, Macleod. ‘Vergangenheit ist tot, damit die Zukunft glücklich sei.’“

„Die Zukunft interessiert mich nicht, aber über Mr. Crafton-Bonsors Vergangenheit möchte ich etwas erfahren“, sagte Andy unwillig. „Ich werde sie sprechen – oder ich mache Schwierigkeiten!“

Scottie verschwand und blieb fast eine halbe Stunde weg.

„Sie ist zweifellos krank, Macleod, als Arzt werden Sie das sofort sehen. Trotzdem will sie Ihnen zwei Minuten schenken. Aber bleiben Sie bitte nicht zu lange."

Mrs. Bonsor lag auf einer Couch. Scottie hatte nicht übertrieben. Die Erwähnung des Mordes hatte eine schlechte Wirkung auf die Frau gehabt. Ihre vollen Wangen schienen eingesunken zu sein, die Anmaßung, die sonst in ihren blauen Augen lag, war verschwunden.

„Ich habe Ihnen nichts zu erzählen, Sir", sagte sie bei Andys Eintritt scharf.

„Hat Scottie Ihnen nicht mitgeteilt ...", begann er.

„Nein", rief sie mit schriller Stimme, „und ich sehe nicht ein, mit welchem Recht Sie hier eindringen, um mich auszuhorchen!"

„Waren Sie mit Albert Selim bekannt?"

Sie zögerte.

„Ja, ich kannte ihn", erwiderte sie dann widerstrebend. „Vor vielen Jahren. Ich werde aber mit Ihnen nicht darüber sprechen. Meine Privatangelegenheiten gehen niemand etwas an. Es ist mir ganz gleich, ob Sie Polizeibeamter sind oder nicht. Ich habe nichts zu verbergen, glauben Sie mir das."

Andy wartete, bis sie geendet hatte.

„Sie hießen früher Hilda Masters und heirateten einen John Severn in der Sankt-Pauls-Kirche in Kensington", sagte er dann.

Sie starrte ihn hilflos an und begann gleich darauf zu schreien.

Scottie bewahrte bei diesem Zusammenbruch der verzweifelten Frau die Ruhe. Er war zugleich behutsam und bestimmt, beruhigend und ironisch. Andy ließ die beiden taktvoll eine halbe Stunde allein, dann kam Scottie zu ihm heraus.

„Macleod, sie wird Ihnen die Wahrheit sagen. Und da Stenographie von jeher meine Lieblingsbeschäftigung war, werde ich alles mitschreiben. Ich schrieb hundertachtzig, als ich jung war, und es gab nur wenige Stenotypisten, die mich an Schnelligkeit im Maschinenschreiben übertrafen. Mirabel spricht kein erstklassiges Englisch, und es ist besser, ich bringe alles gleich in Polizeisprache. – Sie ist sommersprossig und hat Plomben im Mund, und sie mißfiel mir, als ich sie das erstemal sah. Aber ich habe die Frau jetzt gern. Sie ist nicht mehr allzu jung, aber man nimmt es nicht mehr so genau, wenn man selbst älter wird. Sie fragen sie am besten, und ich schreibe das Wichtigste aus ihren Antworten auf."

Andy war einverstanden, und aus dieser sonderbaren Zusammenarbeit ergab sich eine noch sonderbarere Geschichte.

30

„Ich heiße Mirabel Hilda Crafton-Bonsor. Ich weiß nicht sicher, ob dies der wirkliche Name meines verstorbenen Mannes war. Wahrscheinlich hieß er Michael Murphy. Er war irischer Abstammung, und als ich ihn kennenlernte, war er Unternehmer in Sacramento im Staat Kalifornien.

Ich wurde in dem Dorf Uckfield, Sussex, geboren, kam aber schon mit sieben Jahren nach London. Als meine Eltern starben, zog ich zu einer Tante, Mrs. Pawl, in die Bayham Street, Camden Town. Mit sechzehn Jahren nahm ich eine Stellung als Hausmädchen bei Miss Janet Severn an, 104 Manchester Square. Miss Severn hatte sonderbare Ansichten über das Heiraten.

Außer Miss Janet und den anderen Dienstboten wohnte noch Mr. John Severn, ihr Neffe, im Haus. Er war aber nur während der Ferien da. Er studierte in Cambridge.

Leider kann ich weder lesen noch schreiben, und obgleich ich später meinen Namen schreiben lernte, so daß ich Schecks ausstellen kann, habe ich es doch nicht weitergebracht. Deshalb habe ich auch von dem Mord nichts weiter gelesen. Ich wußte die Namen der Personen nicht, die es anging. Ich sah Mr. John sehr häufig, wenn er daheim war. Er hatte mich ganz gern, ich war ein hübsches Mädchen. Aber er hat nie mit mir angebändelt. Während ich bei Miss Janet in Stellung war, lernte ich Mr. Selim kennen – Albert Selim. Er kam gewöhnlich einmal in der Woche an den Eingang für Dienstboten. Zuerst dachte ich, er sei ein Händler, der uns allerhand auf Kredit verkaufen wollte, später aber fand ich heraus, daß er ein Geldverleiher war, der draußen in West End viel mit Dienstboten zu tun hatte. Die Köchin war sehr hoch bei ihm verschuldet, und ein Dienstmädchen hatte auch Geld von ihm geliehen. Er sah ganz gut aus, und als er entdeckte, daß ich kein Geld von ihm leihen wollte, sondern sogar etwas auf der Bank hatte, schien ich ihm zu gefallen, und er fragte mich, ob ich nicht an meinem nächsten freien Sonntag mit ihm ausgehen wollte. Ich sagte zu, weil ich noch nie einen Schatz gehabt hatte. Am nächsten Sonntag fuhren wir zusammen nach Hampton. Selim bewirtete mich auf das beste.

Dann trafen wir uns häufiger, und eines schönen Tages fragte er mich, ob ich ihn nicht heiraten wollte. Er sagte aber, daß wir es geheimhalten müßten und ich noch ein oder zwei Monate in meiner Stellung bleiben müßte, da er besondere Pläne habe. Mir machte das nichts aus, denn ich fühlte mich bei Miss Janet wohl. An einem Montag, an dem ich frei hatte, trafen wir uns und ließen uns auf dem Standesamt in Brixton trauen. Selim wohnte in diesem Stadtteil. Am Abend ging ich wieder nach Hause.

Eines Tages kam er sehr aufgeregt zu mir und fragte, ob ich nicht etwas von einem Herrn gehört hätte, dessen Namen ich aber vergessen habe. Ich sagte ihm, daß Miss Janet schon von ihm gesprochen habe. Es war ihr Schwager, mit dem sie aber nicht sehr gut stand, weil er seine Frau, ihre Schwester, schlecht behandelt hatte. Er lebte in guten Verhältnissen, doch nach allem, was ich erfuhr, hatten weder Miss Janet noch John einen Pfennig von ihm zu erwarten. Ich sagte meinem Mann alles, was ich wußte, und er schien sehr befriedigt zu sein. Er fragte, ob Mr. John mich schon einmal geküßt habe. Ich war sehr wütend darüber. Er beruhigte mich wieder und sagte, daß er vielleicht ein Vermögen verdienen könnte, wenn ich ihm helfen wollte. Er erklärte auch, er habe vor unserer Heirat keine Ahnung gehabt, daß ich nicht lesen und schreiben könne. Er meinte, daß ihm das noch Schwierigkeiten bereiten werde.

Aber ich könne ihm viel helfen, wenn ich herausfinden würde, wohin Mr. John abends gehe. Ich erfuhr später, daß er diese Information brauchte, um eine Begegnung mit Mr. John herbeizuführen, den er noch nicht kannte. Ich wußte, daß Mr. John Schulden hatte, denn er hatte mir erzählt, daß der Lebensunterhalt in Cambridge sehr teuer sei und er Geld habe borgen müssen. Er bat mich aber, seiner Tante nichts davon zu sagen. Ich dachte natürlich, daß Albert das erfahren hatte und ein kleines Geschäft mit Mr. John machen wollte. Hätte ich gewußt, wozu ihre Zusammenkunft führen würde, hätte ich mir lieber die Zunge abgeschnitten als Albert erzählt, wo John seine Abende verbrachte. Er ging gewöhnlich in einen Klub in Soho.

Ungefähr eine Woche später teilte mir Selim mit, daß er Mr. John getroffen und ihm aus der Patsche geholfen habe.

'Sag ihm aber nie, daß du mich kennst.'

Ich versprach es ihm. Miss Janet war sehr streng, und ich hätte sicher Unannehmlichkeiten bekommen, wenn sie etwas von meiner Heirat erfahren hätte. Ich wußte nicht, welches Abkommen Albert mit Mr. John getroffen hatte, aber er schien sehr zufrieden zu sein. Er kam jetzt nicht mehr selbst ins Haus, sondern schickte immer einen Angestellten.

Es ist merkwürdig, daß dieser Angestellte Albert nie zu Gesicht bekam. Ich kam später darauf, daß Albert nicht persönlich mit Mr. John gesprochen hatte, obwohl er das vorgab. Um diese Zeit fing er überhaupt an, sehr geheimnisvoll zu werden. Mr. John erzählte mir, daß er eine sehr gute Vereinbarung mit einem Herrn getroffen habe.

'Er glaubt, daß ich später einmal ein großes Vermögen erben werde, ich sagte ihm aber, daß ich nichts zu erwarten hätte. Er bestand darauf, mir alles Geld zu leihen, das ich brauchte.'

Ich teilte Albert das bei unserem nächsten Zusammensein mit, er lachte nur. An den Abend erinnere ich mich noch sehr gut. Es war Sonntag, und wir hatten uns in einem Restaurant in der Nähe des King's-Cross-Bahnhofs getroffen. Ich muß noch bemerken, daß wir uns nur in der Öffentlichkeit sahen, obgleich ich schon über einen Monat mit ihm verheiratet war. Er hat mich kein einziges Mal geküßt.

Es regnete heftig, und als wir aus dem Restaurant kamen, nahm er ein Taxi für mich und sagte dem Fahrer, daß er mich an der Ecke von Portman Square absetzen sollte. Es war etwa zehn Uhr, als ich dort ankam und den Fahrer bezahlte. Albert gab mir immer reichlich Geld. Ich erschrak sehr, als ich mich umwandte und beinahe Miss Janet in die Arme lief. Sie sagte kein Wort, aber als ich heimkam, ließ sie mich sofort rufen.

Sie sagte, sie verstehe nicht, daß ein anständiges junges Mädchen ein Taxi benütze, und fragte, woher ich das Geld hätte. Ich erwiderte, daß ich Geld gespart und daß ein Freund den Wagen für mich bezahlt habe. Sie wollte davon nichts hören, und ich wußte, daß sie mir kündigen würde.

'Bleiben Sie bitte auf und warten Sie auf Mr. John', sagte sie.

'Er speist heute auswärts in Gesellschaft einiger Freunde, aber er wird nicht später als elf kommen.'

Ich war froh, daß sie nach oben ging. Mr. John kam erst nach zwölf, und ich sah sofort, daß er etwas zuviel getrunken hatte. Ich servierte ihm noch eine kleine Mahlzeit.

Er wurde zudringlich, nannte mich sein 'liebes, kleines Mädchen' und sagte, daß er mir eine Perlenbrosche kaufen wollte.

Und dann nahm er mich, bevor ich wußte, was geschah, in die Arme und küßte mich. Ich wehrte mich verzweifelt, aber er war sehr stark, und seine Lippen lagen auf den meinen, als sich die Tür öffnete und Miss Janet hereintrat.

Sie wies auf die Tür, und ich war froh, gehen zu dürfen. Ich erwartete bestimmt, daß ich am nächsten Morgen meine Sachen packen müßte, besonders nachdem Miss Janet mir hatte sagen lassen, daß ich nicht mehr arbeiten solle. Ungefähr um zehn Uhr ließ sie mich ins Wohnzimmer kommen.

Ich werde nie vergessen, wie sie in ihrem schwarzen Alpakakleid und ihrer kleinen, weißen Spitzenhaube dort saß. Ihre schönen, schlanken Hände waren im Schoß gefaltet.

'Hilda', sagte sie, 'mein Neffe hat Ihnen großes Unrecht getan. Wie weit er gegangen ist, weiß ich nicht. Ich verstehe jetzt aber, warum Sie soviel Geld haben und der Köchin vorige Woche fünf Pfund zeigten. Doch das gehört nicht zur Sache. Sie sind ein junges Mädchen in meinem Hause und stehen unter meinem Schutz. Ich habe eine große Verantwortung vor Gott und den Menschen für Sie, und ich habe angeordnet, daß mein Neffe Sie heiraten wird, um alles wieder gutzumachen.'

Ich konnte nicht sprechen, ich hätte weinen mögen, als sie zu reden begann. Und dann wurde ich von ihren Worten ganz zerschmettert. Ich wollte ihr erzählen, daß ich schon verheiratet sei und ihr meinen Trauschein zeigen, um es zu beweisen. Aber die Urkunde war nicht in meinem Besitz, Albert verwahrte sie.

'Ich habe mit meinem Neffen gesprochen und habe meinen Rechtsanwalt beauftragt, ihm die nötigen Unterlagen zu beschaffen. Sie werden in der St.-Pauls-Kirche, Kensington, am nächsten Donnerstag getraut werden.'

Ich machte mich sofort auf den Weg zu Albert. Er hatte ein kleines Büro über dem Laden des Tabakhändlers Ashlar. Ashlar ist später ein reicher Mann geworden und hat, wie ich glaube, ein großes Geschäftshaus errichtet, das seinen Namen trug. Zufällig war Albert im Büro, aber es dauerte sehr lange, bis er die Tür aufschloß und mich einließ. Er sagte, daß er Kunden nie persönlich abfertige, und er war ärgerlich, daß ich zu ihm kam. Aber als ich ihm von der peinlichen Lage erzählte, in der ich mich befand, änderte er seinen Ton. Ich sagte ihm, daß er mit Miss Janet sprechen müsse. Davon wollte er nichts wissen.

'Ich dachte mir schon, daß das passieren würde, Hilda. Du mußt nun verständig sein und etwas für mich tun.'

Als ich erfuhr, was er von mir verlangte, wollte ich meinen Ohren nicht trauen. Ich sollte Mr. John tatsächlich heiraten!

'Aber das geht doch nicht – ich bin doch schon verheiratet!'

‘Es wird niemand etwas davon erfahren. Du bist mit mir doch in einem anderen Stadtteil getraut worden. Ich verspreche dir, daß er dich an der Kirchentür verläßt und du ihn nie wieder siehst. Tue das für mich, ich werde dir hundert Pfund geben.’

Er fügte noch hinzu, daß wir beide genug für unser ganzes Leben verdienen würden, wenn ich Mr. John heiratete. Aber er gab mir keine nähere Auskunft.

Er konnte immer sehr überzeugend sprechen, und ich war so verwirrt, daß ich nicht mehr wußte, ob ich bei klarem Verstand war. Er konnte Schwarz zu Weiß machen, wie man so sagt, und schließlich willigte ich ein.

Ich habe mir später oft überlegt, ob er mich auf diese Weise loswerden wollte, aber das war es nicht; denn dann hätte er mich ja überhaupt nicht zu heiraten brauchen. Jetzt bin ich zu der Ansicht gekommen, daß er ein hübsches Mädchen im Haus haben wollte, das alle seine Wünsche erfüllen würde. Er hat wohl nie erwartet, daß mir Mr. John einen Heiratsantrag machen würde, aber er hatte vielleicht etwas viel Schlimmeres kommen sehen. Er war ein gemeiner, kaltblütiger Schuft.

Am Tag vor der Trauung hatte ich noch eine Unterredung mit Miss Janet.

‘Hilda’, sagte sie, ‘morgen werden Sie also meinen Neffen heiraten. Ich brauche Ihnen wohl nicht zu sagen, daß ich auf diese Heirat nicht stolz bin, und gebe Ihnen den Rat, Ihre Meinung für sich zu behalten. Was nun die Zukunft angeht, so können Sie nicht erwarten, daß ein Gentleman wie Mr. John seinen Freunden ein Mädchen Ihrer Art vorstellt. Sie sind vollständig ungebildet, und wenn auch Ihr Wesen nett und liebenswürdig ist, so ist doch Ihre Sprache unmögliche

Es ist merkwürdig, daß ich mich noch an jedes Wort erinnere, das Miss Janet damals sprach, obgleich inzwischen über dreißig Jahre vergangen sind. Ich war sehr empört, aber ich beherrschte mich und fragte, was sie denn mit mir vorhabe.

‘Ich werde Sie in ein erstklassiges Institut schicken, wo Sie erst noch einiges lernen sollen. Sie werden dort bleiben, bis Sie zweiundzwanzig Jahre alt sind. Dann werden Sie imstande sein, den Platz an der Seite Ihres Gatten einzunehmen, ohne ihn oder sich zu kompromittieren.’

Irgendwie paßte dieser Vorschlag ganz gut zu Alberts Versprechen. Ich glaubte sogar, daß er alles so eingerichtet hatte. Aber ich weiß jetzt, daß er einen ganz anderen Plan verfolgte und daß Miss Janet aus eigenem Willen so handelte.

Erst als ich am Donnerstag in der St.-Pauls-Kirche stand, sah ich Mr. John wieder. Ich weiß heute noch nicht, was zwischen ihm und seiner Tante vorgegangen war. Er sah sehr blaß aus und war zurückhaltend, aber höflich. Es waren nur vier Leute in der Kirche, und die Zeremonie ging schneller vorüber, als ich erwartet hatte. Warum mich Mr. John überhaupt geheiratet hat, weiß ich nicht. Ich kann schwören, daß nichts zwischen uns beiden vorgefallen ist. Er hatte mich nur einmal geküßt, als er zuviel getrunken hatte. Aber er heiratete mich. Es erscheint mir auch heute noch merkwürdig. Bevor ich zur Kirche ging, gab mir Miss Janet fünfzig Pfund und die Adresse. Die Schule lag in Eastbourne, Victoria Drive. Sie schrieb mir auch die Abfahrtszeiten der Züge auf.

Ich verabschiedete mich von Mr. John nach der Trauung und ließ ihn mit seinem Freund allein. Miss Janet war nicht erschienen. Ich habe ihn nie wiedergesehen. Albert wollte mich nach der Trauung treffen und zum Essen mitnehmen. Er wartete vor dem King's-Cross-Restaurant auf mich. Ich erzählte ihm alles, was geschehen war.

'Gib mir den Trauschein', sagte er, und ich gab ihm die Heiratsurkunde. Wir sprachen nicht mehr viel über die Eheschließung, obgleich ich ein wenig nervös war. Ich wollte nicht nach Eastbourne, ich hatte überhaupt nie die Absicht gehabt, fortzugehen. Aber ich war nun von Albert abhängig. Ich wußte, er würde irgendeinen Plan für mich haben, und er erzählte mir auch später davon. Aber er hatte nicht die Absicht, wie ich gehofft hatte, mit mir irgendwohin aufs Land zu ziehen – das hatte er mir versprochen, als ich meine Einwilligung zu der Heirat mit Mr. John gab – und unsere Ehe nun wirklich zu beginnen.

Als wir unser Mahl beinahe beendet hatten, zog er einen großen Briefumschlag aus der Tasche.

'Ich habe eine Kabine Erster Klasse für dich belegt, und wenn du den Mund hältst, wird niemand wissen, daß du ein Dienstmädchen bist. Hier in dem Kuvert sind fünfhundert Pfund in Banknoten – du wirst dir in zwei Tagen die nötigen Kleider beschaffen.'

Ich war ganz verstört und wußte nicht, wovon er sprach.

'Du wirst nach Amerika fahren. Ich habe dir einige Einführungsbriefe von meinem Freund Mr. Merry' – so ähnlich war der Name, es kann auch Merrivan gewesen sein – 'verschafft.' Er sagte noch, daß dieser Herr ein Kunde sei.

'Die Leute drüben werden dir schon eine Stellung besorgen, außerdem hast du genug Geld, dir selbst weiterzuhelfen.'

'Aber ich will doch gar nicht fortgehen', schrie ich. Ich sprach so laut, daß sich die Leute im Lokal nach uns umsahen.

Das machte ihn ganz wild. Ich habe nie einen Menschen getroffen, der so teuflisch aussehen konnte wie er. Ich war entsetzt und fürchtete mich vor ihm.

‘Entweder fährst du nach Amerika, oder ich rufe einen Polizisten und lasse dich wegen Bigamie verhaften.’

Ich hatte nicht die Kraft, mich ihm zu widersetzen, und so schiffte ich mich auf der ‘Lucania’ nach New York ein. Von dort kam ich nach Denver City, wohin ich einen Empfehlungsbrief hatte, und war dort ein Jahr in Stellung. Drüben heißt man nicht ’Dienstmädchen’, sondern ‘Stütze’. Als ‘Stütze’ war ich also dreizehn Monate dort beschäftigt, dann bekam ich ein Angebot als Haushälterin zu Mr. Bonsor, einem Witwer mit einem Kind, das später starb. Als Mr. Bonsor mir nach einiger Zeit einen Heiratsantrag machte, mußte ich ihm die Wahrheit sagen. Er meinte, daß eine Heirat ihm nichts ausmache.

Ich habe Albert Selim nie wiedergesehen, aber ich weiß, daß er an die Leute in Denver geschrieben hatte, um zu erfahren, was aus mir geworden sei. Sie wußten es nicht. Es war sieben Jahre nach meiner Ankunft in Amerika. Ich habe auch nichts mehr von Mr. John gehört, ich weiß nur, daß Miss Janet zwei Jahre nach meiner Abreise an Lungenentzündung starb. Mr. Bonsor fand die Nachricht in einer englischen Zeitung.“

31

Es gab einen Mann, der diese Aussage von Hilda Masters lesen mußte, überlegte Andy. Seit einiger Zeit schon hatte er den Verdacht, daß Mr. Salter mehr über seinen Freund Severn wußte, als er vorgab.

Er sandte ein Telegramm nach Beverley Hall und bat um eine Unterredung. Als er nach Beverley Green zurückkam, erwartete ihn dort eine Nachricht, daß er sofort kommen möge.

„Ich werde dich begleiten“, sagte Stella. „Ich kann ja solange in deinem Wagen warten.“

Der vorsichtige Tilling schien ängstlicher denn je zu sein.

„Sie müssen sehr behutsam sein, Herr Doktor. Er hat schlecht geschlafen, und der Arzt sagte zu Mr. Francis – das ist unser junger Herr –, daß jeden Augenblick mit einem Zusammenbruch zu rechnen sei.“

„Ich danke Ihnen, ich werde es berücksichtigen.“

Als Andy in das Zimmer trat, fand er, daß Tilling nicht übertrieben hatte. Salters Gesicht sah grau aus, trotzdem begrüßte er den Detektiv mit einem Lächeln.

„Sie wollen mir sicher mitteilen, daß Sie meinen Einbrecher gefunden haben", meinte er. „Sie können sich die Mühe sparen – es war Ihr Juwelendieb!"

Andy war darauf nicht vorbereitet.

„Ich fürchte, es ist so, aber ich glaube, daß er nicht in böser Absicht herkam. In Wirklichkeit war er hinter einem Verbrecher her, der damals in Mr. Wilmots Haus einbrach."

„Hat er ihn gefunden? Es soll doch ein geheimnisvoller Parkwächter sein?"

„Wie haben Sie denn das herausgebracht?"

Salter lachte, aber dann hatte er plötzlich Schmerzen. Andy sah es, und es tat ihm leid. Mr. Salter hatte Herzbeschwerden.

„Ich möchte Ihnen nichts vormachen", erwiderte Boyd Salter, der sich über die Wirkung freute, die seine Worte hervorgerufen hatten. „Scottie – das ist doch der Name dieses Menschen – verschwand am nächsten Tag, ebenso Miss Nelson. Sie verkehrte in einem Haus in der Castle Street und pflegte dort jemand. Und wer anders sollte das gewesen sein als Ihr wenig ehrenhafter Freund?"

Plötzlich erkannte Andy die Zusammenhänge.

„Das haben Sie natürlich von Downer!"

Salter nickte lächelnd.

„Aber wie kamen Sie denn auf den Parkwächter?"

„Das weiß ich auch von Downer und von einem gewissen Big Martin, der auch ein Verbrecher ist."

Andy war zu großzügig, um Downer die Bewunderung vorzuenthalten, die ihm gebührte.

„Ich werde Downer die Bearbeitung des Falles übergeben", sagte Andy. „Er ist der beste Spürhund."

„Er kam", begann Salter, „und ich mußte alle meine Parkwächter rufen. Er fragte sie aus, und einer gab zu, daß er in der Küche war – wir lassen nämlich Kakao für sie kochen, wenn sie Nachtdienst haben – und das Haus etwa um die Zeit verließ, als Scottie ihn sah. Soviel weiß ich. Aber welche Neuigkeiten bringen Sie?"

„Ich habe Hilda Masters gefunden."

Mr. Salter schaute auf. „Hilda Masters? Wer ist denn das?“

„Sie besinnen sich sicher, daß in einem Geheimfach in Merrivans Schlafzimmer ein Trauschein gefunden wurde?“

„Ja, er wurde auch in einer Zeitung erwähnt. Es war die Heiratsurkunde eines ehemaligen Dienstboten, die später von einer geisterhaften Erscheinung gestohlen wurde, von Ihnen Selim genannt. War das der Name der Frau, auf die sich die Urkunde bezog? Und Sie haben sie gefunden, wie Sie sagen?“

Andy nahm eine Kopie des Protokolls aus der Tasche und legte sie vor den Friedensrichter.

Mr. Salter schaute lange darauf, bevor er seine Hornbrille aufsetzte und zu lesen begann.

Er las sehr langsam, und es kam Andy vor, als ob er jedes Wort abschätzte. Einmal blätterte er zurück und las eine Seite noch einmal. Fünf – zehn – fünfzehn Minuten verstrichen in tiefstem Schweigen. Andy wurde ungeduldig, er dachte an Stella, die draußen im Wagen wartete.

„Ach!“ Mr. Salter legte das Manuskript wieder hin. „Der Geist, der in diesem Tal umging, ist gebannt, Doktor Macleod.“

Andy verstand ihn nicht sofort. Mr. Salter sah seine Verwirrung und kam ihm zu Hilfe.

„Ich meine Selim. Hier ist er, enthüllt in seiner ganzen Gemeinheit. Er verkaufte Seelen, brach Herzen, spielte mit dem Leben.“ Er tippte auf das Manuskript.

Andy entdeckte einen ungewöhnlichen Glanz in seinen Augen. Salters Gesicht sah nicht mehr eingefallen aus, und die tiefen Falten waren verschwunden. Er mußte eine geheime Klingel gedrückt haben, denn Tilling kam herein.

„Bringen Sie mir eine Flasche Portwein.“ Als der Diener sich entfernt hatte, fuhr er fort: „Sie können sich beglückwünschen – Sie haben einen größeren Sieg davongetragen, als wenn Sie Ihre Hand auf die Schulter Albert Selims gelegt hätten. Wir müssen Ihren Erfolg feiern, Doktor.“

„Es tut mir leid, daß ich nicht länger bleiben kann – Miss Nelson wartet draußen in meinem Wagen.“

Salter sprang auf, wurde blaß und setzte sich wieder.

„Das bedauere ich aber wirklich sehr", sagte er atemlos. „Es ist unverantwortlich von Ihnen, mir nichts davon mitgeteilt zu haben. Bitte bringen Sie sie doch herein."

Andy sagte zu Stella: „Die Nachricht, daß du im Wagen wartest, hat ihn sehr mitgenommen. Er sieht sehr elend aus."

Mr. Salter hatte sich inzwischen wieder etwas erholt. Er beobachtete Tilling, wie er den kostbaren Wein in die Gläser goß.

„Verzeihen Sie, wenn ich nicht aufstehe", sagte Mr. Salter lächelnd, als Stella mit Andy eintrat. „Sie also haben den Mann gepflegt, der bei mir einbrach?"

„Hat Andy Ihnen das erzählt?" fragte sie bestürzt.

„Nein, Andy hat mir nichts davon gesagt. Aber Sie werden jetzt ein Glas Portwein mit mir trinken, Miss Nelson. Nein? Das war schon alter Wein, als Ihr Vater noch ein kleines Kind war."

Er hob sein Glas und trank ihr zu.

„Was wird nun aus Miss Masters oder Mrs. Bonsor werden?"

„Sie wird wohl kaum in London bleiben. Sie hat ein schweres Verbrechen eingestanden – obwohl es schon so lange zurückliegt, daß es verjährt ist. Aus gewissen Anzeichen könnte man fast schließen, daß diese vielfach verheiratete Dame sich, zum viertenmal in das Eheleben stürzen wird."

Salter nickte.

„Die arme Frau", meinte er. „Die arme, getäuschte Frau!"

Andy hatte nicht erwartet, bei Mr. Salter Sympathie für Mrs. Crafton-Bonsor zu finden.

„Sie ist nicht besonders arm", erwiderte er. „Scottie, der doch ein Kenner ist, schätzt den Wert ihrer Juwelen auf mindestens hunderttausend Pfund. Außerdem hat sie große Besitzungen in den Vereinigten Staaten. Ich bin aber eigentlich gekommen, um mit Ihnen über John Severn zu sprechen. Haben Sie eine Ahnung, wo er sein könnte? Ich bin fest überzeugt, daß Albert Selim diese Eheschließung zu seinem eigenen Vorteil ausnützte!"

„Das tat er. Selim teilte Severn mit, daß seine Frau gestorben sei. Severn heiratete wieder und hatte, soviel ich weiß, Kinder. Selim hatte die Beweise für seine frühere Bigamie in der Hand, wodurch er große Summen von ihm erpreßte. Der

Kontrakt, den Sie fanden, war Schwindel. Selim hat meinem Freund keinen Pfennig gezahlt, er hat nur eine alte Schuld getilgt. Das ist ja auch in der Aussage von Mrs. Crafton-Bonsor angedeutet. Im Lauf der Jahre fand seine Habgier immer neue Methoden, Severn zu quälen. Sie sehen, Doktor, daß ich offen bin. Ich wußte mehr über Severn, als ich Ihnen damals mitteilte."

„Daran habe ich nie gezweifelt", sagte Andy lächelnd.

„Und Sie, Miss Nelson, sind nun auch eine große Sorge losgeworden. Aber auch Sie haben etwas dafür gefunden."

Er schaute Andy an und dann Stella. „Es wird sich alles erfüllen, wie ich hoffe."

Bald darauf verabschiedeten sie sich.

Andy schlief den ganzen Nachmittag, und sobald es dunkel wurde, begab er sich auf seinen Wachtposten in das lange, leere Arbeitszimmer Mr. Merrivans. Die Nacht ging ohne Zwischenfall vorüber. Kurz nach Tagesanbruch sah er Stella über den Rasen kommen. Sie trug etwas in der Hand. Sie kam direkt auf das Haus zu und klopfte zu seinem größten Erstaunen an.

„Ich habe dir etwas Kaffee und ein paar Brötchen gebracht, Andy. Du Armer, du mußt doch entsetzlich müde sein."

„Woher wußtest du denn, daß ich hier bin?"

„Das vermutete ich. Als du gestern abend nicht kamst, wußte ich, daß du Geisterdienst hattest."

„Du kluges Mädchen! Ich hatte es dir absichtlich nicht gesagt."

„Hast du nicht wieder den schlimmsten Verdacht gehabt, als du mich so früh am Morgen hierherkommen sahst?" Sie zog ihn am Ohrläppchen. „Du hast doch nichts gesehen und gehört?"

„Nichts."

Sie schaute den düsteren Gang entlang und schüttelte den Kopf. „Ich möchte kein Detektiv sein. Andy, fürchtest du dich nicht manchmal?"

„O doch, oft. Wenn ich zum Beispiel daran denke, wie ich es fertigbringen soll, dir ein Heim einzurichten, das gut genug für dich ist –"

„Wir wollen ein wenig darüber plaudern", sagte sie, und sie saßen zusammen, bis die Sonne durch die Fenster schien. Sie sprachen von Häusern und Wohnungen und von den hohen Kosten, die man für eine Einrichtung zahlen muß.

Es war Andy nichts von der schlaflosen Nacht anzusehen, als er um elf Uhr im Metropolitan-Hotel stand. Er hatte noch mehrere Punkte aufzuklären.

„Mrs. Crafton-Bonsor ist abgereist", sagte der Empfangschef.

„Abgereist?" fragte Andy erstaunt. „Wann?"

„Gestern nachmittag, Sir. Sie und Professor Bellingham reisten zusammen ab."

„Hat sie auch das Gepäck schon mitgenommen?"

„Es ist alles fort."

„Wissen Sie, wohin sie gereist ist?"

„Ich habe nicht die geringste Ahnung – sie sagte, sie wolle für einige Tage an die See gehen."

Das war eine Überraschung für Andy.

Er fuhr zur Castle Street, um vielleicht Scottie dort zu finden, aber er traf nur den etwas verwirrten Mr. Martin an.

„Nein, Doktor Macleod, Scottie war nicht hier. Er ist seit drei Tagen nicht mehr hiergewesen."

„Hat er Ihnen denn keine Anweisungen hinterlassen, wie Sie diese Diebsherberge bewirtschaften sollen?"

„Nein, Sir." Big Martin sagte das aber in einem Ton, daß Andy sofort wußte, er log. Es hatte keinen Zweck, ihn weiter auszufragen. Andy fuhr nach Beverley Green zurück und legte sich schlafen.

Um neun Uhr abends ging er wieder in Merrivans Haus. Johnston hatte einen bequemen Lehnsessel in das Arbeitszimmer gebracht. Er war so weich, daß Andy mehrmals einschlief.

Das hat keinen Zweck, sagte er sich schließlich und ging zu dem vorderen Fenster, öffnete es und ließ die frische Nachtluft hereinströmen.

Die Kirchturmuhr in Beverley schlug eins, und es war nichts von dem nächtlichen Besucher zu sehen.

Er hatte den Riegel von dem hinteren Fenster zurückgezogen. Er war sicher, daß der Fremde auf diesem Weg ins Haus gekommen war, als Johnston ihn gesehen hatte.

Andy wartete. Jetzt schlug es zwei Uhr. Er saß wieder im Lehnsessel, und sein Kinn war auf die Brust gesunken. Er träumte von Stella und Mrs. Crafton-Bonsor.

Aber dann hörte er plötzlich ein Geräusch und war sofort ganz wach. Er schaute nach dem hinteren Fenster und sah, wie sich draußen eine dunkle Gestalt abhob. Die elektrische Leitung war auf seine Bitte hin wieder in Ordnung gebracht worden, und er schlich sich leise zum Schalter. Der Mann öffnete langsam das Fenster und gleich darauf hörte Andy Schritte im Zimmer. Aber er drehte das Licht noch nicht an, er wartete noch. Plötzlich ertönte eine merkwürdige Stimme.

„Komm heraus, Albert Selim, du verfluchter Hund!"

Die Stimme klang unheimlich hohl in dem leeren Raum.

„Komm heraus!"

Andy drehte das Licht an.

Ein Mann in einem gelben Schlafrock stand, den Rücken dem offenen Fenster zugekehrt, im Zimmer. In seiner ausgestreckten Hand hielt er eine lange Pistole, die er gegen einen unsichtbaren Feind gerichtet hatte.

Es war Salter! Boyd Salter!

Andy stockte der Atem. Dann war also Boyd Salter der kühle, gewandte Mann, der ihn so lange und so geschickt getäuscht und der seine Rolle so sicher gespielt hatte!

Seine Augen waren weit geöffnet und blickten starr ins Leere.

Er war nicht bei sich. Andrew hatte es gleich bemerkt, als er seine undeutliche, mißtönende Stimme gehört hatte.

„Das ist für dich, du verdammter Schuft!"

Salter zischte diese Worte durch die Zähne, und Andy hörte, wie die Pistole knackte. Dann sah er, wie Salter sich niederbeugte – zu der Stelle, wo sie Merrivan gefunden hatten. Dann kniete er langsam nieder und seine Hände befühlten einen Körper, den er zu sehen meinte. Er sprach dauernd mit sich selbst.

Salter durchlebte das Verbrechen noch einmal. Nacht für Nacht war er hergekommen. Es war unheimlich zu sehen, wie er das Pult absuchte, das nicht dastand, wie er den Schrank aufschloß, der längst entfernt war. Andrew beobachtete ihn genau. Jetzt steckte der Mann ein Streichholz an und glaubte die Papiere zu entzünden, die er seiner Meinung nach in den Kamin gelegt hatte. Dann blieb er an der Stelle stehen, wo man den Brief gefunden hatte.

„Du wirst keine Briefe mehr schreiben, Merrivan, du verdammter Kerl! Du wirst keine Briefe mehr unter meine Tür stecken – der war wieder für mich bestimmt –

wie?“ Er wandte sich wieder dorthin, wo die Leiche gelegen hatte. „Für mich?“' Seine Blicke schweiften umher, und er schien etwas aufzuheben. „Ich muß den Schal des Mädchens mitnehmen“, sagte er dann leise. „Arme Stella! Dieser Teufel wird sie nicht mehr quälen. Ich will ihn mitnehmen.“ Er steckte seine Hand in die Tasche, als ob er etwas hineinstecken wollte. „Wenn sie ihn finden, denken sie, daß sie hier war, als ich ihn niederschoß.“

Andrew folgte atemlos allen Bewegungen und Worten.

Nun war ihm plötzlich alles klar. Albert Selim und Merrivan waren ein und dieselbe Person, und der Drohbrief, der allem Anschein nach an Merrivan gerichtet war, stammte von diesem selbst. So war es! Merrivan wollte in der Nacht den Brief nach Beverley Hall bringen. Er hatte ihn geschrieben und zusammengefaltet, aber er hatte keine Zeit mehr gehabt, einen Umschlag zu adressieren, bevor ihn sein Schicksal ereilte. Salter ging langsam durch den Raum und war ein paar Sekunden später durch das Fenster verschwunden. Er schloß es hinter sich. Gleich darauf war auch Andy im Garten und folgte dem Schlafwandler, der durch den Obstgarten ging. Plötzlich hörte er ihn wieder sprechen.

„Geh aus dem Weg, du verdammter Hund!“

Und wieder knackte der Pistolenhahn.

So war also Sweeny ums Leben gekommen! Sweeny war dort gewesen. Er hatte wahrscheinlich auch die Identität Selims mit Merrivan entdeckt und das Haus in jener Nacht beobachtet. Es war jetzt alles so einfach. Merrivan hatte Salter erpreßt. Aber wer mochte Severn sein – Severn, der Mann von Hilda Masters?

Er folgte Salter durch den Obstgarten, durch ein Tor in der Hecke. Salter war nun auf seinem eigenen Grund und Boden und bewegte sich weiter in jener merkwürdig behutsamen Art, die Schlafwandlern eigen ist. Andrew ließ ihn nicht aus dem Auge. Salter hielt sich auf einem Pfad nach Spring Covert, bog plötzlich unvermittelt nach links ab und überquerte die Wiese vor Beverley Hall.

Kaum war er hier ein Dutzend Schritte gegangen, als plötzlich ein heller Lichtschein aus dem Gras aufblitzte und eine Explosion folgte. Salter taumelte vornüber und fiel zu Boden.

Andy war sofort an seiner Seite. Salter lag bewegungslos.

Andy machte seine Taschenlampe an und rief um Hilfe. Gleich darauf antwortete ihm aus einiger Entfernung der Parkwächter Madding, den er schon von früher her kannte.

„Was ist geschehen, Sir? Sie müssen sich in einem Draht verfangen und einen Alarmschuß ausgelöst haben. Wir haben verschiedene ausgelegt, um die Wilddiebe zu fangen … Mein Gott“, rief er plötzlich erschrocken, „das ist ja Mr. Salter!“

Sie legten ihn auf den Rücken. Andy öffnete seine Pyjamajacke und legte das Ohr auf seine Brust.

„Ich fürchte, er ist tot.“

„Tot?“ fragte der Parkwächter erschrocken. „Es war aber doch keine scharfe Patrone in dem Selbstschuß!“

„Er ist durch die Explosion erwacht, und der Schreck hat ihn sicher getötet. Und es ist wohl gut, daß er auf diese Weise starb.“

****

Andy ließ sich müde auf einen Sessel in Nelsons Wohnzimmer nieder.

Stella setzte sich neben ihn und legte ihre Hand auf seine Schulter. Andy nahm einen Zeitungsausschnitt aus seiner Tasche.

„Das fand ich in Salters Geldschrank. Sein Sohn hatte es ruhig aufgenommen. Man erwartete ja ein solches Ende. Er wußte, daß sein Vater Schlafwandler war, er hatte den Schmutz an seinem Pyjama entdeckt und hielt infolgedessen die Tür bewacht. Aber das alte Haus hat ein halbes Dutzend geheimer Wendeltreppen, und er ist jedesmal entkommen. Was hältst du davon?“

Sie las den Zeitungsausschnitt. Er war aus der ‘Times’.

****

‘In Übereinstimmung mit den Anordnungen des Testaments des verstorbenen Mr. Philipp Boyd Salter wird sein Neffe, Mr. John Severn, der einzige Erbe seines Onkel, den Namen und Titel John Boyd Salter führen. Eine diesbezügliche gerichtliche Erklärung erscheint in den amtlichen Bekanntmachungen dieser Nummer auf Seite 8.<

„Hier haben wir also die Aufklärung. Severn und Boyd Salter waren ein und dieselbe Person. Wenn ich so vernünftig gewesen wäre, das Testament des Onkels nachzusehen, hätte ich das schon vor einem Monat wissen können. Er ist als ein glücklicher Mann gestorben. Seit Jahren hatte er unter dem Druck seiner Schuld und der Erpressungen Selims gelebt. Durch Merrivans Verrat hätte sein Sohn den

Titel und das Vermögen verloren, die nur an einen rechtmäßigen Erben übergehen können. Aus der Aussage von Hilda Masters – sie hat übrigens vor ihrer Abreise Scottie tatsächlich geheiratet – ging ja die Rechtmäßigkeit seiner Ehe mit der Mutter seines Sohnes deutlich hervor. Merrivan war der größte Schrecken für seine Mitmenschen. Um die Zukunft seines Sohnes sicherzustellen, tötete ihn Salter. Aus demselben Grund drang er, als Parkwächter verkleidet, in Wilmots Haus ein, stahl den Trauschein und verbrannte ihn."

„Woher wußte er, daß das Dokument dort zu finden war?"

„Downer verriet doch die Sache in dem Artikel, den er über uns schrieb."

„Und was wird nun. aus Selims großem Vermögen? Fällt es an Artur Wilmot?"

„Nein, an Mrs. Bellingham. Es ist beinahe tragisch."

Sie lachte und legte ihren Arm um seinen Nacken.

„Scottie ist doch eigentlich sehr geschickt", meinte sie.

„Ja, aber wie kommst du gerade jetzt darauf?"

„Denk doch daran, wie schnell er sich – die Heiratspapiere beschafft hat –"

Eine Woche später erfuhr Mr. Downer eine Neuigkeit. Er war weder betrübt noch erfreut darüber, denn er war in erster Linie Geschäftsmann, und Hochzeiten und Morde hatten für ihn denselben Wert. Er rief sofort das 'Megaphone' an und sprach mit dem Chefredakteur.

„Haben Sie schon gehört, daß Macleod Miss Nelson geheiratet hat? Ich könnte Ihnen darüber eine Spalte schreiben und die ganze interessante Vorgeschichte dieser Ehe berichten – ja, ein Bild von ihr kann ich auch beschaffen. Wie? Zwei Spalten? Geht in Ordnung!"